微笑藥師探案系列

水眼

提子墨

AQUATIC EYE

SMIRKING MEDICINE MAN MYSTERIES

獻給——

在加拿大與台灣，那些愛我的，及我愛的人們，沒有你們一次次的鼓舞，就不會有那些天馬行空的靈感。

目　次

#【各界名家好評】

這是一部融入懸疑、科幻以及一些現代科技無法解釋但卻讓民眾發生極大興趣的ＵＦＯ及高科技內容的推理小說。本書比福爾摩斯的推理更推理、比《東方快車謀殺案》更有趣，作者以一華裔小說家的身份，從密碼學的藏寶圖到懸疑的謎中謎謀殺案，直到最後才在第十三章解謎。過程的曲折多變不到最後不知道兇手是誰，這是一本充滿知識性的，懸疑性的科幻推理小說，手法佈局之妙遠非柯南道爾可及，值得一讀！

——**傅鶴齡**（美國科羅拉多大學航太博士、東森「關鍵時刻」航太專家）

從學生時期以來，我十分喜愛看懸疑類的小說，然而一開始接到《水眼》作品時，我還是擔心身為一個推理作品的「初心閱讀者」，加上我那顆不靈光的腦袋，是否真的有辦法了解提子墨的故事？不過成熟而精煉的文筆，卻輕而易舉將每個畫面躍然於紙上……也帶領讀者潛入深深水面下的謎團裡。

值得一提的是，一直以來我的嗅覺都有點問題……因此看到微笑藥師阿哈努不僅能明確分辨氣味，還能解析味道中的含義，進而判斷當下的氛圍，實在讓人覺得既羨慕又嫉妒！

但無疑的是，阿哈努是一個成功且充滿魅力的主角，讓我在閱讀的過程裡不禁分神了……我實在很想與他見面，以身為魔術師的身分挑戰他是否嗅得出我手掌與眼神間的秘密？但我最想知道的，還是用女孩子的身分，大聲問他「請問我散發出的氣味，是我最喜歡的小熊軟糖嗎？？」

——**王子妃**（美女名模魔術師）

比《熱層之密室》更上一層樓——壯麗豪華的舞台、引人入勝的傳說、離奇怪誕的死亡，結合而成充滿獨特「墨氏風格」、娛樂性滿點的冒險推理小說！除了享受層次豐富的謎團外，也像真正跟著阿哈努的腳步，到世界極限之巔進行了一場開眼冒險之旅一樣！

——**薛西斯**（島田莊司推理小說獎第四屆決選入圍《H.A.》、第九屆溫世仁百萬武俠長篇小說獎《不死鳥》、角川2013輕小說大賞《托生蓮》作家）

序幕：Legend

歐肯納根沙漠的奧索尤斯「祈天」酋長雕像 / 提子墨 攝

十六世紀初，美洲大陸西北部。

仲夏的圓月大得出奇掛在暗藍的天幕，皎潔的月光撒在歐肯納根湖[1]水面，宛若一道閃著銀色波光的天梯，由近到遠橫跨在湖水之中。對岸「狂風岬」的脈絡若隱若現，湖畔的「響尾蛇島」也披上了一股神秘的色彩。

一切寧靜得只有芬多精的氣息暗暗浮動著。

茂密的樹林傳來一陣細碎的腳步聲，夾雜著枯葉與樹枝被踩得窸窣的聲響。步狼赤裸著上身緩緩穿出林間，黑亮的及肩長髮和古銅色的肌膚，在月光下泛著一種詭異的光澤。他的肩上斜背一把弓，手中則握著獵魚的長矛，眼神空洞地凝視著遠處——那片他所熟悉的賽埃利克斯族[2]部落。

然後，不自覺露出了一抹奇異的笑容。

他赤腳走了十多分鐘後，終於進入族人群聚的部落，那裡搭著十幾二十頂圓錐狀的梯皮[3]帳篷。大多數的蓬裡都透著淡淡的燈火，隱約可以看到婦女們在裡面忙碌的身影，或是男性族人聚在一起抽長菸、喝小酒的閒聊聲。

帳篷圈圍的那片空地中央，有十多位不同年紀的孩子，他們有的盤坐在地上用鵝卵石玩著占卜遊戲，有的則是天真地互相追逐嬉鬧著，一切就像過往每個夜晚那般平靜與祥和。

「步狼哥哥！」

兩位留著長辮綁著七彩額飾的女娃兒，原本還在一旁和小朋友們玩著石占，一看見步狼走進部落後，馬上從地上爬了起來，拍了拍布裙上的塵土不斷朝著他揮手，還興高采烈往他的方向跑去。看來應該是非常親近的族人。
步狼的臉上並沒有任何表情，只是直勾勾地環視著空地。
小女孩們跑到他身旁，拉著他的手不斷嚷著：「步狼哥哥，你今天再告訴我們響尾蛇島的探險故事好嗎？」
「對呀！對呀！我們想知道更多你在岩洞中遇到的怪事呢！」
步狼低下頭凝視著小女孩們，他的雙眼睜得老大幾乎沒有眨過一下，雙頰的肌肉則不自然地微微抽動著。
「步狼哥哥不舒服嗎？為什麼臉色看起來怪怪的……」
那兩位小女孩的話都還沒說完，步狼卻突然往後退了好幾步，歪著頭眼神空洞地端詳著她們。沒幾秒後，他緩緩舉起右手的魚矛，以迅雷不及掩耳的速度，朝著其中一位小女孩的胸口刺了過去。
她的心窩頓時綻出一朵鮮紅色的血花。
另一位小女孩驚聲尖叫正轉身逃跑時，步狼早已一個箭步抽起了矛，飛快地射了出去，不偏不倚就落在她單薄的背上，矛頭在近距離的瞬間力道下，又從她的前胸穿了出來。
空地上的孩子們見狀全都倉皇失措，有些哭喊著衝回自家的梯皮裡，有些則往另一頭的樹林裡狂奔。原本還在圖騰柱旁刮著鮭魚鱗片的幾位婦女，看到那般景象全都嚇得魂飛魄散。
其中一位滿臉淚水的中年女子或許是女孩們的母親，瘋狂嘶喊地飛奔到空地上想拉回自己的女兒，卻在半途就被步狼迎面用矛刺穿了腹部，倒臥在距離女兒們幾步之遙的血泊中。

「住手！」

一群壯年的男性族人從不同的梯皮裡衝了出來，見到空地上如此駭人的景象，馬上大聲喝止了他。其中幾位還握著腰間狩獵用的短斧，壓低了身子準備伺機朝他射出去。

步狼彷彿沒有聽見他們的聲音，或者說他完全不在乎族人們的恫嚇，又是一個箭步揮舞著長矛，就朝著那幾位男子猛刺了好幾下。在他們還來不及反應時，矛頭早已連續刺進了他們的胸口、腹部或背部。

那幾位手持武器的族人，也因為與他近距離交鋒，手中的短斧根本發揮不了作用，只能毫無頭緒地揮著斧頭自衛，不消幾秒後還是成了步狼魚矛下的亡魂。

沒有人能贏得了步狼，因為他一向就是祭典競賽中，最勇猛的賽埃利克斯戰士！

在一陣瘋狂的嘶殺聲後，空地上東倒西歪躺著幾十具血淋淋的軀體，有的還在掙扎爬行著，有的則是一動也不動了。鮮血從他們身上流了出來，染在那片佈滿枯草的黃土地上，艷紅的血滲進泥土中，變成了斑斑駁駁的深褐色。

「為什麼？為什麼……要如此對待……自己的族人……」一位還沒斷氣的男子倒在他腳邊，睜著不解的雙眼仰望著他。

步狼低首冷冷地看著並沒有回答，只是高高舉起了矛用力往他的背部刺了下去，就像欣賞著湖中垂死的紅大麻哈魚那般，俐落地用腳踩著屍體抽出了矛頭。隨後朝著圖騰群柱的方向走去。

那幾根深黑色的柱子畫滿了紅色、綠色和藍色的圖紋，柱面上堆疊著灰狼、蒼鷹、雷鳥、烏鴉、水獺或殺人鯨的雕像，它們彷彿都睜著圓圓的眼睛瞪著他。最頂端那枚代表「天神之眼」的圖案，也垂睫凝視著空地上那些無辜的亡者。

在圖騰群柱後方百多米，有一頂更大的圓錐狀梯皮，頂端外露的十多支樹幹上掛著一簇簇飄揚的鷹羽，皮革蓬布的底端還彩繪著一圈藍色的印地安人圖案，它們全都高舉著雙手呈現一種類似Y的身形團團圍繞在梯皮下方。每個小人都穿戴得不盡然相同，姿勢卻全都是仰著頭、張著嘴望著上方。

因為，就在梯皮的頂端同樣畫著一枚橢圓形的「天神之眼」圖案，中間還有一顆類似眼珠的球體，外環則充滿了放射狀的線條，代表著如太陽般發著光。

那頂梯皮是酋長、藥師與長老們聚會的場所。當步狼邁著大步闖進去時，五、六位年長的族人正圍成圈席地而坐，看起來應該正討論著什麼重要的事情。

他們顯然並不清楚外面發生了什麼狀況。

「你這是在幹什麼？怎麼莽莽撞撞的就衝進來了？」說話的是蓄著白色山羊鬍的坎西肯長老，他也是幾位長者裡最年長的耆英。

步狼並沒有回話。

另一位長老耐不住性子，也皺著眉頭問：「你倒是說話呀？」

在他們前方坐著賽埃利克斯族的酋長，旁邊則有一位頭髮花白的藥師婆，當她不經意抬頭看到步狼放空的眼神後，臉上突然閃過一絲惶恐。

可是，就在她還來不及開口之前，步狼早已出乎意料將魚矛狠狠刺進了坎西肯長老的胸膛，幾位長者被這突如其來的舉動嚇得魂不附體，全都死命往四處亂爬。

「他被邪靈附身了！」藥師婆這才終於喊了出來。

步狼的矛頭可能是卡在坎西肯長老的肋骨之間，怎麼也抽不出來，他乾脆鬆開手取下斜掛在肩上的弓，從腰間的獸皮袋裡抽出了一支箭，拉滿了弓弦瞄準著正前方的酋長。

「步狼，你……住手！」酋長雖然表情鎮定，卻仍聽得出他語氣中的恐懼。

一旁的藥師婆則是嚇得伏首趴跪在地上，口中還不斷唸著一長串薩利希語[4]的咒文，而且聲音越唸越急促。步狼被那老嫗的喃喃自語搞得心神不寧，乾脆將拉滿弦的弓箭緩緩轉向她。

就在步狼準備鬆開指頭時，外面突然傳來一陣陣低沉的轟隆巨響，幾位長者更是縮成一團不停地發著抖。那種聲音聽起來就像連續不止的雷鳴，還伴隨著一股低頻的嗡嗡聲響，音量之大就算是摀起雙耳也依然如雷貫耳。

整座樹林頓時籠罩在一片強光之中，梯皮帳篷彷彿成了一頂半透明的走馬燈，清晰地映著外頭圖騰柱與樹木的剪影，影子還隨著光線角度的變換而旋轉移動著。

巨響與光線就那麼在他們頭頂上盤旋不去。

藥師婆抬起頭望著梯皮頂的排煙圓洞，隱約可以看見半空中有個移動的物體：「是『天之人[5]』……肯定是天神生氣了！」馬上又伏首膜拜，口中還繼續唸唸有詞。

步狼的表情並沒有絲毫畏懼，只是鬆開了弓上的箭矢走出梯皮。

整片歐肯納根湖區竟然像白晝般明亮，強光下的景物甚至看不到任何陰與影，原本高聳入雲的巨木林也隱入了泛白的光線裡，一切彷彿像曝光過度的視覺殘影。

他舉起雙手遮在眉上，仰望著頭頂上的那片天。刺眼的光線裡隱約有個龐然大物浮動著，那是一只橢圓的透明物體，中間還包著另一顆像眼珠子的圓球，球體內彷彿或坐或站著幾個人影。看起來就像是圖騰和梯皮上那枚天神之眼的圖案，也就是賽埃利克斯族傳說中的天之人。

步狼舉起手中的弓箭，正想往那只巨大的眼睛射去時，卻一個不留神失去了重心往後傾，不過並沒有立刻跌坐在地上，身子反而在著地之際輕飄飄地浮了起來。他不停掙扎扭動著，卻怎麼也無法保持平衡，只能以一種大字形的仰姿越飄越高。

最後，才終於停在天神之眼與地面的半空中。

就在他手足無措搞不清楚狀況時，那只巨眼中突然射出一道藍色的閃電，強烈的電流迅速竄進他的體內，又從腦門穿了出來。

「放開……放開我……救命呀！」終於，他大聲喊了出來，聽起來就像頓時大夢初醒。

「（清醒了嗎？）」

天神之眼傳來了說話聲，步狼聽不出是男性還是女性，因為那種語音就像是一大群人正唸著相同的一句話。最奇怪的是，聲音並不是傳入他雙耳的聽覺系統，而是一種如震波般直接貫穿腦門的共鳴聲響。

步狼的身子就像黏在一襲隱形蛛網上，面朝上仰望著那只巨大的眼睛，驚恐莫名地喊著：「天……之人？請救救我，救救我呀！為……為什麼……我會在這裡？」

巨眼內發出一陣微慍的低吟：「（你千不該萬不該違背賽埃利克斯族祖靈的旨意，擅自闖入水島禁地！你的愚昧引出洞內邪惡的靈體，禍延整個部落的族人，你該當何罪！）」

那一陣陣宛如近百人同時朗讀的宏亮話語，就像雷鳴似一個字一個字重重敲入他的腦門，語氣中充滿著嚴厲苛責。

「我真的忘記……自己做了什麼危害族人的事？也不是有意登上響尾蛇島……我的獨木舟是不小心被暗流給捲過去的呀……」

「（狡辯！你以為我們不知道你去過多少次？你到現在依然沒有絲毫懺悔之心？）」

步狼完全不知道該如何為自己辯解，他從來沒想到部落祖先所流傳的天之人或天神之眼竟然真的存在。他甚至到現在都不清楚，因為自己對響尾蛇島的好奇心，進而為族人引來被屠殺的命運。

「（你所引出的邪靈藉由你，殺害了部落的老弱婦孺！罪孽深重無可饒恕！我們將懲罰你……與你體內的邪靈，永遠無法重回陸地危害無辜的族人！）」

「天之人！我知道錯了！請原諒我！原諒我吧……」無論步狼如何死命掙扎，身體仍是牢牢被定在半空中。

「（你既然那麼喜歡那座水島，乾脆就將你變成湖水底的N'ha-A-Itk，永遠只能棲身在島下的那些洞穴中吧！）」

他們的話語才落下，步狼頓時覺得全身劇烈抽痛了起來，就像有好幾股來自不同方向的巨大外力，正在將他的軀體五馬分屍。他甚至可以聽到骨頭內所發出的爆裂聲，肌肉被拉扯與延展的痛楚，以及血液在體內倒流的眩暈感。

他的身體不斷在半空中翻轉著，頭部如充血般迅速漲了起來，雙手則緩緩被擠壓成兩片巨大的鰭，就連雙腳也漸漸被黏合起來，整個身軀還不斷地從體內被延伸、抽長著。

步狼被化成一尾長十多米的不知名怪物，滾圓的身軀至少有一兩米粗，外觀宛若長著魚尾與魚鰭的巨蛇，卻有著像駝臉或馬臉的巨大頭部。

它不停在泛著強光的半空中扭著黑得發亮的蛇身，沒多久就被一股無形的力量狠狠甩進樹林外的歐肯納根湖中。在亮得發白的湖水中，只見它以一種如波浪上下翻騰的泳姿，迅速竄游到湖中的那座水島，然後消失得無影無蹤。

幾位長老、酋長與藥師婆趴跪在梯皮門邊，五體投地的膜拜著。當他們再度抬起頭時，剛才那些強光、聲響與巨眼內的天之人，也隨之煙消雲散。一切恢復了原本的靜夜星空，山脈、湖水與樹林也回到原本的色彩。

幾秒鐘前，那些光怪陸離的異象，彷彿從來沒有發生過。

第一章　歐戈波戈

歐戈波戈水怪郵票/加拿大郵政1990年發行 © Canada Post Corporation

二〇一九年七月五日，寇可哈拉高速公路[6]。

「……自此之後，當賽埃利克斯族人要橫渡歐肯納根湖前，都會在獨木舟上準備一隻雞或一條狗，以防在途中遇上歐戈波戈[7]翻船噬人時，可將活生生的動物丟進湖中轉移注意力！」

美森一邊開著車，一邊口操洋腔洋調的中文，講述著那則古老的北美原住民傳說。休旅車內的三位乘客早已聽得目瞪口呆，甚至還有些意猶未盡的樣子。

晶晶縮在後座角落，怯生生地問：「那頭歐戈波戈還住在湖中嗎？真的有人見過它？」

「雖然這是幾百年前的原住民傳言，不過從一八六〇年直至這幾年，仍然有許多人繪聲繪影披露目睹歐戈波戈的親身經歷，甚至也有人揚言拍到了照片或影片。基隆拿市[8]政府除了將它視為是吉祥物，更有富商重金懸賞加幣兩百萬元，就為了要證實它的存在。」

美森・林是「加拿大旅遊局」的公關部專員，是位家族從中國移民至此許多代的混血男子，由於從小就在溫哥華的華人圈土生土長，因此說起普通話時還是有些怪腔怪調。他之所以會被洋主管派予這個隨行任務，只是因為他稍微通曉些亞洲語言，能夠從旁協助幾位遠從台灣造訪的YouTuber[9]。

這幾位年輕人在網路上有個知名的「晶晶希奇古怪探險隊」頻道，他們趁著在美加兩地旅遊期間，也順道拍攝一系列介紹北美神秘生物的搜奇影片。美森原本還有點不以為然，想不透旅遊局為什麼對幾位小毛頭如此勞師動眾？他們又不是從亞洲來的電視公司或製片單位？

結果，他上網查了一下YouTube後，才發現那個專門拍攝亞洲光怪陸離神秘事件的頻道，竟然有超過兩百五十多萬名的全球訂閱者，每一段影片都有至少五百多萬的點擊率，就連「艾倫愛說笑[10]」也曾邀請他們到洛杉磯接受訪問。

難怪他的主管會如此重視這幾位網路紅人，因為他們的網路影片比起地方電視台的旅遊節目，更有無遠弗屆的傳播力。如果能在他們高知名度的YouTube頻道上介紹加拿大的什麼山精水怪，那麼就等於是向全世界網友推廣加拿大旅遊！

「晶晶希奇古怪探險隊」的主導就是後座的倪晶晶，坐在她身旁的則是執行製作古宛娜，還有正在副駕駛座上拍攝窗外景色的攝影師周熙奇，雖然並不是什麼專業的製作單位，不過也算是麻雀雖小五臟俱全。

他們前幾天才剛結束美國「西雅圖神秘博物館[11]」的拍攝行程，就直接北上到加拿大的溫哥華，會同美森要前往歐肯納根湖區，計畫拍攝賽埃利克斯族的歐戈波戈水怪系列。

本來還在一旁作筆記的宛娜，抬起頭納悶地問：「所以N'ha-A-Itk和你們英文所說的歐戈波戈，這兩個名字到底是什麼含意？」

「N'ha-A-Itk是原住民的薩利希語，翻譯成中文就是『水中惡魔』之意，不過許多加拿大人也不是很清楚該如何發音。直到一九二四年，美國有一首叫The Ogo-Pogo的民謠，副歌中提及加拿大原住民的N'ha-A-Itk時，都會哼唱Ogo-Pogo這個沒什麼含意的詞，許多人乾脆就將那句朗朗上口的『歐戈波戈』，當成是牠的英文名稱沿用至今。」

晶晶聚精會神讀著手機上的搜尋結果，頁面上全是關於歐戈波戈的報導：「從不同目擊者所描述的外型，有些人說他像巨鰻、蛟龍或鯨魚……它到底屬於哪一類生物呀？」

「這一點官方也不是很確定，不過英國的一位神秘動物學家曾經匯集目擊者們的回報，從歐戈波戈的巨鰭、魚尾、翻騰的波浪式泳姿推測，它可能是已滅絕的遠古生物『龍王鯨[12]』！」

美森調整了一下駕駛座的椅背，又繼續道：「當然，也有學者認為它或許是來自太平洋的巨型海洋生物，地質學家認為早在遠古時期，歐肯納根湖的北面水域應該是與太平洋相連。歐戈波戈可能是追逐每年回流內陸的肥美鮭魚群，曾經穿梭在海洋與湖泊之間，然後因為地殼變動或冰山坍崩，意外封閉了原本的出海口，而讓它從此滯留在內陸的湖泊中。」

晶晶皺了一下眉：「如果是這樣的話，那就太可憐了！」

「它真的棲息在響尾蛇島的洞穴內嗎？歐肯納根湖中真有那麼一座島？」宛娜問。

美森笑了出來：「的確是有響尾蛇島啦！不過它是否藏在底下就不得而知，畢竟水島底下的洞穴四通八達！曾有探勘報導指出某些洞穴可能與西岸的海洋相連，搞不好那只是歐戈波戈回到大海的秘密通道。當然也有人大膽假設，認為那些洞穴搞不好有一個能穿越時空的蟲洞，才能讓遠古的生物從那裡自由進出。」

「哇，這一次要尋訪的怪物未免也太酷了吧？這下子肯定能創下更高的點擊率！」

他們聽完美森轉述的那些原住民神話、遠古的絕跡生物，和充滿奇幻色彩的傳說，早已對歐肯納根湖區充滿了期待。

宛娜轉著手中的細字筆，若有所思地喃著：「我還是無法理解，傳說中那位原住民男子為什麼會屠殺部落中無辜的族人？難道響尾蛇島上真有什麼不為人知的邪靈或鬼怪嗎？」

「這……我就不得而知了。」美森聳了聳肩。

從頭到尾一直在側拍對談過程的攝影師熙奇，突然大喊了出來：「喂，你們先不要顧著說話，快看看窗外的景色……實在是太美了吧！」

他們從來不知道在這個寒冷的北方國度，竟然會有一片熱帶的沙漠！

原住民稱這片沙漠為Nk'mip，它是全加拿大最炎熱、最乾燥與降雨量最低的區域。夏季午后的氣溫可高達攝氏四十多度，而沙漠中常出現的仙人掌、山艾樹、響尾蛇或黑寡婦蜘蛛，在這片北國沙漠中亦是隨處可見。

他們大清早就從溫哥華出發，在幾個小時的車程中，窗外的大自然風光瞬息萬變，美得像置身於一幅幅風景明信片中。原本還是充滿寒帶針葉林的菲莎河谷[13]，和白雪皚皚的綿延雪山，卻在一進入歐肯納根河谷後，變換成了充滿熱帶植物的灌叢沙漠草原！

沙漠的陽光帶著點Lomo色調，伴隨著柏油路面上熱氣搖晃的虛影，與路旁一望無際的橙黃瘠土，讓他們見識到冰雪之國少有的荒漠與峽谷景致。

當車子穿出充滿小丘的荒漠後，那片蜿蜒的歐肯納根湖盡入眼簾，它就像隱身在沙漠中的一片海市蜃樓，朦朧的河谷充滿著稀稀落落的洋房別墅，湖面上則有各式各樣的帆船與遊艇，悠閒地在水上劃出一道道美麗的水線。

美森的休旅車跨過河谷唯一的那座鐵架浮橋，來到了歐肯納根湖的東岸，一路上經過好幾間五星級的湖畔渡假酒店，還有一望無際的果園、葡萄園與酒莊，最後才登上有點陡峭的狂風岬。

狂風岬只是丘陵地區臨水的一座小山頭，那片丘陵與湖畔其他的山脈截然不同，它們並沒有綠意盎然的樹林或灌木叢，反倒是有一種草木不生的荒涼感，層層疊疊的山巒呈現著曾被火焰吞食過的焦黃色。

美森搖下了車窗，指著後方的那片丘陵地：「那裡原本是省立森林公園，不過在二〇〇三年八月發生了一場延燒好幾天的山火，燒毀了將近兩百多戶的住宅和美麗山林，才會變成如今這般人間煉獄的模樣。根據消防局的調查，起火點就是與狂風岬一水之隔的響尾蛇島！」

他望著車窗正前方的那片水域，就在岬底水岸的五百多米之外，有一座非常小的島嶼，從外觀上看來實在很難和響尾蛇有所聯想。

晶晶露出了不可思議的表情：「那座島是在湖水中呀！火勢怎麼可能延燒到岸邊？還將一大片山脈燒成那副德性！」

「許多住在西岸的住戶都向警方回報，曾經親眼目睹響尾蛇島神秘起火後，島上滿天飛舞的火苗隨著風飄到一水之隔的狂風岬，火勢就迅速蔓延至東岸的好幾個山頭。」

宛娜翻看著手中的筆記本，尋找剛才抄寫的幾個段落：「這實在太詭異了，你不是說歐戈波戈就藏在水島下的洞穴嗎？那一場山林大火的起火點竟然也在這座小島！難不成那意味著什麼嗎？」

美森有點不以為然：「妳想太多了！其實原住民倒是另有說法，他們認為自古以來美洲大陸的山林大火，本來就是一種大自然浴火重生的儀式，尤其是這類充滿針葉植物的森林，在古老的林木被活活燒死的同時，枝枒上堅硬的松果經過高溫燒烤後，也會隨之一顆顆爆裂開來，松果中的種子因此得以落地生根，生生不息地延續下去呀！」

他們的休旅車順著狂風岬的山路兜兜轉轉往上行駛，大約十多分鐘後才終於抵達頂端。那是一片出奇平坦的岬頂，面積至少有六、七座足球場那麼大，面向歐肯納根湖的岬角是斷崖，從崖邊垂直往下望可以見到水岸邊的響尾蛇島。岬頂的反方向則是那片綿延的黃土丘陵，從如此近距離往上眺望，當年的山火幾乎沒有放過任何綠色植物。

在岬角前有一棟外觀奇特的塔狀建築物，它的高度大約有四、五層樓，外牆貼面是以一種泛著黑藍光澤的啞光鏡面為材質，鏡面上還隱約倒映著四周的山光水色，不過卻是呈現出一種類似負片膠捲的影像。

美森將車子停在客用停車場，便領著他們走到岬頂的廣場。

「這裡就是此次行程中最主要的參觀與拍攝地點——狂風岬的『水怪館[14]』！這棟建築物是以北美原住民的梯皮帳篷為設計概念，不過外牆卻是以『太陽能電池[15]』所拼貼而成，那些光伏面板顧名思義就是能以光電效應將陽光轉換成電流！」

他指了指圓錐狀的頂端，繼續道：「梯皮外觀的最頂層還有一座『聚光太陽能發電[16]系統』，可使用『定日鏡』的透鏡光學原理與追蹤裝置，將微弱的陽光聚焦到裝置內的集光區，收集濃縮的熱作用為熱源，作為發電與能量的儲存。聚光碟在夜間或雨天會自動歸定位休眠，等到聚光碟中央的太陽跟蹤器偵測到足夠的陽光時，才會開始啟動追日的發電行程。因此，這個岬頂上的所有設施都是採用百分之百的太陽能發電！」

熙奇握著他的Canon 7D攝影機三百六十度拍攝著岬頂上的景色，在那棟圓錐狀的水怪館四周，還圍著一圈整齊的建築物，看起來應該是餐廳、禮品店、宿舍與會館，它們整齊地以水怪館為中心圍成了一個橢圓形。

如果從空中鳥瞰這一片岬頂，那些建築物排列的形狀應該類似一只眼睛的圖案，而正中央的水怪館則宛如一顆灰藍發亮的眼球，看來應該也是以賽埃利克斯族圖騰柱上的天神之眼為設計理念。

熙奇特意將鏡頭停在美森講解的塔頂，其實圓錐的頂端並不算是尖頂，而是類似火山口的平頂狀，平頂的圓周還穿出至少十多支鋼柱，那些鋼筋在塔頂上空交織成縷空的鋼架。整體看來的確與傳統的原住民梯皮帳篷相似，只不過原本帳篷頂端樹幹交錯的中空通風口，被設計成了現代化的簡約造型。

晶晶轉過身朝著熙奇的攝影機非常熟練地說著：「原來這一棟以梯皮為設計精神的水怪館，竟然是使用如此新科技的『再生能源』來發電！『晶晶希奇古怪探險隊』的網友們今天可真是要大開眼界了呀！」

「真正高科技的部分還在後頭呢，不過現在還不能透露！我們先進去參觀這一棟以歐戈波戈為主題的博物館吧！」美森也對著鏡頭勾了勾手指頭，領著一行人往圓錐狀的塔裡走去。

當他們才一踏進水怪館的大堂時，早已被眼前的景象給震懾住了。

因為，在挑高三層樓的展示廳上空，正懸吊著一尾栩栩如生的歐戈波戈巨型骨骸，它的長度至少有十五米以上，正以一種上下波動的姿勢漂浮於半空中，而巨大的尾鰭則如海馬般向下垂著。歐戈波戈的頭顱骨至少有兩米長，全身渾圓的骨骼類似一尾超級巨蟒，不過在軀幹的前半段卻有一雙扁平的前肢，看起來應該是蹼狀的巨鰭。

在骨架的末端則散著一大片如魚尾般的扇形細骨，那片魚尾骨的細緻程度並不太像是同時出土的化石，畢竟如此細碎的軟骨節很難保存千萬年，或許只是館方依照歐戈波戈目擊者們的描述，所加裝上的人工模擬骨骸。

晶晶仰著頭、張著嘴，驚訝地問：「傳說中的歐戈波戈……真是如此龐然的神秘生物嗎？」

他們身後突然傳來一陣清脆悅耳的女聲。

「這其實是龍王鯨的化石骨骸……根據當年英國神秘動物學家卡爾・秀克[17]的研究，他綜合歷年來歐戈波戈目擊者們所拍到的影像與描述，將歐戈波戈歸類為是龍王鯨屬。它們又被稱為『械齒鯨』，是一種生存於三千多萬年前『始新世[18]』晚期的史前生物，在埃及、巴基斯坦、美國的密西西比州與阿拉巴馬州，都曾發現過大量的龍王鯨化石。」

說話的是一位身穿淺藍色套裝的女子，黑色的長髮梳得一絲不苟，還在頭頂盤成了一個漂亮的髮髻，她身後還跟著一位身著同色系西裝褲與白襯衫的黝黑男子。從他們的相貌與膚色看來，應該是歐肯納根湖區的原住民，兩人都有著濃眉大眼與鼻樑稍長的精緻五官。

美森轉過身和他們熱切地握手與擁抱，還互相寒暄問候了幾句，看來應該是原本就已熟識。

「這兩位是水怪館的導覽專員拿美和卡加，也是賽埃利克斯族的原住民朋友，他們對該族歐戈波戈的傳說有非常深入的瞭解喔！」在美森介紹的同時，拿美與卡加也趨前與晶晶、宛娜和熙奇禮貌性地握了握手。

「這三位亞洲朋友，就是我在電話中跟寇利爾館長提過，網上非常知名的YouTubers，他們『晶晶希奇古怪探險隊』的每一段搜奇影片，都有超過幾百萬的點擊率喔！透過這一次的拍攝與介紹，肯定能讓全球網友更加認識加拿大知名的歐戈波戈！」

卡加一邊將幾本水怪館的簡介遞給他們，一邊笑容滿面地回答：「是的，我們也在網路上觀賞過你們的影片，寇利爾館長還指示我們要特別招待幾位！除了今天的水怪館導覽行程，他也邀請你們參加後天『水之眼[19]』的正式啟用酒會。」

「水之眼？」宛娜和晶晶異口同聲重複了那兩個英文單字。

拿美面帶微笑地說：「是的，它是我們新成立的水下觀測站。」

「在哪裡？是用來觀測什麼的呀？」

卡加和拿美相視一笑，很有默契地指了指腳下的大理石地板：「水之眼就在這座狂風岬的最底部，我們待會也會帶各位到那裡參觀，屆時你們就會知道它是用來觀測什麼了。」

「山岬底部的水下觀測站？哇，這一次的探險實在是太刺激了！」晶晶表情豐富地說著，還朝著熙奇手中的攝影機比了一個很台的V手勢。

兩位導覽專員領著他們走向圓形展示廳的最右方，以逆時針方向鉅細靡遺介紹館內展示的古物、文獻、照片與幻燈片。相關的展品總共劃分為三大區域，分別有：歐戈波戈、龍王鯨與賽埃利克斯族的各類史料。

水怪館的內部共有四個樓層，除了挑高三層樓的一樓展廳，二樓則有一間放映資料紀錄片的多媒體放映室，專門播放目擊者們所拍到的歐戈波戈照片與影片。三樓則是員工與館長的辦公室，最頂樓就是那座聚光太陽能發電系統的所在樓層。由於水怪館是圓錐狀結構，樓層的面積當然也就越到上層幅員越小，頂層甚至仿效傳統梯皮帳篷的風口概念，是採挑空的半開放格局。

晶晶在錄影期間除了以英語和拿美及卡加交談，也會不時轉過身對著熙奇的鏡頭，將對話內容大致翻譯成中文。雖然宛娜在後製時還是會加上字幕，但是他們認為影片中穿插一些中文口語解說，對那些來自全球不同地區的華裔網友而言，應該會多些親切感。

他們也在二樓的多媒體放映室內，欣賞了一段三十多分鐘的紀錄片，影片從古老原住民壁畫上的N'ha-A-Itk圖案說起，除了介紹一百多年前某些歐裔移民的目擊口述，也包括了一九二六年在濱湖道上三十多輛汽車與行人，目擊歐戈波戈出現在湖中的新聞；一九七八年基隆拿市的鐵架浮橋上，亦有四十多位駕駛目睹歐戈波戈在湖面上悠哉划過的景象……幾乎每一年都有新的目擊者宣稱見到牠。

許多居民或觀光客聲稱拍到了照片，不過經由鑑定後大多是疑似浮木、水獺或廢棄輪胎的模糊影像，當然也有人拍攝到湖中有巨大黑影翻騰沉潛的影片。二〇一一年更有人以手機拍攝到水面上有兩道划行中的黑影，因此湖中有兩尾或多尾歐戈波戈的說法也喧騰一時。

紀錄片中還介紹了美國電視節目Monster Quest的任務小組，造訪歐肯納根湖搜尋歐戈波戈的過程。他們在直升機上以高精密的「紅外線熱成像攝影機[20]」，也拍攝到響尾蛇島附近的水域，突然出現身形蜿蜒的不明熱成像畫面。雖然搜尋小組並沒有見到傳聞中如波浪般翻騰的歐戈波戈身影，但是卻斷言那片水域的確有某種巨型的未知生命體。

宛娜看完那一段影片後，有感而發地說：「我覺得想要拍到歐戈波戈的全貌，應該是在湖底安裝多具防水的紅外線攝影機，那樣才拍得到它在水中的全身影像吧？」

「對呀，大部分目擊者所拍攝到的歐戈波戈影像都是在湖面上，那種又像浮木又像水波的模糊黑影，實在很難端倪出什麼所以然。」晶晶也接著道。

拿美與卡加聽著她們倆的對話，也在一旁點著頭露出一種神祕的笑容，卻什麼也沒有多說，只是領著他們走進旁邊的電梯間。

熙奇留意到電梯內的按鈕有些詭異，順勢用手肘頂了一下晶晶，還將攝影機鏡頭停留在那幾顆按鈕好幾秒。因為，在那片樓層的控制面板上，除了有一樓到四樓的幾顆按鈕之外，最下方還有一顆印著「Ｂ１１６」的紅鈕。

「咦，Ｂ１１６是指地下一百一十六層嗎？」晶晶表情詫異地問拿美。

拿美笑著說：「可以這麼說！狂風岬位於歐肯納根湖最深的水域旁，從水面到湖底大約有兩百四十二米那麼深，再加上岬頂的水怪館距離水面則是海拔一百米左右，因此從岬頂到湖底的總高度約為三百五十米那麼高。假設以每一層樓三米為保守估計，這個高度差不多就有一百一十六層樓那麼高，因此將位於湖底的水之眼稱為是Ｂ１好像有點不合理，寇利爾館長才會神來一筆將它稱之為Ｂ１１６！」

「哇，這應該跟台北一〇一大樓差不多呢！稱得上是水中摩天樓的高度吧？」

卡加看著他們驚訝的神情，也接著道：「當然，這座垂直貫穿狂風岬直達歐肯納根湖底的電梯，並沒有你們台北一〇一大樓的電梯那麼高速，從岬頂的水怪館到湖底的水之眼，大約耗時兩分半鐘，還請幾位要忍一下耳壓的不舒適感喔。」

在電梯下降的漫長等待中，他們六個人都沉默著，彷彿正留心聆聽著鋼纜規律的運作聲，深怕電梯會突然停在這條垂直的人工洞穴中。

「兩位身為賽埃利克斯族的後裔，是否也真相信歐戈波戈的存在？」宛娜打破了沉默。

拿美想了一下，才說：「就像剛才影片中所介紹的，其實早在歐裔尚未移居美洲大陸之前，我們的祖先就已經流傳著許多N'ha-A-Itk的故事，甚至也有古老的抽象圖案記載，它的形體與現代人所目擊到的歐戈波戈相去不遠。那些神話或傳說是我們從小到大生活中的一部分，很難去界定相信或不相信，只能說是習以為常了。不過，祖先們曾有所言，只要歐戈波戈現身必有災難……」

「妳是指類似之前的山林大火，或天災人禍之類的嗎？」晶晶問。

「我想你們東方人也有這類的傳說吧？某種不知名的神秘生物被過度驚擾後，常會帶來一些不可預期的禍害。」

宛娜用力點了點頭：「沒錯，我們去年到中國江蘇省的洪澤湖拍攝『水龍』專題時，當地的民俗學者也告訴我們，中國人相信所謂的洪災，通常就是喜歡興風作浪的水龍所造成的，必須以鐵牛或石雞雕像來鎮住這類的蛟龍、蟠龍、蚊龍或虯龍，尤其是有螺旋角的虯龍，還會帶來漩渦式的洪流。」

就在他們你一言我一語閒聊中，電梯的速度開始減速，最後才緩緩停了下來。當電動門開啟後，眼前是一條明亮寬闊的岩洞隧道，左右牆面上充滿了凹凸不平的岩石，穿過走廊盡頭的玻璃門之後，又是一幅令他們驚訝不已的場景。

拿美和卡加站在門內的兩側，不約而同比了一個請進的手勢：「歡迎來到水之眼觀測站！這裡位於歐肯納根湖最深水域的底層，也就是歐戈波戈最常被目擊出沒的區域，因此將成為最適合研究學者觀測與追蹤歐戈波戈的研究室。」

晶晶忍不住喊了出來：「天呀，熙奇快拍屋頂……實在是太壯觀了！」

在挑高四、五層樓的觀測站上方，竟然是一大片完全透明的巨大玻璃頂，在視覺上看起來宛若一座上下顛倒的室內遊泳池。屋頂的玻璃外則是透著波光水影的歐肯納根湖，湖水上層隱約可以看到午后的陽光穿過水面，如極光般在水中搖曳的光影，不同大小的魚群正優游著，感覺上根本無視於玻璃底下的人們。

宛娜睜著雙眼搖著頭，露出一種無法置信的表情：「我從未在這種角度，由下往上欣賞過湖中的世界。」

「這片面積約為三座國際標準泳池尺寸的玻璃頂，並不是採用一般的強化玻璃喔！我現在就請水之眼的諾亞・皮爾森教授為大家解說一下。」

拿美的身旁多了一位年約五十的光頭男子，臉上戴著一副無框的近視眼鏡和修剪得不是挺整齊的落腮鬍，雖然從穿著看來的確像一位典型的白袍研究學者，不過說起話來擠眉弄眼的神態，倒是多了些平易近人的滑稽感。

「是的，這片巨型的觀測用天窗是採用極為稀有的『可變倍率液態透鏡[21]』所建構的！」

晶晶愣了一下：「什麼什麼，透鏡還有液態的？」

皮爾森不由自主揚起下顎，半閉著雙眼驕傲地說：「沒錯，它並不是單層的玻璃，而是由三層強化硼矽石英玻璃所組成的，每片玻璃之間相隔約一米五將內部分隔為兩層，也就說這天窗其實是一大片至少有三米厚的玻璃水槽，內部注滿了填充液與彈性膜。」

「填充液？」

「沒錯，玻璃槽內的特殊填充液，在通過指定功率的電壓後，會產生膨脹的作用，當填充液向外撐時，就會令彈性膜周邊擠壓而產生不同的折射率，進而改變天窗玻璃的可視倍率。除此之外，三片強化硼矽石英玻璃上也有特殊的偏光處理，不但水中的生物無法從單向玻璃外得知觀測站的存在，偏光功能更可過濾掉湖水中不規則的折射與雜質，再搭配觀測站上的五十多具紅外線熱成像攝影機，就成了觀測歐戈波戈生態的最佳研究場所了。」

宛娜的表情有點不解：「所以，在這座觀測站的研究員，就像是在水底下守株待兔，等待歐戈波戈從響尾蛇島的洞穴內現身？」

皮爾森推了一下鼻樑上的眼鏡：「可以這麼說，不過我們也不是在空等而已，目前已經能推算出它將會出沒的一些時間點了。」

「這……怎麼可能？」晶晶和宛娜不約而同喊了出來。

他得意洋洋地笑了出來，然後領著一行人走向幾位研究員的電腦旁。

「我們建立了一個完整的資料庫，匯集了這一百多年來所有目擊者回報的年份、日期與時間，以及目睹歐戈波戈的座標方位，再與加拿大國家氣象中心的歷史信息作比對與匹配，找出當時的季節、氣溫、風向、降雨、氣壓與水溫，甚至是天文中心提供的月圓陰缺，或是月球引力對水域的漲退數據……就可套進我們自行開發的電腦程式，運算出歐戈波戈出沒於湖中的周期性、巡游慣性與覓食習性。」

「畢竟，在地球上形形色色的萬物，通常都有自己的生物時鐘，就像植物開花、媒介和結果的定律，或者某些動物脫皮、化蛹、交配及冬眠的程序。因此，歐戈波戈肯定也有它的生物時鐘與固定的周期。」

晶晶欣喜若狂地問：「這麼說，你們已經掌握到歐戈波戈下一次會出現的時間點了？能否透露給我們？我們也很想拍攝到傳說中的歐戈波戈呀！」

「哈哈哈……恕我無可奉告呀！畢竟這些推算出來的周期表，目前還只是我們內部的統計資料，某些數據還牽涉到未來每日氣候與水溫的變動，因此周期表的預測日期還是會有所浮動。再則，如果我們讓外界得知歐戈波戈將可能出沒的時間點，那麼歐肯納根湖區肯定會湧進大批的遊客，當大大小小的觀光遊艇聚集在湖面時，也將會嚴重影響到我們在水中的觀測與研究，甚至干擾到歐戈波戈的周期性。」

「這樣呀……」

皮爾森看著他們失落的表情，露出了一種捉狹的笑容：「別擔心，反正你們停留在狂風岬的這幾天，並不是歐戈波戈周期表上的活躍期啦！」

「哇，這真是讓全球網友大失所望的壞消息呀！」晶晶將頭靠到宛娜的肩上，對著熙奇的攝影機作了一個假哭的鬼臉。

當他們一行人結束了水怪館與水之眼的參觀行程後，已經是接近黃昏時分。拿美領著他們回到了岬頂，入住在環繞於水怪館外的其中一棟建築物，那裡除了有觀測站的研究員宿舍，還有一部分是開放給參訪貴賓的會館。

拿美、卡加和水怪館的其他幾位導覽員，隨後也匆匆搭上了館方的交通車下山，因為這座博物館在每晚六點半閉館後，那條通往狂風岬的山路也會封閉與管制，主要就是避免外來的觀光客或閒雜人等登上岬頂。

今晚的狂風岬，除了美森和「晶晶希奇古怪探險隊」一行人，還有兩位水之眼的留守研究員，以及餐廳裡的廚娘及房務母女檔。聽說寇利爾館長與夫人也住在岬頂，不過卻是在橢圓形房舍另一端的洋房裡。

他們四個人被安排在貴賓會館三樓的兩間雙人房，晶晶和宛娜在三〇四號房，熙奇和美森則是在隔壁的三〇六號房。一行人在一樓的餐廳用過晚膳後，兩位女生就先回房間休息了，只有熙奇還拉著美森陪他到岬角，想拍幾段俯視歐肯納根湖和響尾蛇島的畫面。

宛娜在等待晶晶盥洗時，走出了房間倚在陽台欄杆前。他們的房間面向北方，從那個方向望去剛好可以看到基隆拿市的燈火輝煌，那一座連接東西兩岸的鐵架浮橋，正透著一種幽暗的昏黃燈光。最北端還有好幾座峰峰相連的山頭，上面仍堆積著斑白的積雪，很難想像在這沙漠般炎熱的綠洲裡，竟然可以遠眺到如此北國風情的雪山景觀。

她將目光停留在狂風岬底下的湖水，此時的水面是一片發亮的漆黑，寧靜得幾乎沒有任何水波，雖然從那個方向望不到岬底的響尾蛇島，她依然睜著好奇的眼睛凝視著那片湖水良久，彷彿正朝著湖心用力傳遞她的念力。

期待，能夠有幸親睹傳說中的歐戈波戈。

Ψ:I

響尾蛇島與狂風岬一隅 / 提子墨 攝

夜，猶如吸盡了周遭色彩的精氣，張著那口黑色貪婪的嘴，正靜靜地沉睡在星空之下。Ψ22走進了那片黑暗中，在最深的那個角落蹲了下來。微光中看不出他的性別，只能隱約從低垂的連身帽裡端倪到半張側臉，他應該長得還算秀氣。

Ψ從背包裡拿出了平板電腦，低下頭划著觸控螢幕上的相簿，沒多久才停在某張照片上，還盯著它發呆了許久。那張照片上並沒有任何風景或人物，只是一張翻拍的陳舊泛黃紙頭（附圖一），上

SECRET LLG XKMXJ FNJMGU NFHGI KSXVCILFEMV BKPCEH

10000 11000 00100 10011 10100 11000 11100 00001 11110 00001 01010 00100 11100 00011
10101 00100 11001 00001 00100 00011 11001 10010 00001 00100 10000 11000 00100 01001
00001 01110 11000 01001 00001 00100 10000 10100 00110 00101 00100 01110 11000 01100
01101 00001 00101 00101 00110 11000 01100 00100 11000 01101 00100 11100 10101 00100
00101 00110 01100 00101 00100 00110 00100 10100 00011 11110 00001 00100 10010 00110
11110 00001 01001 00100 10011 00110 10000 10100 00100 11100 10101 00100 11010 00111
00110 10010 10000 00100 00011 01100 01001 00100 10000 10100 00001 00100 00111 01100
00101 10110 11000 01111 00001 01100 00100 00101 00001 01110 01010 00001 10000 00100
11000 01101 00100 11100 10101 00100 10010 00110 01101 00001 11011 11100 00100 11111
00110 10000 00100 01110 11000 00111 10010 01001 00100 01100 11000 10000 00100 11001
00001 00100 10000 11000 10010 01001 00100 10011 10100 00001 01100 00100 00110 00100
10011 00011 00101 00100 00011 10010 00110 11110 00001 11011 11100 00100 11111 00110
00100 01111 00110 10010 10010 00001 01001 00100 11100 10101 00100 11001 00001 00101
10000 00100 01101 01010 00110 00001 01100 01001 11011 01100 00100 11111 10000 10100
00001 00100 10110 00001 01010 00101 11000 01100 00100 10011 10100 11000 00100 01110
00011 11100 00001 00100 10011 00110 10000 10100 00100 11100 00001 00100 01101 01010
11000 11100 00100 01110 00011 01100 10000 11000 01100 11011 11100 00100 11111 00110
00100 10100 00110 01001 00100 10100 00110 00101 00100 11001 11000 01001 10101 00100
00110 01100 00100 10000 10100 00001 00100 01110 00011 11110 00001 00101 00100 00111
01100 01001 00001 01010 00100 01010 00011 10000 10000 10010 00001 00101 01100 00011
01111 00001 00100 00110 00101 10010 00011 01100 01001 11011 11100 00100 01000 01000
11111 00110 00100 10011 00011 00101 00100 01100 11000 10000 00100 01010 00001 00011
10010 10010 10101 00100 10000 10100 00001 00100 10100 11000 01100 11000 01010 00011
11001 10010 00001 00100 00011 01100 01110 00001 00101 10000 11000 01010 00100 10000
10100 00011 10000 00100 00001 11110 00001 01010 10101 11000 01100 00001 00100 00011
00101 00101 00111 11100 00001 01001 11011 11100

（圖一）

面寫滿了密密麻麻的文字與數字，可是卻完全看不出到底是什麼含意。

他得到這張神秘的紙頭已經好幾個月了，可是卻一直無法理解那些奇怪的文字串，到底隱藏著什麼祕密。當然，他並不是完全一無所知，至少也花了些時間解譯出第一行的亂碼。

因為，它們顯而易見是蠻常見的「維吉尼亞密碼[23]」（附圖二），這種加密法稱得上是「凱撒密碼[24]」的進化版，採用二十六組偏移值不同的凱撒式編碼組成了表格，加

	A	B	C	D	E	F	G	H	I	J	K	L	M	N	O	P	Q	R	S	T	U	V	W	X	Y	Z
A	A	B	C	D	E	F	G	H	I	J	K	L	M	N	O	P	Q	R	S	T	U	V	W	X	Y	Z
B	B	C	D	E	F	G	H	I	J	K	L	M	N	O	P	Q	R	S	T	U	V	W	X	Y	Z	A
C	C	D	E	F	G	H	I	J	K	L	M	N	O	P	Q	R	S	T	U	V	W	X	Y	Z	A	B
D	D	E	F	G	H	I	J	K	L	M	N	O	P	Q	R	S	T	U	V	W	X	Y	Z	A	B	C
E	E	F	G	H	I	J	K	L	M	N	O	P	Q	R	S	T	U	V	W	X	Y	Z	A	B	C	D
F	F	G	H	I	J	K	L	M	N	O	P	Q	R	S	T	U	V	W	X	Y	Z	A	B	C	D	E
G	G	H	I	J	K	L	M	N	O	P	Q	R	S	T	U	V	W	X	Y	Z	A	B	C	D	E	F
H	H	I	J	K	L	M	N	O	P	Q	R	S	T	U	V	W	X	Y	Z	A	B	C	D	E	F	G
I	I	J	K	L	M	N	O	P	Q	R	S	T	U	V	W	X	Y	Z	A	B	C	D	E	F	G	H
J	J	K	L	M	N	O	P	Q	R	S	T	U	V	W	X	Y	Z	A	B	C	D	E	F	G	H	I
K	K	L	M	N	O	P	Q	R	S	T	U	V	W	X	Y	Z	A	B	C	D	E	F	G	H	I	J
L	L	M	N	O	P	Q	R	S	T	U	V	W	X	Y	Z	A	B	C	D	E	F	G	H	I	J	K
M	M	N	O	P	Q	R	S	T	U	V	W	X	Y	Z	A	B	C	D	E	F	G	H	I	J	K	L
N	N	O	P	Q	R	S	T	U	V	W	X	Y	Z	A	B	C	D	E	F	G	H	I	J	K	L	M
O	O	P	Q	R	S	T	U	V	W	X	Y	Z	A	B	C	D	E	F	G	H	I	J	K	L	M	N
P	P	Q	R	S	T	U	V	W	X	Y	Z	A	B	C	D	E	F	G	H	I	J	K	L	M	N	O
Q	Q	R	S	T	U	V	W	X	Y	Z	A	B	C	D	E	F	G	H	I	J	K	L	M	N	O	P
R	R	S	T	U	V	W	X	Y	Z	A	B	C	D	E	F	G	H	I	J	K	L	M	N	O	P	Q
S	S	T	U	V	W	X	Y	Z	A	B	C	D	E	F	G	H	I	J	K	L	M	N	O	P	Q	R
T	T	U	V	W	X	Y	Z	A	B	C	D	E	F	G	H	I	J	K	L	M	N	O	P	Q	R	S
U	U	V	W	X	Y	Z	A	B	C	D	E	F	G	H	I	J	K	L	M	N	O	P	Q	R	S	T
V	V	W	X	Y	Z	A	B	C	D	E	F	G	H	I	J	K	L	M	N	O	P	Q	R	S	T	U
W	W	X	Y	Z	A	B	C	D	E	F	G	H	I	J	K	L	M	N	O	P	Q	R	S	T	U	V
X	X	Y	Z	A	B	C	D	E	F	G	H	I	J	K	L	M	N	O	P	Q	R	S	T	U	V	W
Y	Y	Z	A	B	C	D	E	F	G	H	I	J	K	L	M	N	O	P	Q	R	S	T	U	V	W	X
Z	Z	A	B	C	D	E	F	G	H	I	J	K	L	M	N	O	P	Q	R	S	T	U	V	W	X	Y

（圖二）

密者必須以那份表格來設定「關鍵碼」。因此在解密過程中，每一個字母需要使用表格上的哪一組編碼來代換，完全取決於加密者所給的關鍵碼。

Ψ依照維吉尼亞密碼的解密程序，必須先將整段密文與關鍵碼「上下並列」後，才能在表格上找出相對應的字母。剛開始，他對關鍵碼是什麼並不是很肯定，囫圇吞棗套用了好幾組臆測的關鍵碼，卻始終代換不出任何有意義的文字。

直到他定下心檢視那段如字符串的密文後，才端倪出那其中有所蹊蹺，儘管它們多是無意義的字母所組成的，但是開頭SECRET那幾個字母卻算是一個「明文」的單字。難道那並不屬於密文的一部分，而是刻意寫在開頭的關鍵碼？Ψ索性將SECRET當成關鍵碼「重複循環」與密文上下排列在一起，作成了簡易的對應表（附圖三）。

關鍵碼	SEC	RETSE	CRETSE	CRETS	ECRETSECRET	SECRET
密文	LLG	XKMXJ	FNJMGU	NFHGI	KSXVCILFEMV	BKPCEH

（圖三）

在對應表上，關鍵碼的第一個字母是S，密文的第一個字母則是L。因此必須在維吉尼亞密碼表格上方，找出屬於S的那行（直向），並且在該行由上往下尋找L所在的位置，找到之後往左邊查詢它處於哪一列（橫向），如此就求出明文的第一個字母T。

依此類推，關鍵碼的第二個字母是E，密文的第二個字母是L，因此就在E行找到L的所在位置後，往左邊查詢是位於H列，而求得明文的第二個字母H……。在一陣眼花撩亂的字母代換後，Ψ總算將那段密文解譯成一段有所含意的明文。

真相埋藏於響尾蛇島之下（*The Truth Buried Under Rattlesnake Island*）

「真相？」他在黑暗中凝視著那一句早已破解多日的明文，至今仍無法從簡短的隻字片語中，端倪出如何解開整張密文上其他字符組的方法。

到底，那些0與1的組合代表什麼？而響尾蛇島上又埋藏著什麼真相？

第二章　水之眼

響尾蛇島小灘 / Ryan K. 攝

七月六日，歐肯納根湖。

黃昏的湖水透著一種香檳般的金黃色，雖然已經是晚上九點多了，不過在這種晝長夜短的北國夏日，夕陽才正準備沉入西岸山頭，通常要等到十點多天色方才轉暗。湖面上的遊艇和帆船，已經不如白天時那般頻繁，只剩下幾艘歸航的客用渡輪正準備靠岸。

加勒威父子坐在雙人皮划艇內，各自划著手中的鋁合金雙節槳，小艇在暮色中並不是那麼顯眼，幾乎就快隱沒在逐漸入夜的湖水波紋中。他們左右划槳的節奏，顯得比平日更為小心翼翼，彷彿不希望濺起的水花引起沿岸居民注意。

大約二十多分鐘後，他們才從歐肯納根湖西岸的蜜桃地（Peachland），划到位於東岸的狂風岬下方，兩人隨之躡手躡腳將皮划艇拖進響尾蛇島的矮叢裡。洛根・加勒威的身上早已穿戴好潛水服與設備，他的兒子比爾則幫著他背上鋁合金的氣瓶，隨後也互相測試了水中的通話系統。

當一切的前置作業都準備就緒，洛根戴上潛水鏡正要沉入湖水前，還是忍不住叮嚀了幾句：「記得要眼觀四面、耳聽八方，只要遠遠見到藍色頂燈的水警噴射艇，就馬上用無線電通報我！」

語畢，才緩緩沉進湖水之中。

洛根與比爾是一對來自美國的狩獵者，不過他們所追捕的並不是棕熊或麋鹿之類的野生動物，而是那些尚未被證實的「UMA[25]」，也就是所謂的神祕生物、傳說動物或神話物種。他們曾參與紐澤西州的搜索隊，追捕那頭有馬首、紅眼與蝙蝠翅膀的「澤西惡魔」；也曾在西維吉尼亞州的森林中，親眼目睹如外星人般的「天蛾人」。

加勒威父子最為人知的事蹟，就是曾經花了兩年時間，窩在加拿大的洛磯山脈餐風露宿，就為了要尋找傳說中的北美野人「Sasquatch」，雖然並沒有活捉到那頭滿身長毛的怪物，可是卻意外尋獲許多疑似北美野人的毛髮、骨骸與足跡。他們將每一次狩獵到的不知名動物活體，或是收集到的不明生物組織採樣，向博物館、遺傳學研究所或神秘動物學協會兜售，以換取高額的酬金。

畢竟，沒有他們這種在祕境中出生入死的狩獵者，那些成天窩在實驗室的專家或學者們，哪來那麼多可研究與化驗的ＵＭＡ檢體，進而發現地球上的各種新物種。加勒威父子或許稱得上是另類的「ＵＭＡ賞金獵人」，只不過當交易完成後也就功成身退，就算所售出的生物活體或樣本被證實為新物種、變體生物或外星生命體，那些榮耀和光環也與他們完全無關。

洛根與比爾之所以會來到歐肯納根湖區，當然是為了傳說中的歐戈波戈，以及當地「龐帝克頓酒莊商會（Penticton & Wine Country Chamber of Commerce）」所提供的那筆兩百萬加幣獎金。早在二〇〇〇年五月三日，該商會向全球發布的新聞稿中就提過，他們並不要求目擊者活捉到歐肯納根湖的歐戈波戈，只要能採集到足以證明歐戈波戈存在的科學鑑識證據，那麼就可以領取到那一筆高額獎金。

這麼多年來，世界各地的探險家、搜索隊、生物學家，甚至擁有高科技設備的研究團隊，都曾經花過長時間追蹤歐戈波戈，不過大多是徒勞無功鎩羽而歸。

洛根曾經認為歐戈波戈應該只是民間謠傳，甚至是小城小鎮為了促進觀光事業，所搞出來吸引遊客的廣告噱頭。不過，當他得知連頗有名氣的神祕動物學家寬滕・寇利爾博士，這幾年也透過財團資助在這裡蓋了一棟以歐戈波戈為主題的博物館，甚至還在水深兩百四十二米的湖底建構了一座專門研究歐戈波戈的水下觀測站。

他才開始覺得事出必有因。

從他過往與寇利爾博士交易的經驗，那個人行事吹毛求疵、一絲不苟，絕對不會將時間浪費在沒有根據的研究上。洛根曾經向他兜售過疑似南卡羅來納州「蜥蜴人」的人形蛇尾蛻皮，以及可能是威斯康辛州「布雷路之獸」的犬齒獠牙，寇利爾博士連將樣本與已知動物ＤＮＡ比對的步驟都不需，就能直接斷言那些只是某種巨蟒或狼族的遺留物。

這麼一位專業專精的動物學者，卻忽然離開原本服務的「神秘動物學協會」，來到沙漠邊緣的歐肯納根湖區定居，還在狂風岬成立了水怪館與水之眼，將時間完全投注在歐戈波戈上，那麼他的研究動機肯定有所本！

洛根輾轉探聽到水之眼已開發出能運算歐戈波戈出沒周期性、巡游慣性與覓食習性的程式系統。如果真有如此的技術，那麼對洛根來說就更如虎添翼了！比爾曾經花了一整個月的時間，企圖駭進水之眼的區域網路取得資料庫裡的分析數據，不過終究還是徒勞無功。

他們只好選擇最原始的入侵方式——想辦法潛入那一座位於湖底的觀測站！洛根不相信水之眼會是什麼密封的空間，總還是有所謂的水閘、氣孔或內外壓力調節的設備吧？只要有任何縫隙應該就能夠登堂入室，進而竊取到電腦檔案或書面文件！

比爾透過衛星地圖的歷史圖檔，瞭解這幾年來水之眼的建構過程，工程隊是從狂風岬上開挖一條垂直的通道直達湖底，再以先進的海底隧道水下工程技術，從山岬底以ＴＢＭ潛盾機[26]一吋一吋往外推，將岬前一大片的湖底鋼架化，就像在地基中埋了一只巨型的金屬盆，而成為水之眼的主體。

這項工程完全沒有從湖面由上往下施工，因此沿岸居民並未發現這一項不為人知的水中建案。不過透過衛星照片的紀錄，卻可發現岬頂上的通道，曾經運輸過許多大型的工程用器械與鋼架，讓加勒威父子更確定了水之眼的確實地點。

今晚的潛水任務只是洛根的初步勘察，就是為了要找出任何可潛入觀測站的水中孔道，只要能取得任何關於歐戈波戈的蛛絲馬跡，都有助於這對父子追捕及採集樣本！

洛根緩緩往下潛，越接近湖底光線越是微弱，他身上雖然配有一支磁控潛水手電筒，卻壓根子不敢貿然點亮。因為，他知道那一座水下觀測站是玻璃頂，可以輕易由下往上觀察到湖中的景況，因此在下沉時還刻意偏離那個方位，直到靠近湖底時才匍匐爬到玻璃頂的邊緣。

由於那是一面有偏光處理的強化硼矽石英玻璃頂，雖然從觀測站內可以一覽無遺湖中景色，可是身處於水中的生物所見到的，卻只是湖底一大片深褐色的不透明平面而已。

他避開了好幾具朝著上方取角的紅外線熱成像攝影機，攀到了玻璃鋼框邊緣往下望，儘管他已經將半個頭貼在玻璃面上，不過那種類似單向可視膜處理的玻璃，所能窺視的能見度極低。他隱約端倪出玻璃底下好像還有幾個透明隔層，而且裡面有某種液體在流動著，底下則是挑高好幾層樓的空間。

朦朧中頂多見到偌大的觀測站內，有好幾台不知所以然的龐大觀測器材，其中還有一面牆上整齊排列著許多巨大的平板螢幕。在這個大小接近體育館的空間內，並不如他之前所預想的場景，會是個嵌在湖底的巨大醜陋鋼盆，或像潛水艇內部那般狹窄昏暗。相反的，它根本就像一座高端科技的研究中心。

洛根猶如水族箱裡的琵琶鼠，將身子緊緊壓低貼在湖底，順著玻璃頂的鋼框外圈摸索著，希望能夠找到任何與主體相通的孔道。他沿著鋼框的三個邊搜尋了一圈，直到游至靠近岬底的邊框時，才終於發現岩壁上竟然伸出一條巨大的鋼管，管道順著山岬筆直向上攀升。

「難道，這是通往岬頂的電梯通道？」洛根心裡想著。

他索性順藤摸瓜一路沿著岬壁往上游，當外露的管道快接近水面時，卻又被硬生生給埋進了山壁裡。他破水而出後，才發現那是狂風岬下方的一片沙灘，沙地上除了幾株稀疏的杉樹，在靠近岬壁的岩石前還長了一大落不太自然的樹叢。他悄悄爬上岸往那個方向走去，費了很大的勁撥開矮樹叢後，才總算恍然大悟！

就在此時無線電耳機傳來比爾的聲音：「水獺……水獺，聽到請回答！」

「水獺收到，斑鹿請說，Over！」

「你現在人在哪裡……快游回來了嗎？Roger！」比爾的語氣有些支吾。

「還在狂風岬底的沙灘，怎麼樣？有什麼狀況嗎？Over！」

「小島底下的洞穴好像有動靜……」

洛根疑惑：「小島底下？什麼動靜？水警嗎？」

「不敢確定？我到洞穴去探一探，Over！」。

「你先等我游回去再說！」洛根壓低聲音吼著：「喂，你聽到我說的嗎？」

他縱身跳入湖水中，往前方水島的方向游去。雖然狂風岬的沙灘與響尾蛇島僅僅一水之隔，頂多就只有五、六百米的距離而已，但是在已經入夜的星空下，洛根完全無法看到島上有什麼狀況。

「比爾，你還在嗎？Over！」

他一邊游一邊對著耳麥繼續詢問，卻沒有再聽到比爾的回話。當他拼了命游回響尾蛇島，摸黑回到剛才藏匿皮划艇的小灘草叢附近，卻沒有見到比爾的身影。

響尾蛇島是座丘形的迷你島嶼，只有南面才有一處可停泊舟艇的小灘，沿著小徑往上坡路走十多分鐘，就可看到丘頂那座七十年代就被遺棄的花園，和一片荒廢的小型高爾夫球練習場，如今早已是斷垣殘壁的荒涼景象，東倒西歪的羅馬柱隨處可見。

有些人會從小灘兩側的林間穿進去，或是以遊艇環繞著小島一圈，探索外圍岩壁下的幾個洞穴，它們大多是被潮水淹至腳踝的小石洞，或是灌滿一大半湖水的漆黑洞穴，也有幾個洞口是藏在水下。聽說它們都是相連的通道，而且一直垂直通往深不見底的地層裂縫，才會成為傳說中歐戈波戈所藏匿的神秘出入口。

至於那些洞穴到底通往何處，並沒有人知道。

曾經有幾位經驗老道的潛水人員，沿著洞穴一路垂直往下沉潛，不過游了一個多小時後，依然是一片漆黑的狹窄水域。那種宛如是在蛇洞深處摸索，又擔心會被突然衝出的歐戈波戈一口吞食的恐懼感，讓許多抱著「地心探險」的好奇者全都因此半途而廢。

洛根脫下鋁合金氣瓶和潛水鏡，丟在草叢內的皮划艇中，迅速穿進小灘旁那片臨水的樹林，沒多久總算見到自己的兒子。但是，他卻像著了魔似的，傻楞楞地拎著一把十字弓，佇立在其中一個洞穴前。

洛根壓低嗓子喊了他兩聲，比爾才如夢初醒般，轉過頭雙眼無神地望向他。

「你把無線電和潛水器材全丟在那不管，到底是在搞什麼？」洛根的口氣有些惱羞成怒。

比爾的嘴唇開合了兩下，才終於發出聲音：「那個……洞穴裡……有奇怪的閃光，而且還發出一種悶悶的回音……你沒聽到嗎？」

洛根停了兩秒，彷彿正豎著耳朵聆聽：「你在說什麼跟什麼？也許只是在島上野營的年輕人吧！」

「怎麼可能？那個洞穴的湖水都快淹到我的腳踝，怎麼會有人放著乾燥的戶外草地不睡，而跑到潮濕的洞穴裡紮營？」

「真拿你沒轍！你跟了我這麼多年，怎麼還是這麼大驚小怪毛毛躁躁的？」洛根一手就將十字弓搶了過來，然後逕自朝著洞穴的方向走去。

「老爸，別去了！」這下子反而是比爾開始著急。

洛根頭也不回地說：「我進去瞧瞧馬上就出來，你在這裡等著！」

其實他心裡正在盤算，難道寇利爾博士的水之眼觀測站，也在洞穴內安裝了什麼先進的儀器？畢竟這幾個洞穴也是傳說中歐戈波戈藏匿的地點！或許比爾所說的光線和回音，只是某種機械運轉時的效應？

洛根躡手躡腳走進洞穴中，還順勢打亮了手中的磁控潛水手電筒，洞內霎時泛起慘白的LED微光，不過沒多久就越來越淡，看上去應該是洛根已經越走越深處了。

時間過了三分鐘、五分鐘、十分鐘，洛根卻還是沒有出來。

比爾忍不住移到洞口，朝著裡面喊了兩聲：「老爸……老爸！」漆黑的洞穴內並沒有任何回應。

他開始有一種不祥的預感，馬上朝著小灘的草叢跑去，迅速戴上了耳機按下無線電的發話鈕：「老爸，你聽得到嗎？聽到請回答，Roger！」

原本充滿雜音的無線電耳機裡，突然傳來通話時的清晰音頻，不過比爾只聽到一陣掙扎與喘息聲，隨之又切換成待機時的雜音。十多秒後才又恢復通話狀態，卻傳來洛根上氣不接下氣的虛弱呼喊聲。

「比爾……快逃……快逃！」

無線電裡頓時發出尖銳的音頻，就像頻道被干擾或是發話耳麥被搗毀的雜音，之後就再也沒有聽到洛根的聲音了！比爾不斷對著無線電呼叫，可是耳機裡只剩下待機時的那種雜訊。

他蹲在小灘手足無措望著洞口的動靜，可是裡面依然是一片昏暗。夜色中，那只洞口猶如一張飢餓又駭人的黑色大嘴，正猙獰地朝著湖心齜牙裂嘴，彷彿隨時都可能衝出某種瘋狂的猛獸。

比爾迅速將草叢裡的皮划艇拖了出來，把散在地上的器材一古腦兒全丟了進去，然後將小艇推到湖水中跳了上去，死命地划著手中的雙節槳。他額上的汗水滲進了雙眼中，然後又從眼角劃下兩道炙熱的液體，分不清是他驚魂未甫的汗水，或是忍痛背離父親所湧出的淚水。

他唯一能做的就是划回對岸的蜜桃地，馬上通報小鎮上的警察局，請他們迅速派遣更多人力一起進入那個洞穴搜尋洛根的下落。只是他怎麼也猜不透，父親到底在洞穴裡遭遇了什麼恐怖襲擊？怎麼會連用十字弓反擊的機會都沒有？

難道，會是那頭叫歐戈波戈的水中惡魔？

還是傳說中棲息在洞穴內的邪惡靈體？

第三章　滇香薷

歐肯納根國家山林公園 / 提子墨 攝

七月七日，水之眼觀測站。

觀測站的岩洞隧道人來人往，揚聲器裡隱約傳來一陣陣悠揚的輕音樂，還夾雜著賓客們熱情寒喧的聲音。那兩扇金黃色的電梯門開開合合，三不五時就從裡面走出穿戴雍容華貴的男女，他們順著電梯口導覽專員的指示，緩緩往盡頭的玻璃門方向走去。

在玻璃門前則是寬滕．寇利爾和他的妻子勞菈，夫婦倆笑容滿面招呼著造訪的賓客。寇利爾是位滿頭銀髮的中年男子，溫文儒雅的臉上架著一副金絲框眼鏡，稍嫌中圓的身材則穿著一套緞面的宴會西裝。他除了是岬頂上水怪館的館長，也是這座歐戈波戈的水下觀測站幕後推手之一。

他的妻子勞菈梳著一頭典雅的法蘭斯髮髻，臉上搭配了非常淡雅的妝容，身上那一襲剪裁俐落的寶藍色雪紡禮服，更襯托出她那股中年女性的溫婉與知性美。從她談笑風生迎接賓客的嫻熟態度看來，對這種社交場合應該比終日埋首研究的寇利爾館長更為得心應手。

雖然這是水之眼正式啟用的酒會，不過並非只要是達官貴族就能夠受邀參與，今晚出席的近百位男賓女客，幾乎全是在水怪館與水之眼資金上贊助過，或工程上協力的富商與集團。與其說這是一場答謝各方財團資助的盛宴，其實更接近是對出資者們的一次成果展示。

「唉呀，我們還是進了電梯才知道，原來從狂風岬直達湖底要花那麼長的時間！這肯定比帝國大廈的電梯還要高吧？」

說話的是在社交圈有點名望的「黛維斯三姐妹」中的蘇菲，也是知名「夏綠蒂酒莊」的女主人，她的夫婿韋恩．伍德斯和兩位妹妹艾蓮及金妮也在一旁。

艾蓮身畔是看起來比她年輕許多歲的小丈夫，也就是「格蘭佛拍賣交易中心」的行政總監強納生・瓦特。最小的妹妹金妮，則是嫁給「加歐國際銀行」的副總裁比爾・布魯克。

三姐妹一如往常穿得光鮮亮麗，彷彿花蝴蝶般圍在寇利爾與勞菈身旁，妳一句我一句地讚嘆著。

「前幾年水怪館開幕典禮時，那座太陽能科技的博物館就已經令人大開眼界了，現在還能從岬頂直通湖底，這種浩大的工程簡直是嘆為觀止呀！」艾蓮可能才剛微整過沒多久，顏面肌肉看起來還有些僵硬，說起話時就只有朱紅的雙唇和人中上那顆黑痣上下翻動著。

金妮也禮貌性地搭腔：「看來大夥兒這些年來的贊助，可真是值回票價了呀！」

不擅交際的寇利爾原本還木訥著，不過一聽到她們那些舌燦蓮花的美言，嘴巴笑得都快裂到耳根上了，還向那三對夫妻檔擠了擠眼，故作神秘地說：「妳們先別急著讚美，待會兒還有更壯觀的場面呢！」

幾位貴婦的眼中充滿著期待，雀躍地挽著各自的男伴，急著想入場一窺究竟。

今晚的觀測站和平日非常不一樣，除了一進門左右兩側各有臨時吧檯和多個點心區，更有好幾位身穿白襯衫黑背心的侍者，端著放滿酒杯和Finger Food的銀盤穿梭其中。幾條走道上也鋪上了紅地毯，那些大型觀測儀和電腦區，則用紅龍柱圍上一圈紅色的隔離帶。

觀測站內那面巨大的監視用平板電視牆，正循環播放著不同的多媒體影片，有些螢幕上是各式各樣的歐戈波戈目擊照片與影片，有些則是館方製作的３Ｄ水怪模擬動畫。

最不尋常的是那片透明的巨大玻璃頂，此時並沒有投射任何燈光，反而是黑壓壓地一片看不出個所以然。因此，並沒有多少賓客發現頭頂上的玄機，也渾然不知自己正身處於那片壯觀的湖水底下。

當然，這當中也還是有些心思細密的賓客，尤其是站在吧台旁的兩位男子，就不約而同抬頭端倪著漆黑的天花板良久，然後又低下頭交頭接耳說了些什麼。那位身材稍高的男子，穿著一襲剪裁合身的窄版西裝，從身形看來活脫像個流行雜誌走出來的模特兒。

他和身旁的友人說了幾句話後，就順勢將手中的一塊食物往嘴裡送，還不經意將有點油膩的手指，往身上的名牌西裝抹了一下，感覺上好像是個蠻隨便的人。

另一位男子則是矮他半個頭的亞洲臉孔，他的頭髮梳得一絲不苟，兩道毛毛蟲似地眉毛下，則有一雙非常細緻的單眼皮眸子。他認真聽著那位像模特兒的男子說話，偶爾還點了點頭表示認同。

「你看，根據我迷你平板上的GPS顯示，我們現在的位置根本就是站在歐肯納根湖之中！六點鐘的後方是剛才的狂風岬，十點鐘的方向則是那座神秘的響尾蛇島！」

那位亞洲男子引領往上看：「你的意思是說，這座觀測站真是埋在湖底之下的建築物？實在很難想像他們是怎麼蓋出來的？」

「嗯，我看那上頭肯定有什麼玄機，不然在這種完全密閉的空間內，哪能觀測到什麼神秘生物的出沒？我看連隻水獺都觀測不到吧？」

「也對，不然就沒必要在這湖底大興土木吧？」

長得像模特兒的男子喃喃自語：「你相信我的嗅覺嗎？我一直聞到某種詭異的氣息。」

「什麼氣息？」亞洲男子低聲問。

他抽動著鼻頭，不假思索地說：「乾燥的滇香薷[27]氣味……」

一高一矮就那樣盯著上方，又瞧了半晌。

觀測站的另一頭，寇利爾的特別助理迪亞娜・威廉斯，正領著美森、晶晶、宛娜和熙奇穿梭在人群中，還三不五時將他們介紹給擦身而過的幾位神秘動物學家，讓晶晶可以採訪那幾位遠道而來的專家，詢問他們對歐戈波戈的一些觀點。

迪亞娜是位身材高挑的棕髮女子，臉上總是掛著熱情的迷人笑容，儘管這是一場眾星雲集的宴會，她卻恰如其分地穿著一襲紫色的套裝，頂多戴上了幾串亮眼的霧金項鍊和耳飾，仍不失寇利爾館長特別助理的專業形象。

她依照寇利爾的指示，將這三位在網路世界知名的YouTubers引薦給多位專家學者，協助他們拍攝那些以歐戈波戈為專題的搜奇影片。

晶晶和宛娜壓根子沒想到這場正式啟用酒會，會是如此「正式」與隆重，眼見來往穿梭的賓客全是穿著宴會西裝或晚禮服，她們倆總覺得身上的小洋裝稍嫌寒傖了點。倒是美森穿得還算人模人樣，多虧他平日就在後車廂放了一套應急的西裝，不然可能就得像熙奇那樣，尷尬地穿著一件黑T和牛仔褲，還要刻意高高舉起手中的攝影機，將自己偽裝得像現場工作人員。

這三位在YouTube上擁有兩百五十多萬訂閱者的網路紅人，走進真實世界名人雲集的如此排場，也不得不承認自己其實並不如想像中那般有影響力。

當晶晶的採訪告一段落後，迪亞娜陪著他們來到吧檯旁，還為他們端來了幾杯紅酒：「這是夏綠蒂酒莊獲得金牌獎的黑比諾喔！你們品嘗看看！」

「哇！有一種淡淡的果香與花香耶！」晶晶情不自禁喊了出來。

宛娜啜了一口後，也揚了揚眉毛：「我從來不知道天寒地凍的加拿大也有這麼多酒莊呢！」

美森像個導遊似地回答：「當然，而且它們大多是聚集在這一省的歐肯納根湖區和奧索尤斯湖[28]區，這種沙漠綠洲的土壤與氣候，非常適合種植各式各樣的水果，因此這裡還有『陽光燦爛之地』與『加拿大果籃』的美名呢！」

迪亞娜搖了搖脖子上掛的員工磁卡，上面的鑰匙圈有著一串小小的吊飾：「沒錯！你們看，這些全都是我們『陽光燦爛之地』各式果核與水果籽曬乾後串成的綴飾喔！這是蘋果籽、蜜桃籽、櫻桃籽……還有這種是杏子籽。」

宛娜接過那串吊飾仔細地欣賞著：「哇，好特別的設計喔！」

迪亞娜接著道：「過往這片湖區的果農多以種植ＢＣ蘋果最富盛名，不過他們發現蘋果的投資報酬率遠不如釀酒葡萄[29]那般高，因此許多果園都轉型為葡萄園與酒莊了！除了生產紅酒或白酒之外，還有非常出名的加拿大冰酒！」

晶晶興奮地喊著：「冰酒，我知道！我知道！我老媽還吩咐我要帶幾瓶回去嚐嚐呢！」

迪亞娜馬上接著說：「我們這裡還有一種『紋身蘋果』喔！你們沒有聽過吧？」

宛娜和晶晶睜著好奇的眼睛搖了搖頭。

「有些果農們會在春季時，將樹上的蘋果用紙袋包裹起來，不讓它們行光合作用，直到入秋時才取下紙袋，在雪白的果身貼上鏤空的圖紋貼紙。當陽光照射後鏤空的部位就會漸漸轉紅，撕下貼紙後就會出現紅白相間的美麗圖案，很多加拿大人會將印有心型的紋身蘋果，當成是婚禮或情人節的禮物呢。」

「這麼神奇？我們改天也去果園採訪，拍一些蘋果被紋身的影片吧！」熙奇慫恿著身旁的晶晶和宛娜。

晶晶白了他一眼：「你是因為貪吃才想去吧？」

宛娜彷彿想到什麼，轉過頭突兀地問迪亞娜：「妳也相信歐戈波戈是人變成的嗎？我是指原住民傳說中的天之人，真有可能將人類瞬間變成一頭巨大的神祕生物？那麼……祂們又是從哪裡來的呢？」

就在迪亞娜還未開口之際，宛娜的身後卻有人脫口而出：「網罟座的澤塔雙星[30]！」

他們回過頭看了一眼，竟然是那位長得像模特兒的男子，他正倚在吧檯前喝著手中的威士忌，表情還有點心不在焉。

那位男子稍嫌凌亂的黑色短髮底下，有一張略帶古銅色的長臉，濃濃的壓眉襯著一雙淺棕色的眼眸，男性化的薄唇闊嘴卻露出一種小男孩般的笑容。也許是他眼窩的臥蠶比較深，讓人覺得就連他的雙眼都帶著點笑意。

他繼續道：「在浩瀚的宇宙中，也就只有距離地球三十九光年的澤塔星人[31]有這種科技啦！」

美森和迪亞娜竟然不約而同喊了出來：「微笑藥師！」

迪亞娜當然認識這位知名電玩遊戲公司的執行長——阿哈努・索西，因為他也是水怪館與水之眼多位贊助企業家之一。美森則是在電視新聞中聽聞過這號人物！

他就是二〇一八年斥資三千多萬美金，登上「環球太空站」的富商太空遊客，還曾經協助過六大太空聯盟，偵破太空站上的兩起「微重力密室命案」和「返航艙爆炸案」，進而成為全球報章雜誌的頭條新聞人物。

阿哈努雖然從事最潮的電玩產業，卻是一位舒斯瓦普族的原住民，報章媒體暱稱他為「微笑藥師」，因為他在該族所傳承的位階是藥師，而且出現在媒體時總是笑臉盈盈，令人猜不透他敏銳的心思到底在想些什麼。

在他身旁的那位亞洲男子，當然就是曾經協助阿哈努解開微重力密室謎團的——星野天彥！他也是參與過環球太空站第三十六梯次任務的日籍太空人與太空工程學家。

幾位台灣來的年輕人雖然並不是那麼瞭解那些國際新聞，不過聽到美森在一旁的說明與引介，晶晶和宛娜也跟著迪亞娜熱切地和阿哈努及星野握手，熙奇更沒錯過將這位環球太空站上的破案英雄入鏡。

「微笑藥師竟然也帶著星野先生大駕光臨，這還真是我們水怪館和水之眼的榮幸呀！」迪亞娜露出了一貫地熱情笑容。

星野搔了搔頭：「他已經不只一次邀請我到加拿大觀光，我實在是不忍心一再拒絕他，這次才總算排除萬難順利成行，也剛好有機會參觀耳聞已久的水怪館呀！」

「咦，我有邀請過你嗎？是你自己說要來陪我尋找『小灰人』的謎團呀！還要我順便介紹幾位對日本太空猛男有興趣的金髮妞呢！」阿哈努訕笑著。

「喂喂喂……你不要亂說喲！我哪有說過什麼太空猛男或金髮妞……」

大家看著星野面紅耳赤的表情，一下子全都笑彎了腰。

前一天，阿哈努就親自駕著PA-46R-350T Matrix輕型飛機，帶著星野抵達歐肯納根湖區，他們參觀過阿哈努引以為傲的原住民酒莊「Nk'Mip葡萄酒窖[32]」，也造訪了「傳教山酒莊[33]」和「夏丘金字塔酒莊[34]」。當天下午就來到了狂風岬，直接下榻於水怪館外圍的貴賓會館。酒會還未開始的早上，他們已經逛了水怪館的大小展覽室好幾趟，也在狂風岬上眺望了那座充滿神秘色彩的響尾蛇島。

阿哈努之所以會拉著星野來到這片沙漠綠洲，是因為他發現當地原住民流傳的神祇與神蹟，聽起來非常不尋常。無論是圖騰柱上的「天神之眼」、傳統梯皮和壁畫上如眼睛般的發光圖案、傳說中出現在空中的橢圓物體與「天之人」，甚至能將人變成歐戈波戈的特殊神力……在在都讓阿哈努腦中浮起一個問號。

難道，賽埃利克斯族的天神或天之人，會是來自其他星系的某種高等生物嗎？

直到他透過特殊管道，閱讀到兩份所謂「被美方隱瞞多年」的解密檔案後，這位有錢有閒的年輕富商，那股追蹤外星生物的熱情再度被重燃起。那兩份密件就是知名的「藍皮書計畫（Project Blue Book）」與「賽伯計劃（Project Serpo）」！

「微笑藥師，你剛才提到『網罟座的澤塔雙星』和『澤塔星人』，到底是什麼意思？」宛娜的表情雖然有點怯生生，卻依然不改喜好追根究柢的性格。

阿哈努眨了眨眼睛：「妳沒聽過『小灰人』嗎？」

「小灰人？」宛娜和晶晶都搖搖頭。

「根據『藍皮書計畫』上的記載，在北美洲見過外星人的目擊者，或是聲稱曾被外星人挾持過的受害者，有75%的人都形容所見到的外星人只有約一米二的高度，而且頭大身小、手長腿短、黑眼扁鼻、嘴小無耳。最特別的是，每位目擊者都非常確定，那些外星人的皮膚是灰色的！也就是說他們所見到的可能都是來自同一個星系的小灰人。」

晶晶滿臉狐疑：「那不就是科幻電影裡很普遍的外星人長相嗎？」

「不過……什麼是『藍皮書計畫』呀？」宛娜問。

星野趁阿哈努啜了一口酒時，插了話回答：「就是一九五二年至一九七〇年間，美國空軍為了調查不明飛行物，而成立的一項研究計劃。在計劃中有許多秘密檔案，匯集了當時幾位科學家們對UFO及外星人目擊者的調查紀錄，估計至少有一萬兩千六百一十八件研究報告，巨細靡遺分類了各種被目睹過的外星人，其中記載最多的就是時常綁架人類的小灰人『澤塔星人』。這幾年『資訊公開法』的促成，那些調查報告才得以重見天日公諸於世。」

「那麼，微笑藥師怎麼會認為傳說中的天神或天之人，會和澤塔星人有關係？」

阿哈努將右手抵著下巴，習慣性地用姆指撫摸著鬍渣：「你們知道為什麼在上個世紀，澤塔星人曾經不斷挾持人類嗎？」

他看大家都搖搖頭，才又繼續道：「因為來自網罟座的他們在遺傳基因上有缺陷，只能複製並不能進行自然繁殖，才需要綁架人類或動物，竊取這個星球上的各種DNA，藉此研究出能夠將澤塔星人改造為『超級物種』的基因。這些當然不是我說的，而是那一份『藍皮書計畫』所記載的。」

「因此，如果有任何所謂的天之人或天神，能夠在瞬間將人類變成一頭怪物……用現代的語彙來形容，那根本就是一種高科技的『基因改造工程』！要是提到對人類的ＤＮＡ鏈最瞭解的物種，又能在瞬間改變人類的雙股螺旋排列組合方式，我猜也只有那些澤塔星人才有如此的高科技吧！」

熙奇停下了手中的拍攝動作，疑惑地問：「難道你所說的澤塔星小灰人，和一九四七年『羅斯威爾事件[35]』時，那艘墜毀飛碟中的矮小外星人遺體，有什麼關聯嗎？」

「沒錯！美國政府也是在羅斯威爾事件後，才正式與來自網罟座的澤塔星人有所交流。如果那些關於『賽伯計劃』的解密文件所言無誤，當時在任的艾森豪總統，後來還與澤塔星人簽署過一紙交換條件的協議！」

三位對神祕事件充滿興趣的年輕人，全都睜大了眼睛不約而同地問：「什麼條件？」

阿哈努壓低了嗓音回答：「如果美國官方允許他們在境內採集ＤＮＡ活體樣本，澤塔星人將會相對提供地球外的高端科技給美方，作為協議的交換條件！」

晶晶打了一個冷顫：「難怪上個世紀美國發生過那麼多外星人的綁架事件！原來根本就是被自己的政府當成白老鼠出賣了，也難怪要將這種不人道的交易列為最高機密！」

「真是太過份了！」熙奇也義憤填膺地蹙著眉頭。

根據參與計劃的成員記事指出，在羅斯威爾事件發生後，美國軍方除了迅速封鎖現場，將飛碟墜毀的殘骸與碎片全都移出現場，還全面封鎖了關於幽浮爆炸的頭條新聞，宣稱只是偵測用的氣象球撞毀了。

軍方判斷發生意外的主因，應該是兩架飛碟在空中失控對撞後，才墜毀於羅斯威爾。為什麼如此高科技的外星飛行器會突然失控，至今仍然是一個謎團。

當時，所有外星人的遺體都被送往「洛斯阿拉莫斯國家實驗室」；飛碟殘骸則是移往俄亥俄州的「賴特空軍基地」。但是，在那次的意外中卻有一名外星人倖存，他被取名為「EBE1」，並且受到非常完善的醫療與照料。

美方科學家透過特殊方式，與這名倖存的外星人取得了「共鳴溝通」，他指出自己來自的星球方位，也就是在網罟座的澤塔雙星。EBE1向相關人員解說過飛碟的構造，並且希望能使用飛碟殘骸中的某個物件與澤塔雙星聯絡，不過並未如願。

直到一九五二年，美國軍方才終於允許EBE1使用那套通訊設備，向他的母星發出了六條訊息，但是就在還沒等到回覆的幾個月內，EBE1卻突然因故身亡。那一年的年底，美方才終於收到來自網罟座的回覆訊息！

但是，雙方在語言障礙的情況下，前前後後至少磨合了九年多，才總算能夠透過通訊確實溝通，期間也達成了多項共視，最知名的就屬艾森豪與造訪的澤塔雙星母船代表，所簽署的那紙「道西密約」，以及後來送出十二位太空人遠赴澤塔雙星研習科技的「賽伯計劃」，也就是許多外星迷所聽聞過的「水晶騎士行動」。

不過在後續幾年，澤塔星人並沒有確實履行協議，因為美方並沒有公平取得太多澤塔星人教授的高科技，但是上個世紀在美國境內被澤塔星人挾持、實驗與活體採樣的人口，卻曾高達一百多萬人，有些被綁架者甚至從未被送回地球！

阿哈努嘆了一口氣：「所以呀，我個人是不太信任那些邪惡的小灰人，他們並不像人類那般有慈悲心或同理心。幾個世紀以來，地球與人類在他們的眼中，或許之於實驗室與白老鼠而已。假如傳說中的天之人或天神真是澤塔星人，我也不會太訝異他們為懲罰原住民闖入禁地，而將對方『基改』成一頭醜陋的歐戈波戈。」

他故作神秘停了一下：「最重要的是，那座響尾蛇島底下的洞穴到底有什麼秘密？能讓一位年輕的賽埃利克斯族男子突然喪心病狂，瘋狂地屠殺自己部落的族人？進而引來那些所謂的天之人動怒，這點才是我最好奇的！」

迪亞娜拍了一下額頭：「天呀，我從未將歐戈波戈和外星人聯想在一起，不過聽微笑藥師這麼一說，我覺得你的理論也不無可能。你應該和寇利爾館長或皮爾森教授聊一聊，搞不好能為他們帶來什麼研究的新方向呢。」

「呵呵呵……這些只是我個人的大膽假設，你們就當我是在殺時間、閒扯淡吧！」

阿哈努露出他那種招牌的頑皮笑容，順手從侍者的銀盤拎了一片綴滿楓糖鮭魚的小餅乾，一口就往嘴裡送，然後又是一個不經意，將手指頭往名貴西裝上一抹。

正當酒會嘉賓們全都興致盎然互相聊開時，平板電視牆旁的臨時講台突然亮起燈光。在講台後的是寇利爾館長，身旁還站著神情有點緊張的皮爾森教授，以及幾位水下觀測站的研究員們。

寇利爾清了清嗓子後，才表情靦腆地唸著手中的講稿：「各位親愛的嘉賓們，今晚非常榮幸諸位撥冗來到水之眼，參與這一場水下觀測站的正式啟用酒會。我在此要特別感謝各位企業家與財團，沒有你們這五年來有形與無形的贊助，這一座工程險峻的水下觀測站，也不可能如期完工與運作……現在，就讓我們一起舉起酒杯，為正式邁出解開歐戈波戈之謎的一小步而祝賀吧！」

近百位穿著西裝與晚宴服的賓客們，紛紛高舉手中的各式酒杯，朝著寇利爾的方向高喊著「Cheers」，此起彼落的掌聲也充滿著整個水之眼觀測站。

寇利爾將手中的麥克風交給了皮爾森，由他來介紹現場幾座巨型觀測儀器與各類精密的設備，也大致說明了如何使用先進的程式，比對和運算出歐戈波戈可能出沒於湖中的周期性、巡游慣性與覓食習性。

當賓客們都聽得嘖嘖稱奇時，皮爾森早已按捺不住內心的激動，揚起了右手掌比著上方，鄭重其事地宣布：「接下來，我就為各位現場嘉賓們揭曉，為什麼這座水下觀測站會被稱為『水之眼』！」

就在他語音落下的同時，觀測站內的燈光緩緩轉暗，原本偌大的漆黑天花板緩緩亮了起來，空中隱約浮現出一個巨大的長方形，鋼框外緣也泛出一股淡藍的燈光。幾秒鐘後，長方形內的光線開始逐漸通透，然後光線越來越明亮、清澈……

「哇，這實在是太壯觀了！」現場不時傳來讚嘆聲。

因為，他們終於看清楚這個接近小型體育館大小的空間，上方竟然是一片至少幾百米長寬的透明玻璃頂！歐肯納根湖的湖水就在他們的頭頂上，那種由下往上的水中視野，隱約還可以看到黃昏餘暉穿透湖水的色光，偶爾更有不同的魚群在空中優游而過。

「這就是為什麼寇利爾館長將之命名為『水之眼』的原因，因為上方的『可變倍率液態透鏡』玻璃頂，就像我們眼睛內的水晶體，可採用不同功率的電壓改變玻璃內的折射率與可視倍率，經過特殊的偏光處理後，還可濾掉湖水中不規則的折射與雜質！」

皮爾森停了半分鐘，讓正在引領而觀的賓客們，盡情欣賞著如此少見的水下景觀。

「它，就像躺在歐肯納根湖底的眼眸，每天二十四小時凝視著這一片神秘的水域，搭配水中五十多具紅外線熱成像攝影機，將可為我們監看到歐戈波戈出沒時的一舉一動。當然，這一片巨型的天窗內層，還有一項非常特殊的設計……」

他朝著講台旁一位坐在電腦前的研究員揚了揚下巴。

就在此時，天窗竟然宛如一面巨大的螢幕霎時被刷了屏，玻璃頂外的景物也頓時全都變了顏色，呈現出一種宛如彩虹般的色光！原本的湖水成了濃淡不均的紅紫色，天窗邊緣的礁岩與漂木則成了詭異的藏青色，剛才絡繹不絕的魚群也散發出一種淺藍的色光。湖底恰巧有兩隻水獺悠哉地划行而過，它們身上竟然泛著一種橙色中暈染著黃色的奇異光芒。

「這就是玻璃頂內層的熱成像功能，也就是說就算是夜黑風高的湖底，只要透過這種有紅外線熱成像的光譜顯像玻璃，任何有溫度的物體依然能在黑暗中一覽無遺。在光譜中，物體顏色越深的代表溫度越低，而溫度越高的則是呈現明亮的色光。因此，我們可以從魚群的光譜判斷出它們是冷血動物，而剛才那兩隻水獺則是溫血動物，那麼未來亦可輕易得知歐戈波戈是屬於冷血或溫血物種了……」

正當皮爾森說得口沫橫飛時，台下卻突然傳來一陣陣的騷動。

許多人都疑惑地盯著玻璃天窗的某個角落，因為在那片液態透鏡的玻璃中，正緩緩漂浮著兩塊形狀怪異的物體，水中還渲染著某種不知名的液體。有些女性捂著嘴巴露出驚恐的表情；有些則迅速將頭撇開埋進男伴的胸口，不敢再看下去。

「那……那上面……有一具浮屍！！」

一位濃妝豔抹的花甲貴婦突然大聲喊了出來，現場所有的女性全都不約而同驚聲尖叫，幾位男子慌亂地拉著女伴迅速往岩洞隧道逃竄，還有人在昏暗中摔跪在紅地毯上，人群不明就理地倉皇推擠、踩踏，現場不時傳來尖銳的哭聲和叫喊聲。

原本熱鬧非凡的水下觀測站啟用酒會，卻突然成了兵荒馬亂的狼狽場面。

因為，在那片紅外線熱成像的透鏡玻璃水槽內，正漂浮著一具男性屍體。正確來說，他的身體從腰部以下被切成了兩段，正一前一後順著液態透鏡內的循環水流漂移著，水中所暈開的應該是切口內所滲出的大量血液。從光譜顯像藏青色光芒的軀體看來，那應該是一具冰冷已久的屍體。

阿哈努拎著一杯威士忌氣定神閒地倚在吧檯前，緩緩回過頭和星野四目相望：「我就說是滇香薷的味道，那種乾燥後氣味悶悶的牛至屬植物，在我的嗅覺經驗中代表了——亡者！」

「原來，你早就聞出會有這一幕……」

阿哈努順勢看了一眼手機，時間顯示是六點二十分，還隨之翻了個白眼幽幽地說：「哎，怎麼每次有你在的場合，就會變成命案現場呀？」

星野什麼話也說不出來，只是盯著頭頂上那兩截泛著青光的軀體。

Ψ : II

歐戈波戈水怪曾出現的沙灘 / 提子墨 攝

Ψ低首凝視著手中的平板電腦，緩緩刷著那張泛黃密文紙頭的局部放大照片，口中喃喃自語著：「真相埋藏於響尾蛇島之下……埋藏於響尾蛇島之下？」

難道真相就是他懷疑多年的那個祕密？寫下那張亂碼密文的人，曾經留下了一批寶藏，而且就埋在響尾蛇島？可是那些不知所云的0與1又代表什麼呢？會是所謂藏寶圖的座標位置嗎？

Ψ原本還以為那些詭異的數字是ASCII代碼，可是「二進位」編碼通常是八位數的0與1所組成，而紙頭上的那些0與1卻只有五個數字？更遑論「十進位」編碼是一至三位數為一組；「十六進位」則是用字母與數字組成的兩位數編碼，後兩者也根本不是以0與1來組合。

那麼，五位數字的0與1到底是何種編碼？

10000 11000 00100 10011 10100 11000 11100 00001 11110 00001 01010 00100 11100 00011 10101
00100 11001 00001 00100 00011 11001 10010 00001 00100 10000 11000 00100 01001 00001 01110
11000 01001 00001 00100 10000 10100 00110 00101 00100 01110 11000 01100 01101 00001 00101
00101 00110 11000 01100 00100 11000 01101 00100 11100 10101 00100 00101 00110 01100 00101
00100 00110 00100 10100 00011 11110 00001 00100 10010 00110 11110 00001 01001 00100 10011
00110 10000 10100 00100 11100 10101 00100 11010 00111 00110 10010 10000 00100 00011 01100
01001 00100 10000 10100 00001 00100 00111 01100 00101 10110 11000 01111 00001 01100 00100
00101 00001 01110 01010 00001 10000 00100 11000 01101 00100 11100 10101 00100 10010 00110
01101 00001 11011 11100 00100 11111 00110 10000 00100 01110 11000 00111 10010 01001 00100
01100 11000 10000 00100 11001 00001 00100 10000 11000 10010 01001 00100 10011 10100 00001
01100 00100 00110 00100 10011 00011 00101 00100 00011 10010 00110 11110 00001 11011 11100
00100 11111 00110 00100 01111 00110 10010 10010 00001 01001 00100 11100 10101 00100 11001
00001 00101 10000 00100 01101 01010 00110 00001 01100 01001 11011 01100 00100 11111 10000
10100 00001 00100 10110 00001 01010 00101 11000 01100 00100 10011 10100 11000 00100 01110
00011 11100 00001 00100 10011 00110 10000 10100 00100 11100 00001 00100 01101 01010 11000
11100 00100 01110 00011 01100 10000 11000 01100 11011 11100 00100 11111 00110 00100 10100
00110 01001 00100 10100 00110 00101 00100 11001 11000 01001 10101 00100 00110 01100 00100
10000 10100 00001 00100 01110 00011 11110 00001 00101 00100 00111 01100 01001 00001 01010
00100 01010 00011 10000 10000 10010 00001 00101 01100 00011 01111 00001 00100 00110 00101
10010 00011 01100 01001 11011 11100 00100 01000 01000 11111 00110 00100 10011 00011 00101
00100 01100 11000 10000 00100 01010 00001 00011 10010 10010 10101 00100 10000 10100 00001
00100 10100 11000 01100 11000 01010 00011 11001 10010 00001 00100 00011 01100 01110 00001
00101 10000 11000 01010 00100 10000 10100 00011 10000 00100 00001 11110 00001 01010 10101
11000 01100 00001 00100 00011 00101 00101 00111 11100 00001 01001 11011 11100

他推翻了可能是ASCII代碼的想法，畢竟那些一九六七年後才面世的「美國資訊交換標準代碼」，怎麼可能會是這張密文的編碼方式？

因為，他估計這張陳舊的古董紙頭，至少也有一個多世紀的歷史！就他所知悉的原始持有者是在一八四三年出生，並於一九一八年去世，那麼寫下這張密文的人絕對不會是使用近代編碼，這些數字肯定是某種古老的編碼，就像已經被他破解的那一段「維吉尼亞密碼」。

Ψ試過傳統的多軸「解碼盤」，使用軸上每一圈的對應輪盤，意圖將那些數字匹配出合理的關鍵字母，不過卻沒有發現任何看得懂的隻字片語。他雖然還無法解讀出數字的意義，但是有一件事他至少已經可以確定。

那就是，他必須守住響尾蛇島底下的那個祕密，不能讓任何人捷足先登！

第四章　龍爪花

狂風岬臨水面的一角 / 提子墨 攝

七月八日早上十一點半，狂風岬，貴賓會館。

這棟位於水怪館外圍的會館目前已被淨空，暫時成為警方的臨時偵訊地點，一旁的餐廳內安靜地坐著十多位男女，他們三三兩兩分坐於不同的餐桌。角落那間玻璃隔間的ＶＩＰ用餐區內，則坐著一男一女兩位加拿大皇家騎警[36]，他們正分頭與酒會的幾位貴賓對談，感覺上應該正在作筆錄。

在他們身後另有一位中年的洋大叔，他的頂上無毛頭皮油得發亮，看起來並不像是自然禿，應該是那種追求俐落感的光頭愛好者。他穿著一套皇家騎警的卡其色襯衫與深灰色西裝褲，藏青色的肩章和臂章上布滿了許多金黃色的皇家徽紋，右口袋的上方則有一小片深藍色的名牌，上面繡著「佐登・史麥斯警官（Sgt. Jordan Smythe）」。

史麥斯的腳上踏著一雙帥氣的制式長靴，正在玻璃隔間內緩緩地來回踱步，心無旁騖地聆聽著每個人的口述，偶爾還會在騎警與賓客對談時插話問幾句。

警方已經確認液態透鏡玻璃中的浮屍身份。昨晚，ＩＨＩＴ[37]科學鑑識小組的調查人員也抵達水之眼蒐證與拍照，法醫除了在現場作了屍表與屍體的初步觀察，也將那兩截遺體帶走進行更進一步的解剖驗屍。

雖然幾位騎警並沒有向現場被滯留的賓客或工作人員透露案情，可是許多人已經在手機上獲悉即時新聞的內容，神通廣大的媒體早就鉅細靡遺說明了死者的身分與化驗結果。

死者的姓名為洛根・加勒威，男性，五十二歲，是來自美國華盛頓州的遊客，亦是知名的神祕生物、傳說動物與神話物種的ＵＭＡ賞金獵人。七月六日晚間，他的兒子比爾・加勒威向蜜桃地警局報案，指稱他們在響尾蛇島泛舟及野營時，父親進入水島的某處洞穴內探訪後，就一直沒有再出現。

當晚，警方派遣多名警力與熟悉響尾蛇島的原住民協助，不過並沒有在洞穴中尋找到洛根的蹤影，因此隨即成立了外籍失蹤人口的搜救任務。不過，就在警方出動十多艘水上警察噴射艇，二十四小時搜尋歐肯納根湖區時，洛根的遺體卻意外被發現陳屍於湖底兩百四十二米深的水之眼，並且從腰部以下被截成兩段，飄浮在液態透鏡玻璃水槽中。

法醫的驗屍報告確定，洛根的死亡日期是七月六日，時間約為晚間十點至十一點左右。從他的肺部並沒有吸入大量的湖水，或是液態透鏡玻璃水槽內的填充液，斷定死因並非溺斃所造成，而是呼吸道受阻後的窒息死亡。不過，法醫並沒有在他的頸部皮膚發現任何指紋或瘀青，就連肌肉組織也沒有深層的傷痕。

如果沒有外力或外在因素，那麼又是如何造成洛根窒息死亡？

基於洛根的失蹤與死亡時間點是在水之眼舉辦酒會的前一晚，因此只要是七月七日才抵達水怪館與水之眼赴宴的賓客，全都被排除在調查名單之外，只留下七月六日就已經下榻於狂風岬的賓客與工作人員，他們分別是：

七月五日入住會館的採訪團隊：晶晶、宛娜、熙奇與美森

七月六日入住會館的赴宴賓客：阿哈努、星野、黛維斯三姐妹的艾蓮與夫婿強納生

七月六日留守於水之眼的研究員：羅伯•山默斯、杰森•布力克

七月六日入住員工宿舍的工作人員：館長特助迪亞娜、廚娘與房務母女檔

以及長住於岬頂公館的寇利爾館長與館長夫人勞菈

「這簡直是太荒唐了！只因為我們前一晚就下榻在貴賓會館，就成了被警方調查的對象？我們是住在狂風岬頂，怎麼可能跑到湖底下的水之眼去作案？」強納生露出一副權貴人士的嘴臉，對著問話的騎警大動肝火。

他的妻子艾蓮也嘟囔著：「對呀，我們是在酒會當晚才知道水之眼的電梯入口！黛維斯家族是什麼身分地位呀？竟然也會被當成嫌疑犯來調查？這未免欺人太甚了吧！」她人中上那顆黑痣也跟著狂亂地跳動。

史麥斯的踱步聲突然停了下來，然後轉過身打開了玻璃隔間的門，環視著那對臉色鐵青的夫婦，以及外頭分坐於不同圓桌的十多位男女。

「我對耽誤諸位寶貴的時間深表抱歉，不過這是警方辦案的必要作業流程，主要只是希望各位能協助我們釐清案情，回想看看七月六日那一晚，是否有見過任何不尋常的狀況？待會詢問結束之後，各位當然……可以自由走人，只不過這幾天的調查期間，還煩請各位暫時先不要離開本市。」

「搞什麼呀！」艾蓮與強納生又是一陣嘀咕。

史麥斯的語氣出奇冷靜，面對那些自以為是達官貴族的男女絲毫不留情面，反而更表明了自己公事公辦的態度。阿哈努從他身上嗅到一股濃濃的「道格拉斯杉」原木味，在他的嗅覺經驗中，只有那種不逢迎、不偏私的大男人，才會散發出如此強烈的杉木氣味。

對阿哈努來說，大多數的人、事、物都有其獨特的無形氣味，他能嗅出一個人的情緒或性格，一件物體所散發的意念，甚至是一起事件所釋放出的氛圍！連他自己也不清楚這種與生俱來的敏銳嗅覺與味覺，到底是遺傳自他的老藥師祖母？還是自己的腦袋構造異於常人？

他認為那些千奇百怪的氣味，應該是大腦所傳遞出來的訊息，而不是真的存在於這個空間，因為他就算戴上多麼高科技的口罩，許多莫名的氣息依然揮之不去。

如果這是印地安祖靈的恩賜，讓他有這種可聞遍百草、懸壺濟世或解救生靈的天賦異稟，那麼他還真是晚出世了一百年，畢竟在這種醫學與科技發達的時代，哪還會有原住民相信老祖宗傳統的草藥、靈療或咒語？

幸好，他也誤打誤撞成為一名搞電玩與App產業的CEO，因此老祖母所傳承給他的這個藥師位階，只算是個有名無實的頭銜了。

這種嗅覺上的特異功能，除了拉拔他長大的藥師祖母知道，兩位在環球太空站上結識的太空人星野與貝拉蜜也略知一二。不過，他的藥師祖母幾年前疑似被連環殺手「捕夢者」殺害，而貝拉蜜也在太空站上的「微重力密室命案」中喪命，如今知情這個秘密的人也就只剩星野了。

「如果死者是在山岬下的水島洞穴內失蹤，又是被棄屍於湖底下的水之眼觀測站……這狂風岬水上水下加起來的高度，起碼也有個三百多米吧？難不成史麥斯警官認為，我們當中有人是壁虎或水蜘蛛，能夠上山、下水、擄人、殺人後，再回到岬頂上睡大頭覺？」

說話的是阿哈努，他若無其事翻著手中的雜誌，口中卻吊兒郎當揶揄著那位警官。他也猜得出這一番話，對那位全身充滿原木味的男人來說，肯定非常不中聽。

「我並沒有將各位列為嫌疑犯！」史麥斯的語氣微慍。

阿哈努抬起頭，表情非常不以為然：「那麼，你又憑什麼限制我們之後的行蹤呢？」幾位在場的男女也此起彼落怨聲載道，除了晶晶和宛娜一行人需要面臨返台班機改期的問題，就連開著私人遊艇來訪的艾蓮與夫婿強納生，以及駕駛輕型飛機抵達的阿哈努和星野，也將無法如期返回溫哥華。

阿哈努接著說：「我相信大家都讀了網路上的新聞，今早法醫的驗屍報告也指出，死者的死因是窒息身亡，不但沒有在他的頸部發現任何指紋或瘀青，就連肌肉組織也沒有深層的傷痕……既然沒有任何人為的跡象，那麼又為什麼會和我們這些遠在岬頂上過夜的人有關係呢？」

「沒錯，總不能因為那座響尾蛇島四下無人，而距離它最近的我們就成了地緣關係人吧？」星野道。

史麥斯壓著眉頭眼神忿怒，不過還是故作鎮定地回答：「我聽聞過兩位在環球太空站上的破案事蹟，不過……如果只因為你們解開了那兩起微重力密室命案的謎團，就認為自己是個『名偵探』能夠為所欲為介入任何案情，或是干預警方的辦案程序？那麼請恕我無理，我在警界待了近三十年，也偵破過上百起的冷案或懸案，我想我也有自己的辦案模式，沒有必要向兩位彙報警方的偵查動機或方向！」

阿哈努擠了一下右眼，語氣調侃地說：「呦呦呦……生氣了呀？警官大人你也想太多了吧？我們可不是想和你爭什麼功喲，只不過是提出心中的疑問罷了！畢竟，你的調查方向的確有些盲點呀……」

「什麼叫作我的調查方向有盲點！」史麥斯終究忍不住那種原木味的大男人脾氣，終於大吼了出來。

「不是嗎？你當務之急應該是要調查兇手的作案模式，對方在響尾蛇島上是用什麼方式擄獲、殺害及毀屍？又是用什麼辦法將死者運到一百多米高的狂風岬上，再掩人耳目潛入水怪館的電梯，直達湖底下兩百多米深的水之眼？最重要的是，作案者是如何將屍體放入玻璃頂上的液態透鏡中？這些疑點你都有答案了嗎？」

快人快語的阿哈努停了下來，歪著頭凝視著史麥斯，就像在等待他的答案。

不過還沒等對方回答，他又接著道：「你有沒有想過，屍體為什麼會被截成兩段？會不會是因為方便搬運？那麼是否代表作案者可能有兩位？」

史麥斯啞口無言，完全不知該如何回答。就連玻璃隔間內那兩位騎警，也不由自主探出了頭聆聽，還睜大了眼睛彷彿大夢初醒。

「你去勘查過洛根失蹤的那個洞穴嗎？你去瞭解過液態透鏡的運作與構造嗎？你模擬過從響尾蛇島到水之眼有多少種運屍途徑嗎？結果，你卻將整個早上浪費在我們身上，難道這不是本末倒置？不是調查方向有盲點嗎？」

阿哈努的那一番話，聽得晶晶、宛娜和迪亞娜都露出五體投地的崇拜笑容，就連坐在角落圓桌的寇利爾館長與夫人也點頭深表贊同。

從昨晚「液態透鏡浮屍案」發生後，寇利爾和水之眼的研究團隊就像洩了氣的汽球，一下子從高空重重摔了下來。這五年來，從水怪館與水之眼的研究方案起草後，他們透過各種管道尋求財團資助、開山整地、探勘鑿洞、研發儀器與程式……一次次完成了許多不可能的任務。

結果，就在他們驕傲展現成果的啟用酒會中，水之眼卻成了頭條新聞中浮屍命案的現場！而那座本該被讚賞的高科技液態透鏡，與紅外線熱成像的顯像屏幕，也成了目擊者口中驚悚恐怖的陳屍地點。現在，賓客與工作人員更淪為被警方頤指氣使的嫌疑人。

空氣彷彿凝成一方沉重的冰塊，剛才還在底下嘟囔發牢騷的男女們，此時全都安靜了下來。只見阿哈努順勢將手中的雜誌往圓桌上一擺，然後就自顧自起身往門的方向走。

「我到廣場上透透氣總可以吧？待會輪到我的時候，再喊我進來吧！」

史麥斯並沒有作聲，因此現場的騎警們也沒有攔下他，就那麼看著阿哈努大剌剌地走了出去。星野眼見場面如此尷尬，乾脆尾隨於後也跑了出去。

其實阿哈努除了是透透氣，也想趁機探一探狂風岬與響尾蛇島之間的地理位置，確定一下到底有多少路徑可行。他並非不關心在場幾位賓客或工作人員的偵訊內容，而是他早在警方尚未開始約談之前，就已經與每一位被滯留的人士聊過了。

就像他一貫的行事風格，表面上是在安撫那些目睹浮屍還驚魂未定的賓客，以及為水怪館和水之眼的幾位相關人員加油打氣，其實暗地裡早在第一時間就收集了被滯留者們的說詞，以及他們前一晚在狂風岬上的動向。

星野不動聲色跟在阿哈努身後，看著他若有所思漫步至岬頂邊緣，駐足遠眺歐肯納根湖波光粼粼的水面。沒幾秒鐘後，他高大的身形更出乎意料筆直撲倒在崖邊，絲毫不在乎身上的名牌西裝會沾上碎石或黃土。

懸崖的邊緣稀落地佇立著幾株旱地松，也許是岬頂終日的狂風所致，它們的高度大多沒有超過兩米，喬木上的針葉也不如印象中濃密，其中一棵還被強風颳得呈現四十五度傾斜。

阿哈努的雙手攀在岩邊，半顆頭露在崖外往下望，由下往上吹的狂風將他的黑髮吹得像凌亂的毛線，他只是一語不發趴在崖邊，轉著咕嚕地眼球觀察著百米之下的那座響尾蛇島。

星野已經習慣他這種異於常人的行為舉止，在一旁等了大約十分鐘後，阿哈努才心甘情願地爬起身，悠哉地拍著西裝上的黃土。

「發現什麼了嗎？」星野問。

阿哈努半瞇著眼睛，用手揮了揮剛拍下的那陣塵土：「還不敢確定。」

「你剛才難道沒有從那些人身上，聞到『那兩種氣味』嗎？」

「哪兩種氣味？」阿哈努愣了一下。

「就是『浸過水的鐵鏽味』或『龍爪花被搗碎後的辛辣味』呀！你以前不是說過，犯罪者常會不自覺散發出那兩種氣息嗎？」

阿哈努訕笑：「呦，你這傢伙還記得呀？」隨之又板著臉說：「沒有！」

「那麼，兇手並不在這群人當中囉？」

「那也不一定！這些人大多散發著非常複雜的多重氣味，有些還滿是不見天日的陰暗面。」

星野納悶地喃著：「多重氣味……陰暗面？」

阿哈努思索著那些人的說詞，的確沒有從他們身上嗅到任何犯罪者的氣味，不過卻無意中觀察到這些人錯綜複雜的內心世界。他無法相信人的內心，竟然可以一體多面隱藏著許多醜陋的自我，在世道價值觀下辛苦掩飾著最不為人知的那個面向，稱職地扮演著他人眼中所期許的那個自己。

「我倒是對死者與他的兒子比較好奇！」阿哈努一邊說一邊順勢理了理衣領。

「那一對來自美國的加勒威父子？」

「嗯，我對比爾‧加勒威報案時的說詞有些疑問。這兩位在美國專靠追捕UMA生物的賞金獵人，為什麼會大老遠跑到這片加拿大的荒漠湖區？而且還有閒情逸致在響尾蛇島泛舟與野營？我很難相信他們只是來度假而已。」

「你認為，他們前天晚上到底在響尾蛇島幹什麼？」星野問。

阿哈努冷笑了一聲：「當然是和歐戈波戈有關係嘛！你難道沒發現……那具浮屍身上穿的是什麼嗎？」

「我只記得是很緊身的裝束……」

「是一種泡沫合成橡膠的乾式潛水服！假設真如新聞報導所言，他們父子倆只是在那座島上泛舟與野營，那麼洛根失蹤或遇害時為什麼是身著潛水服？除非他當時有到湖中潛水的計畫！那片狂風岬水域有什麼值得他好奇的？除了傳說中出沒的歐戈波戈，當然就是湖底下的水之眼呀！」

「你的意思是，他有可能想潛到湖底尋找什麼？不過，就我過往接受中性浮力訓練的經驗，在夜晚能見度如此低的湖水中，又要承受兩百多米之下的低溫和壓力，他絕對需要更齊全的潛水裝備呀！可是，我並沒有看到遺體上有潛水鏡或氣瓶之類的物品？這是否代表當時洛根已經結束了潛水任務，或是找到了什麼東西後才遇害？」

「開始有點意思了！這命案背後疑點重重，我們或許能從他兒子口中問到些蛛絲馬跡！」

「微笑藥師，你剛才和那位史麥斯警官搞得那麼僵，他怎麼可能會讓你見到那位比爾・加勒威啦？我看他肯定已經將你視為鬼見愁……敬鬼神而遠之了吧？」

阿哈努抽了抽鼻頭彷彿正在嗅著什麼，幾秒後才語氣肯定地說：「你等著瞧吧！假如他連我說的那些熱案四十八小時內，所該掌握的基本調查方向都啞口無言沒有頭緒，那麼這一起命案他們辦不到三天，就會走投無路了！我就不相信那時候，這些人還會繼續將我晾在一旁。」

星野歪著頭，表情有點不以為然：「希望如此……」

◇◇

七月八日下午，加拿大皇家騎警隊—基隆拿市分部。

史麥斯和幾位騎警回到警隊後，就和上頭的高級警長及同僚開過會，彙報了整起命案的調查細節，除了成立「液態透鏡浮屍案」的專案小組，也取得總部ＩＨＩＴ的科學鑑識協助，以及蜜桃地警局與水上警察的全力支援。

當兩個多小時的會議結束後，已經接近黃昏時分，不過分部辦公室內依然燈火通明，每個人都戰戰兢兢準備分頭進行更全面的調查。史麥斯回到了自己的隔間後，幾乎就快癱軟在椅子上，他的桌上散滿了法醫傳來的驗屍照片與報告、水怪館與水之眼的平面配置圖、響尾蛇島的衛星照片檔。

這起案子已經將他們搞得焦頭爛額，卻仍然理不出兇手作案的動機，甚至是殺人與運屍的方式。就如同阿哈努所點出的疑點，依據法醫的驗屍報告，洛根的肺部並沒有嚴重積水，死因的確不像是溺斃，反而更像是被人活活掐死而窒息身亡。但是，在他的顏面、頸部、胸腔或肌肉組織，都沒有發現任何指紋、瘀青或深層傷痕。

那麼……到底是什麼因素造成死者窒息？

假如洛根是在響尾蛇島的洞穴內遇害，那麼作案者為什麼要大費周章將他移屍到水之眼？亦或者，洛根在洞穴被襲擊後仍然活著，而是被挾持到某個地點後才遇害？不過他到底是如何帶著洛根抵達岬頂、潛入水怪館、搭乘通往水之眼的電梯，最後將屍體放入液態透鏡的玻璃槽內？

這些全都是那位叫微笑藥師的怪傢伙質疑的問題，可是他當時卻完全摸不著頭緒，甚至到現在依然是置身於十里迷霧之中！難不成他累積了近三十年的辦案經驗，真的比不上那個環球太空站的破案英雄？

就在他面對滿桌的資料陷入沉思時，桌上的分機突然響了好幾聲，他拿起聽筒後傳來總機人員的聲音。

「史麥斯警官，總部的羅伯森警督在線上。」

「喔？請接進來！」

羅伯森警督是總部的ＩＨＩＴ高階主管，史麥斯在溫哥華當騎警時曾經是他的手下，儘管如今史麥斯已經升官調職了，不過還是與羅伯森保持密切的關係。這些年來，他所經手的許多案子，也常是透過羅伯森麾下的科學鑑識團隊協助，才得以破獲多起擱置多年的懸案。

幾秒鐘後，聽筒裡就傳來羅伯森獨特的低沉嗓音：「佐登嗎？」

「是的，警督！」史麥斯的語氣畢恭畢敬。

「我聽說你們那邊發生什麼光怪陸離的27-1，現在情況進展得如何了呀？」

羅伯森所說的「27-1」其實是北美警方稱呼兇殺案的暗語，沿用自「國際公共安全通信代號[38]」中「10-27-1」所對應的Homicide。這種為了避免被狗仔隊或媒體竊聽，而使用於警用無線電或電話中的「十字碼[39]」，全都是以10為開頭，因此通話時亦可省略掉頭碼。

「報告警督，一切都在審慎調查之中，總部支援的科學鑑識人員已經在響尾蛇島、水怪館和水之眼採集過證物，今早我們也盤問過所有的可疑人物……」

「可疑人物？我聽說就連在太空站上破解那兩起微重力密室命案的藥師神探，也被你們當成是嫌疑犯一一盤問？你有沒有搞錯呀？」

史麥斯的神經突然一繃：「不是的……不是的，我只是請他協助……瞭解案情而已……」

「沒錯，你們就是需要他的協助！我剛剛已經和索西先生聯絡上了，並且邀請他明早到分部辦公室與你們會合。我也告知過ＩＨＩＴ的科學鑑識團隊要全力配合，你們基隆拿市的騎警們也一樣！」

「這……我也有考慮過……不過……」

「沒有什麼不過的！你要試著多聽取其他人的推理論點，這對你日後辦案只有好處沒有壞處。」

「是…的！」史麥斯盡管老大不願意，但是也只能聽命了。

他掛了電話之後，整個人比剛才更為心煩氣躁，還不斷用雙手揉著兩側的太陽穴。只要一想到那位講話咄咄逼人的微笑藥師，和他那種嘻皮笑臉令人無法招架的彈簧腦袋，史麥斯就一個頭比兩個還大！

第五章　隱形之門

基隆拿市座落於水怪湖中的別墅 / 提子墨 攝

七月九日上午，響尾蛇島。

水上警察將噴射艇停在南面的小灘後，兩位騎警便領著一行人往西面的樹林裡走去，他們跨越了幾道黃色封鎖線，朝著水岸邊的那幾個洞穴前進。走在阿哈努與星野前方的是史麥斯警官，他身旁則跟著一位年約二、三十歲的年輕人，也就是死者的兒子比爾・加勒威，亦是案發前最後見過洛根的報案者。

史麥斯雖然依照羅伯森警督的指示，會同阿哈努和星野重新勘查幾個事發的現場，不過也只是勉為其難帶著他們走馬看花，並非很樂意透露太多案情。阿哈努當然也聞出對方的戒心，就如同他信誓旦旦告訴星野的預言，這些皇家騎警不出三日肯定焦頭爛額，結果還真是被他言中！

當然，也就是因為目前案情膠著，阿哈努這位閒雜人等才能夠趁虛而入，伺機介入這一起離奇的液態透鏡浮屍案。

比爾指著水岸邊比較小的那個洞穴：「我當時就站在這裡，聽到裡面有奇怪的回音與光線。」

「難道在洛根進去之前，你都沒有先行探查過？」史麥斯問。

「沒有，那時老爸還沒回來，我絕不可能貿然單獨行動……」

史麥斯半瞇著眼：「還沒有回來？他在進入洞穴失蹤之前，到底還去過哪裡？」

比爾的表情頓時一愣，馬上支吾地回答：「沒有呀，他……他……只是去撿些柴火而已！」

「胡扯！撿什麼柴火？自從狂風岬發生那場山火後，這座響尾蛇島早已全面禁止營火，別告訴我你們這些獵人會不知情！」

史麥斯以他敏銳的職業警覺，端倪出比爾說話時眼珠不斷往右上方打轉，連正眼也不敢多瞧他們一眼。當然會認為他壓根子是在扯謊，哪還會相信他的那些說詞。

阿哈努也聽出比爾從頭到尾都在避重就輕，只不過洛根死亡時身穿那套乾式潛水服，就算他再怎麼輕描淡寫，也很難讓人不去質疑他們當晚在這片水域的意圖為何？

「洛根進入山洞時，沒有攜帶任何防身武器嗎？」阿哈努問。

「有的，他帶著我的一把Excalibur Matrix 380十字弓進去。」。

「十字弓？為什麼不是來福槍之類的獵槍？你們父子不是出了名的ＵＭＡ賞金獵人嗎？」

比爾聽阿哈努那麼一問，心知肚明無法隱瞞得太多，乾脆就一五一十說了出來：「我們為了要活捉所謂的未知物種，並且保存生物活體的完整性，大多不會使用一般的獵槍，而是以十字弓射出有麻醉藥的箭頭，作為主要的生擒方式。」

「喔？所以警方找到那把十字弓了嗎？」阿哈努望向史麥斯。

史麥斯當然不甘示弱，馬上朝身後揚了揚下巴，示意手下回噴射艇取來收集到的證物。

「我們在洛根失蹤的七月六日當晚，就已經派人搜尋過整座響尾蛇島，並且在洞穴內尋獲他遺留的十字弓與手電筒。」

那位年輕騎警回來時，手中拎著一只大型的透明塑膠袋，裡面裝著一把近一米長的槍狀物品。它的造型看起來與步槍或衝鋒槍無異，雖然配有迷彩的槍托、扳機與瞄準器，槍桿處卻設計成一道放置箭簇的溝形矢道，最前端則是一柄如扁擔的彎狀弩弓，上方的鋼弦還緊緊勾在匣型的弩機上。

阿哈努端詳著那把造型奇特的武器：「這就是你父親帶進洞穴的防身武器？」

「是的。」比爾默默點了點頭。

「說不上來……好像有什麼地方不太對勁？」星野喃了兩句。

史麥斯皺了皺眉：「哪有什麼不對勁？不就是一般的十字弓？」

阿哈努頓時笑了出來：「這上面的確有個很明顯的疑點！你們看看十字弓的弩弓，都還是箭拔弩張的拉弦狀態，弓弦依然勾在弩機上的懸刀牙口，不過……有沒有發現上面少了什麼東西？」

「上面根本沒有箭呀！」星野喊了出來。

「沒錯！」

「可是……我們在洞穴內地毯式搜索過，並沒有發現任何箭矢呀！」史麥斯一邊說一邊回頭望著身後的騎警們，彷彿在向他們再次確認。

阿哈努偏著頭望向比爾：「你確定洛根帶走這把十字弓時，上面裝填著箭矢嗎？」

「當然，我在走近洞穴探究竟前，就已經先在小灘上用拉弓器上弦，還親手裝填了一支箭！」比爾回答得不容置疑。

「也就是說，這把十字弓上的箭矢失蹤了，不但沒有遺落在洞穴內，也沒有在洛根的遺體上找到，是否代表它可能是被作案者刻意藏起來了？」

史麥斯不以為然地瞪著阿哈努：「我認為應該是洛根出於自衛，使用十字弓射傷了對方！我們只需向各大醫院查詢是否有箭傷的求診者，或許就能找出這起命案的嫌疑犯！」

阿哈努露出他那種孩子般的頑皮笑容，搖了搖頭：「我可不那麼認為！如果洛根使用十字弓上的箭射傷洞穴內的某個人，對方肯定會因為麻醉藥而昏厥，又怎麼可能會發生後續的浮屍命案？好吧，我就當洛根真的有射出那支箭，那麼擊發後又何必將弓弦再拉滿？他明知自己根本就沒帶上箭袋，手邊也沒有可以續發的箭矢呀！」

史麥斯的臉色有點難看，畢竟被阿哈努一古腦推翻他的判斷，根本就是讓他在幾位騎警面前出醜。

「所以，你認為那支箭是被兇手帶走或藏起來了？那又是為了什麼呢？」星野問。

「我就不知道了，難不成那支箭有什麼特別之處？或是什麼稀世珍寶嗎？」阿哈努轉過頭瞟了比爾一眼。

比爾的眼神閃過一絲不安，馬上又故作輕鬆狀抓了抓頭：「當然不是，只是那種很普通的十八吋長Diablo金屬箭矢而已！」

就在那一瞬間，阿哈努嗅到一股紫苑花的味道，就像他童年時幫藥師祖母搗藥時，那種石南科的針狀花瓣與葉片，總會飄散著一種類似松節油的不舒服氣味。在他的嗅覺經驗中，那通常是說謊者所會傳遞的獨特氛圍。

「我們乾脆到洞穴內找找看吧！」

星野完話後，便慢條斯理捲起了長褲褲管，露出那雙毛茸茸的小腿和咖啡色登山靴。阿哈努則索性踢掉了休閒鞋，赤著腳就跟在幾位穿長靴的警官和騎警身後。

水岸邊的這個洞穴大約被湖水淹沒了四、五吋高，水波還不時打在洞緣的岩石上。騎警們打亮了手提式照明器後，一行人才看清楚內部的狀況。雖然這只是響尾蛇島下方比較小的一個洞穴，可是內部挑高至少也有三米多，岩洞內並不完全是淹滿水，右邊靠近岩壁的地勢比較高，因此還是有幾塊充滿碎石的乾地。

他們走了大約十多米，那位女性騎警便指著乾地上的兩支黃色小旗子：「這裡就是我們發現Excalibur Matrix 380十字弓，和磁控潛水手電筒的位置。」

那方乾地剛好在洞穴內的分支處，昏暗中隱約可看見前方有兩條更窄的岔路。兩支標示現場遺留物的座標旗子，就插在從岩壁上突出的巨石前方。

「如果洛根在洞內遭受襲擊，那麼對方有可能是躲在這塊大石頭後面，等待他走過時伺機飛撲而去，然後將他推倒在地上，如此那把十字弓和手電筒才會剛好落在這兩個位置。」

阿哈努在現場模擬著偷襲動線，還差一點將星野真的推倒在地上。

史麥斯也接著道：「如此說來，那支金屬箭矢有可能是在被襲擊時，從掉落的十字弓矢道上落入旁邊的積水……隨波逐流漂到外面的湖水，才會完全不見蹤影。」

阿哈努二話不說，摘下襯衫領口的Oliver Peoples金屬框太陽鏡，又抽出口袋中的一支Mont Blanc金筆，毫不心疼地就將它們往那片水窪一擲。只見太陽眼鏡和金筆緩緩沉到四、五吋深的水底，靜靜地躺在細碎的石子上，動也沒有再動一下。

「我想十八吋長的Diablo金屬箭矢，應該比我的太陽眼鏡或金筆還要重許多，如果它們都沒有浮在水面上，那麼箭矢也就不太可能那麼容易漂出洞外。」

星野低著頭仔細尋找是否有任何蛛絲馬跡，可是鋪滿碎石的乾地或水潭完全端倪不出任何腳印或被拖行的痕跡。

阿哈努指了一下前方比較亮的那一條岔路：「右邊那條通道有些光線，難道是通到小島的另一頭嗎？」

「是的，從那裡出去就是響尾蛇島的東面。」史麥斯回答。

「我們到那一頭看看吧！」

阿哈努自顧自跟著警官、騎警和比爾往右邊的岔路走去，只留下星野手忙腳亂地將那副名牌太陽眼鏡和金筆從水中撈出來，還無奈地搖了搖頭：「這個人神經那麼大一條，怎麼還會有人指望他破案？」

他們在潮濕的岩洞內走了約莫十分鐘，水深已經逐漸淹過了小腿肚，從洞口射進來的光線也越來越明亮。當一行人涉水步出洞穴後，外頭根本只有一大片的湖水，完全不像西面的洞口有樹林或小灘。

從洞口的十點鐘方向望去，整座狂風岬的懸崖盡入眼簾，它後方還有高高低低的丘陵山脈，不過全是一望無際的焦黃山巒。岬底下並沒有散步道或馬路，百米高的岩壁彷彿從湖水中拔地而起，頂多有個不到五十米長的沙灘，上面長著稀疏的杉木與矮樹叢。看來除了船艇或小舟可以抵達那裡，岬底的四面八方並沒有任何小徑可通往這片依山傍水的小沙灘。

「十多年前的那場山火燒得這麼嚴重？到現在還是如此蒼涼的景象……」星野才剛從洞口探出頭，就被眼前的景觀震懾不已。

史麥斯嘆了一口氣：「是呀，當年這些綿延的山頭全陷入橘紅色的火海，兩百五十平方公里的歐肯納根山林公園以及幾百幢的別墅洋房，就那麼被一場地獄之火付之一炬，造成了三千多人無家可歸。當時，至少有六十多處的消防單位北上支援，還出動了軍用直升機和一千多名武裝空降部隊，不斷在火紅的天空澆水與撒乾粉。我猜那些滅火的化學藥粉，可能也是造成如今寸草不生的原因。」

星野好奇地問：「那一場山火到底是怎麼發生的？」

「根據消防局的火場調查報告，剛開始只是響尾蛇島遭到閃電襲擊，頓時引燃了島上的樹木。結果，就在搶救時滿天飛揚的星火卻隨風飄過這片水域，從狂風岬又一路延燒上整片山頭。」

「閃電？難不成是天之人的閃電？」星野低聲呢噥著。

阿哈努並沒有搭理星野的話，回過頭詢問身後的史麥斯：「警方是否已經查出運送洛根遺體的路徑與方法？我是指假如他在洞穴內被襲擊，無論當時到底是生是死，歹徒是透過什麼途徑將他的遺體從這裡轉移到液態透鏡內？」

儘管史麥斯並不願意向阿哈努透露太多，不過礙於顏面也不可能裝得一無所知，那樣的話不就更讓阿哈努看扁了皇家騎警的辦案能力？

「我們初步推斷作案者應該是划船或駕駛遊艇登上響尾蛇島，船艇可能就停泊在小島東面的這個洞口前，對方躲進洞內伺機襲擊洛根後，再將他抬出洞口移到船上，然後駕著船到北向幾公里的那個小鎮碼頭，從那裡就能改採車輛前往狂風岬！畢竟臨水的這面懸崖並沒有任何山路，唯一能登上岬頂的途徑只有位於小鎮邊緣的入山口。」

阿哈努閉上雙眼思索著，並沒有像過往那般快人快語。

史麥斯繼續道：「當然，我們也考慮過作案者或許還有幫手，因此才會將洛根的遺體切為兩段，如此的話就能各自背負一段軀幹以攀岩的方式，從這座懸崖爬上狂風岬頂的水怪館……」

阿哈努可能已經憋得夠久了，終於還是忍不住噗哧大笑了出來。

「唉喲喲，史麥斯警官你還真是很搞笑喔！我昨天只不過是信口開河隨便說說罷了，想不到你真的將我胡謅的論點發揚光大，當成是警方推理的方向？」

「你……」史麥斯聽他這麼冷潮熱諷，氣得吹鬍子瞪眼。

「假設誠如你推斷的，作案者將船艇停泊在東面洞口，埋伏於洞穴內伺機襲擊洛根，那麼他怎麼能確定進入洞穴的會是洛根而不是比爾呢？因此，這絕對不是一起預謀犯案，而是對方正在洞內從事什麼見不得人的事，卻陰錯陽差跑進來一位入侵者，他才會在情急之下襲擊洛根。」

阿哈努停了好幾秒，習慣性地用手指撫摸著下巴的鬍渣子：「只不過，他為什麼要將洛根從這個洞穴移至其他現場？唯一的可能就是……作案者不希望在這個地點東窗事發，而引來更多人關注這座水島或這幾個洞穴！」

星野彈了一下手指頭，也點了點頭接腔：「但是，他並不知道洞穴外還有比爾，而且還在第一時間就到蜜桃地警局報案了！」

「沒錯，因此這個洞穴，甚至是這座島下的幾個洞穴內，是否有什麼見不得人的非法勾當，應該也是警方需要釐清的疑問。」

史麥斯雖然並沒有露出贊同的表情，倒是對身旁的騎警引了引下顎，示意對方將阿哈努所說的幾個重點抄在小本子上。

「另外，史麥斯警官剛才說過，作案者有可能開著船在前面的小鎮碼頭登陸，然後將船上的洛根轉移至汽車內前往狂風岬。可是，通往岬頂的那條山路，除了七月七日水之眼啟用酒會當晚曾經開放至晚間十點，其他日子都是在黃昏六點半就封路了，聽說還會拉起蛇籠禁止閒雜人等進入。那麼他又怎麼能在七月六日晚間開車上狂風岬，並且潛進水怪館與水之眼棄屍？」

「最重要的是，兇手既然都殺了人，依照常理應該是馬上逃離現場，為什麼又要冒著被發現的危險，大費周章將屍體移到水之眼的液態透鏡內？」

史麥斯不以為然地回答：「有些犯罪者就是有嚴重的表現慾，或許只是想利用這種驚世駭俗的陳屍方式，引起媒體與世人的關注吧！他可能真以為自己是什麼『裝置藝術殺手』！」

「也有可能！假設作案者是一位有強烈表現慾的殺手，企圖將陳屍狀態當成是一種裝置藝術品展示給世人，那麼我不覺得這位兇手會有幫兇。畢竟對那類病態的犯案者而言，『謀殺藝術』或『暴力美感』是一種非常主觀與私密的創作！」

阿哈努環顧身後的岩洞，繼續道：「因此，我已經不認為將屍體大卸兩塊，是為了讓共犯方便攀上岬頂所為，那種運屍畫面我後來想想也覺得滑稽。我看ＩＨＩＴ科學鑑識小組需要作一些魯米諾化學發光反應測試[40]，尤其針對支解屍體有地利之便的洞穴內，或是狂風岬底下的沙灘岩石上，就可端倪出是否有共犯的痕跡。」

「不過……我的預感，洛根的遺體不見得是在這兩個地點被切開，因為我根本就沒有嗅到任何蛛絲馬跡。」阿哈努說得有些語意模糊，彷彿只是說給一旁的星野聽。

正當他們你一言我一句，討論著兇手毀屍與運屍的模擬過程時，身後的比爾早已克制不住情緒，扶在岩壁旁默默地留著眼淚，那些話聽在他的耳中就像是刀割般的切身之痛。

畢竟，他們口中那具被大卸兩塊的屍體，是曾經與他出生入死追捕過許多UMA的父親。

阿哈努回過頭瞄了他一眼：「如果你這麼在乎自己的父親，肯定也希望警方能夠早日逮捕殺人兇手吧？那麼你就更不該對我們隱瞞些什麼！我當然知道你還有好些關鍵沒有坦白，如果你寧可洛根死得不明不白，也要堅守心中的那些秘密，那麼這個案子能否水落石出，就取決於你自己了！」

比爾並沒有說話，只是低下頭表情掙扎地繼續流著眼淚。

當他們一行人回頭往西面的洞口折返時，星野拉了拉阿哈努的衣角示意他放慢腳步，還盯著幾位皇家騎警都走遠後，才輕聲細語地問：「微笑藥師，你嗅出兇手將洛根移屍至水之眼的路徑了嗎？」

阿哈努瞪了他一眼：「你當我是緝毒犬或靈犬萊西嗎？」

「我……我哪有呀！」

「我都說過了，就算我真的像一隻警犬那樣，告訴大家我的鼻子聞出兇手是誰了！你認為有人會相信我的話嗎？最重要的還是要將那些嗅覺上的線索轉化為實際的證據，如此才能讓作案者心服口服。」

阿哈努突然話鋒一轉：「不過，我剛才確實發現一個非常詭異的疑點。」

「真的？什麼疑點？」

「植物。」

「植物？哪種植物？」

「唉，說了你也聽不懂啦！你這個人對植物和藥草一無所知，要我怎麼跟你解釋嘛？」

「你也太瞧不起人了吧？我也有種過植物呀！什麼仙人掌、萬年青、黃金葛、非洲堇、粗肋草……」星野如數家珍說了一長串懶人植物的名稱。

阿哈努鼓著腮幫子翻了個白眼，只回了他一個字：「宅！」

其實，他並不想這麼早就將那個疑點講白了，就像他過往編寫RPG電玩遊戲的引擎語法時，總是習慣先將比較棘手的物理引擎或渲染引擎搞定，也就是鋪陳好了主要的核心組件後，才會回過頭去連結那些已知的其他物件。

他相信，剛才無意間所見到那種不該出現在沙漠綠洲的奇特植物，應該就是這起液態透鏡浮屍案的最後一片拼圖。只不過，他必須先將謎團中最大的那一堆碎片理出順序，才能對應上手邊這片已知的拼圖。

◇　◇

當他們一行人結束了響尾蛇島的勘查後，水上警察開著噴射艇送走了比爾。史麥斯依照他剛才所推測的動線，帶著阿哈努與星野搭上另一艘噴射艇，抵達沿岸北段的小鎮碼頭，下了船之後便改乘皇家騎警隊的勤務車，前往位於小鎮東南向的狂風岬，如此的路徑才能從陸地繞到山岬後方登上岬頂。

這一趟舟車往返更證實了阿哈努的論點，作案者的確無法在入夜之後自由進出狂風岬。畢竟在駛往岬頂盤旋的山路前，必須先經過一道園區柵門，旁邊還有保全人員的哨所監看進出車輛，更遑論入夜後還會拉上蛇籠，想摸黑潛入水怪館或水之眼的難度極高。

自從液態透鏡浮屍案之後，水怪館已經暫停對外開放，而水之眼觀測站也有好幾處被拉上了黃色封鎖線。史麥斯領著阿哈努與星野走出通往岬底的電梯，酒會當晚曾經光鮮亮麗的岩壁隧道，如今早已是冷冷清清。

他們會合寇利爾館長與皮爾森教授後，便前往水之眼上層的機房所在，也就是液態透鏡的中控室，它的位置在玻璃頂的東翼，也就是與液態透鏡鄰接的岩壁內。偌大的中控室與一般的工廠機房類似，大致上分為三個區域：「電壓電流控制區」、「填充液循環過濾區」、「紅外線熱成像傳導區」。

寇利爾應史麥斯的要求，簡單介紹了這三個區塊的運作情況。

「這個『電壓電流控制區』主要是以電壓控制液態透鏡中的填充液張力，以丙三醇及純水為主的填充液在通過指定功率的電壓後，會產生不同程度的膨脹作用。當填充液膨脹向外撐時，就會將上下水槽內的兩片彈性膜擠壓成不同的曲率，進而改變天窗的可視倍率。」

「至於『填充液循環過濾區』的電腦，除了即時掌控水槽內的純淨度，也會在循環過濾中自動偵測丙三醇、純水及其他化學物質的正確比重，因為那些數據都攸關填充液導電後的膨脹精準度。」

寇利爾講完後轉過頭，示意皮爾森講解「紅外線熱成像傳導區」。今天的皮爾森並不如前幾天那般眉飛色舞、幽默風趣，看起來反倒是一副無精打采、垂頭喪氣的模樣。

「就如各位可能已經聽聞過的，觀測站玻璃頂的內層有一種『紅外線熱成像』的光譜顯像塗層，就算在漆黑的水中也能偵測到物體的溫度而顯像。當然，顯像玻璃本身並沒有運算功能，因此需要藉由這一區的終端機來分析溫度數據後，再將紅外線熱成像的光譜投影到水之眼上方的玻璃頂。」

「那麼，這個中控室平常有人留守嗎？我是指有多少人在這裡工作？」阿哈努環視著偌大的機房，並沒有見到任何工作人員。

「這裡是屬於全自動化機房，百分之百的工作指令與數據監控，研究員都可透過觀測站內的電腦來遠端操控。因此平日並不需要派駐留守，除非是機房內的定期保養或疑難排除時，才會有工程人員上來維護與檢修。」皮爾森回答。

「七月六日，這個機房內是否有進行過任何維護或檢修？」

「沒有。」

一旁的寇利爾像是想到了什麼，隨之插話：「不過……七月七日酒會前，我有派遣工程人員上來調整『空氣對流系統』，畢竟水之眼平日最多只有十多位工程師與研究員，但是酒會當晚這座密閉空間卻會湧入百人左右，因此我才請他們將空氣對流調節到最高。」

史麥斯低頭刷了一下手機上的筆記，將正確的時間點轉達給阿哈努：「警方調閱過中控室入口的監視器，七月七日下午六點多，的確有兩名工程人員進入這個機房，不過只停留了十分鐘左右就離開了。從監視器的影像顯示，他們進入中控室時並沒有攜帶任何物品，初步排除了有運屍的可能性。」

阿哈努緩緩走向中控室的填充液循環過濾區，觀察著緊貼於壁面那一道如蓄水池般的水道。它的寬度約為四米左右，總長度則和液態透鏡的寬度相當，與水道一牆之隔的外面就是水之眼觀測站玻璃頂的東翼。

這一道狹長形蓄水池右段有一個兩米寬的「入水孔道」，洞口不斷湧出液態透鏡下層水槽的填充液，液體順著水道流向中段的一座大型過濾器中，那座機器上充滿著控制面板和顯示各種比重數據的小螢幕。在過濾器中完成淨化與比重調整的填充液，再從機器的另一端排入左段水道，那頭則有另一個兩米寬的「出水孔道」，將填充液導入液態透鏡上層的水槽中。

「從這個循環過濾區的結構看來，液態透鏡上下層水槽是相通的嗎？」阿哈努問。

皮爾森點了點頭：「沒錯，整座玻璃頂的填充液是循環流動的，我們目前所在的位置是玻璃頂東翼內側的循環過濾區，在這裡下層水槽的填充液會從右方被引入水道，通過過濾器的淨化與比重校正後，再從水道的左方被導入上層的水槽。而上層的填充液流到玻璃頂的西翼後，那邊還有一道像瀑布的水閘，則會將上層的填充液引流到下層的水槽，形成一種帶狀的循環水流。」

「那麼當液態透鏡通上電壓，需要改變透鏡的可視倍率時，這些填充液也是流動的嗎？」

「當電壓電流控制區的電腦接收到觀測站的改變透鏡曲率指令時，會自動將東翼的這兩個水孔與西翼的水閘關閉，讓液態透鏡的上下層處於密封狀態，如此填充液在通電膨脹時，水槽內的彈性膜才會被擠壓成正確的透鏡曲率。」

阿哈努搔了搔後腦勺，往水道的左段走去：「這麼複雜呀？如此說來，當那兩段被切斷的浮屍漂入玻璃頂時，液態透鏡並沒有啟動改變曲率的功能，而且填充液也沒有通電。因此兇手才能將洛根棄屍於左邊的水道，讓屍體隨著水流緩緩被導入上層的水槽中，然後呈現在酒會嘉賓們的頭頂上……」

「是的，當時正在向所有的來賓展示玻璃頂內層的紅外線熱成像，因此液態透鏡水槽內只是一般循環過濾的狀態。」

史麥斯有點耐不住性子，馬上插嘴：「索西先生，我不是說過了嗎？我們調閱過中控室門外的監視器，檢視了從七月六日凌晨起，直到七月七日浮屍被發現的時間點，除了那兩位工程人員之外，根本就沒有其他人員進入過這間機房呀。」

阿哈努無厘頭地訕笑著：「史麥斯警官，你放輕鬆一點呀，這樣頭殼內的腦漿才能流得順暢些嘛！『門』的確是給人走的，但是並不見得每個人都需要使用門，才能進入另一個空間。」

他隨即掏出口袋裡的迷你平板，對著整座機房的上下、前後、左右按著相機快門，然後環視著中控室的一景一物。

「這個空間，肯定有一道我們看不見的隱形之門！」

Ψ:Ш

從蜜桃地遠眺被火紋身的山脈 / 提子墨 攝

Ψ坐在老式早餐店的一角，翻看著手中的一本書，那是上個世紀某位富商的自傳。當然這並不是那位生於一八四三年、卒於一九一八年的老者親手所寫，而是一位退休的報社記者蒐集多年的資料，甚至訪談過許多曾經與他有交集的家族後裔，所整理出版的一本傳記體著作。

他非常肯定手中所掌握的那張泛黃密文紙頭，就是百年前那位風雲人物所留下的遺物。Ψ甚至懷疑那根本就是一張暗藏玄機的寶藏圖，要不然為什麼會充滿那些古怪的五位數密文。

只不過，他怎麼也想不透那種類似電腦程式概念的0與1組合，不是近代才發展出來的編碼嗎？又怎麼可能會出自那位一百多年前的古人之手？難道在一、兩個世紀前，早已有什麼先知或預言者洞悉出0與1排列組合的奧秘？

Ψ不斷反覆閱讀這本傳記的原因，就是希望能夠從書中端倪出任何破解密文的隻字片語。他無法理解的是，這位百年前因商致富的老者，並沒有任何研究數學或科學的背景，為什麼能夠編寫出如此複雜難懂的密文？更讓人覺得詭異的是，整本傳記中鉅細靡遺介紹他的青年、中年與老年時期，從他如何誤打誤撞開始經商、一夜致富……到意氣風發併購多家商號，甚至在終老前推動過多項慈善事業。

可是壓根子沒有提到他的生世背景、童年或少年時期？

整本書讀起來就像刻意抹去了那些時間點，就算曾輕描淡寫提及他的家族，也是立業成家後的配偶與子孫，完全沒有記載任何關於高堂祖宗的事蹟。他，彷彿是從歷史時間軸裡憑空降世的神秘人物，又像是穿梭於蟲洞之間的時空旅行者，要不然怎麼會留下那些充滿現代編碼意味的0與1密文？

Ψ用手指頭揉了揉眉心，索性闔上了那本厚重的傳記，書封上那幅畫像再度呈現在他眼前。那是一幅以油畫為素材的西洋肖像畫，也許是他這陣子反覆翻看著，對畫中的人物竟然有一絲似曾相識的熟悉感。

油畫背景的右上角，有一襲被歐式流蘇束起的金黃絲質窗簾，法蘭斯的白色窗櫺撒著金色的陽光，窗外則隱約透著萬紫千紅的英式花園一角。老者穿著一套灰色的西裝，右手杵著一根黑得發亮的手杖，優雅地翹著腳端坐在一張維多利亞風格的花布椅上，左手邊有一張像羅馬柱的圓形茶几，上面擺著一只插滿西洋花的水晶花瓶。

他的頭髮斑白、面容清瘦，非常有精神地凝視著作畫者的方向，年紀看起來大約七十歲開來。雖然他的名字是西洋姓氏，外表也是一派洋人作風，可是從他棕色的眼珠、單眼皮的眼瞼、滾圓的鼻頭與寬而有力的鼻翼看來，顯而易見是一位長相傳統的亞裔男子。

Ψ的視線順著老者的右手看去，他的無名指上應該是戴著一枚雕刻精緻的長方形翡翠戒指。右手握著的黑手杖柄端，也被描繪成類似淺綠色的玉材，形狀看起來幾乎像是一只龍首。從這些配件的小細解推斷，Ψ幾乎可以肯定這絕對不是日裔或韓裔長者的作風。

肯定是一位有華裔血統的老人家！

中場：Legend

「一個中國小男孩的記憶」溫哥華島壁畫鎮一隅 / 提子墨 攝

一八五九年初夏，歐肯納根湖區。

炸藥的驚爆聲天搖地動傳遍了狂風岬礦區，九號礦場的幾個坑洞因爆炸噴出了大大小小的岩石和砂塵，一道道烈焰火舌從礦坑內吐了出來又迅速消失。才幾秒鐘的光景，空氣中就瀰漫著硝黃的煙霧和漫天的落塵。

幾百餘米外的草地上或坐或蹲著四、五十位中國礦工，全都雙手抱頭驚魂未甫地埋首於膝間。他們有些身著寬大的灰黑粗布清裝，後腦勺還紮著長長的髮辮；有些則穿著牛仔似的馬甲與褲裝，頂上蓄著一頭西式的短髮。

負責爆破的洋火藥商站在高岩上，正用望遠鏡觀察著坑洞的情況，還不時與身旁一位頭戴麂皮帽的中國淘金商人說著話。

沒多久，那個叫餘佬的礦場東家便轉向礦工們用廣東話喊著：「沒事啦！鬼佬說沒事啦！大家把圓鍬和鏟子都帶上，待會落塵散掉後就可以進去了！」

「等一下！憨子還沒有出來呀？鬼佬不是說他只是進去幫忙點燃引線，有足夠的時間可以跑出來嗎？怎麼到現在都不見人影？」

那位四十出頭口操潮州話的清裝男子，突然站了起來指著餘佬大喊。好幾位和他同樣口音的老鄉們也跟著不滿地起鬨著。只見餘佬背對著大夥兒用他那口不甚流利的英語，開始和搞爆破的火藥商你來我往爭執著，兩位洋人也毫不讓步和他吵得面紅耳赤。

良久，餘佬才走回剛才那位潮州佬跟前，拍了拍他的肩頭說：「海生呀，鬼佬已經說了待會會貼補你一些錢，我這個月也會加發你一個月的工餉做為補償！你說炸坑洞嘛！哪有不死人的？

人死不能復生呀……你就不要再吵了，先帶著你的人去開工吧。」

「圃娘摸！什麼一個月的工餉？我親侄兒的命才值幾塊錢？你叫我怎麼跟老家的阿哥阿嫂交代？你當我們潮州佬的命賤呀！大家評評理呀！我圃你個娘摸！」

海生泛紅的眼睛瞅著餘佬和他身後的兩位洋人，握著拳頭的雙手不聽話地顫抖著，他的心底不斷響起一聲聲的自責。當初要是狠下心拒絕阿嫂的苦苦哀求，也不用帶著憨子在這種鬼地方吃苦，如今居然還賠上了侄兒的一條小命，要他日後何來顏面回老家面對兄嫂？

「殺人償命！你們把憨子的命還來！還來……」

他幾近失去理智縱身撲向了其中一位洋人身上，兩個人在塵煙漫漫的黃土地上扭打了起來，幾十位老鄉也一窩蜂衝了過去，將那兩位洋火藥商團團包圍了起來，在混亂中你一拳我一腳踹向他們。

當大家正打得不可開交時，一旁幾位眼尖的礦工突然喊著：「不要吵了！洞口出現一個人影呀！好像是憨子……」

「啊！還真的是憨子呀！」站在樹上的那個小伙眺望著遠方的坑洞，興奮地不斷揮舞著雙手。只見仍然冒著硝煙的坑洞口慢慢走出一位十多歲的少年，全身覆滿了沙土踉蹌地晃著，手裡還提著一盞已經震破的西洋油燈。當他看見遠處的人群時，馬上舉起手虛弱地搖著油燈，大聲地叫道：「我沒事呀！我沒事……」

然後就撲通一聲倒在黃土地上，昏了過去。

幾個小伙馬上衝了過去，將他扶到旁邊的杉樹下。打得灰頭土臉的海生，並沒有因為侄兒大難不死而特別興奮，只是默默走上前掏出了一塊粗布，將憨子臉上的黃土仔細擦拭掉，還反覆檢查著他的手腳是否有被炸傷。

沒多久，他才轉過身表情嚴肅地揮了揮手，向老鄉們吆喝著：「好了，沒事就好！走走走……其他人先去上工了吧！」

然後才又轉過頭交代另一位長手長腳的少年：「阿四，你在這裡等憨子清醒後，兩個人就趕緊進洞裡幫忙吧！不能讓其他坑洞的人說我們潮州佬偷雞呀！」

阿四托著逐漸甦醒的憨子，一邊將皮囊裡的水慢慢灌進憨子的嘴裡，一邊自言自語著：「有冇搞錯呀？自已的親侄兒才撿回一條命，現在還要你去開工？剛才還在那裡喊打喊殺的，現在又變得這麼冷淡……」

憨子緩緩睜開了雙眼，茫然地看著針葉林間撒落的陽光，雙耳因為方才震耳欲聾的爆破聲還在嗡嗡作響，根本聽不見阿四在他身旁嘀咕了些什麼。

他心想都怪自已沒用，剛才點完引線後都已經跑到洞口了，結果卻被石塊絆了一跤！要不是及時避到低窪的花崗岩下，他可能早就被炸得粉身碎骨永遠見不到爹娘了。

他開始惦著潮汕老家現在到底是白天還是晚上？阿爹今天有沒有跟船去捕魚？阿娘種的涼瓜是不是已經開花結果了？然後又閉上了眼睛，告訴自已不要再去想了！因為那一切已經離他太遙遠了。

憨子和海生叔一幫人是從廣東沿海飄洋而來的苦力，在這個眾人口中遍地黃金的加拿大「新金山」已經待了一年多。他還記得那是咸豐八年吧？洋人將滿清政府打得節節敗退，搞得整個中國民不聊生饑荒連連，海生叔不知打哪認識了幾個返鄉招兵買馬的台山佬，就開始在鄉親面前大放厥詞。

「你們看滿清又仆街了！什麼璦琿條約、天津條約……咸家鏟的一堆鬼條約！全被那些死鬼佬搞得大家沒飯吃了！不過各位鄉親現在不用怕了！我認識幾位剛從『金山之國』回來的淘金王，他們說那裡非常缺人手，只要我們村裡的壯丁肯吃苦耐勞，黃金絕對會源源而來！如果你們想發財就跟我走，淘金王的船不是挺大，人頭有限……」

在那個兵荒馬亂的年頭，海生和他那些淘金王的傳說，彷彿為窮困的潮汕漁村開啟了一扇希望之窗，年輕力壯的街坊鄰居們爭先恐後，就為了趕搭上那條開往發財之路的船。憨子的娘竟也信以為真，多次哀求海生將他一起帶上，還將辛苦攢下來的積蓄交給他繳人頭稅。

憨子永遠忘不了那個夜晚，一艘艘的小舟載著他們離開了故鄉的漁港。在月半彎的星空下，他看著阿爹和阿娘追著舢舨跌在潮水裡哭喊的情景，就算他和海生叔都登上了淘金王的貨船，仍然可以看到爹娘的身影像兩個小黑點般，逐漸消失在漁火點點的海面上。

不過，一切並不如預料中那般順利，他們的船在風浪起伏的大海上足足迷航了兩個多月，日復一日看著一成不變的海連天，任誰也受不了那種一望無際的絕望，在海上漂流的幾個月裡，憨子和其他人都瘦得只剩皮包骨。

在存糧短缺的情況下，有些鄉親們發揮了漁家子弟的精神，各憑本事從海裡捕撈了一些見也沒見過的魚類生食裹腹。好幾次他餓得受不了，也硬生生吞了幾塊，可是沒多久卻上吐下瀉還給了大海。

當他們好不容易抵達加拿大西岸時，原本一百多名的老鄉早已死了一半。最令人難以置信的是，那幾位被海生奉為是淘金王的台山佬，原來只不過是一幫販賣人口的「豬崽販[41]」，將他們像豬隻似地轉手賣給了九號礦場的餘佬，一干老鄉們就那樣被十多名彪形大漢五花大綁，丟進了餘佬的幾台篷車內。

之後，就那樣搖搖晃晃走了兩天的山路，才終於進入東北方的歐肯納根湖區。當他們穿過幾個伐木小鎮時，憨子終於第一次見到長輩口中所傳言的「鬼佬」。

他看到好幾個皮膚白得像鬼的年輕人，眼睛泛著藍色的兇光，朝著餘佬的篷車丟擲石頭，口裡還吼著一些他聽不懂的語言：「Chinamen! Go back to your country!」

一群棕髮或金髮的小男孩，也追在篷車後不斷嬉謔地唱著：「Chinks……chinks walk like stinky pigs……chinks……chinks……」

雖然憨子完全聽不懂他們在唱什麼，可是從他們的表情看來，那絕對不會是什麼好話。從那天起，他才慢慢體會到西方人歧視東方人的可悲，和中國人欺負自己中國人的可恥。

他們走進那座昏暗陰濕的世界裡，吃、睡、工作都在餘佬的九號礦場中，在不見天日的坑道內架起一根根沉重的枕木，像一窩鑽地鼠般盲目地挖掘著，將可能含有黃金的石塊一車車推到洞外碾碎，交由那些從三藩市來的華裔篩金師傅們處理。

不過一年多來，憨子並沒見過餘佬的手下篩出多少黃金，頂多是些銅、錫或洋玉。

九號礦場這個名字的由來，是取「九」的廣東話與洋文Gold的發音接近而來。但是他們並不知道無論如何努力挖下去，也不可能再掘出任何金礦了！因為那根本是一座洋人淘金商早已放棄的廢礦場，不然哪還輪得到餘佬這幫中國佬來搶他們的黃金？

長期在坑洞裡工作與穴居的鄉親們，吃喝拉撒全都在那座深不見底的黑洞裡，悶熱又潮濕的坑洞飛滿如麻的蚊蟲，常常讓憨子整夜無法安睡。總是在輾轉難眠的夜裡，想起在潮水中奔跑哭喊的爹娘，他發誓一定要存到足夠的錢，離開這個鬼地方重回老家！

他將每個月少得可憐的工餉全數交給了自己的親叔叔，因為海生說餘佬的人每半年都會回廣東作交易，所以已經託他們將那些錢轉給妻子及憨子的爹娘了。憨子信以為真拚命地工作，將每一分錢都存了下來，只希望那些錢能讓年邁的阿爹不需要再去捕魚，阿娘也不需要挑著扁擔在市場賣涼瓜了。

然而，事情並不如他想得那麼美好，他從一批剛被騙來的老鄉口中得知阿娘捎來的口信——阿爹已經過世了！他在年初時跟著村民出海捕魚，卻出乎意料遇上一場颱風，整條漁船就那樣翻覆到海底無人倖存，就連個屍首都尋不回來入殮。

阿娘起初還不死心，每天帶著弟弟和妹妹到港邊守著海口，寸步不離地盯著海上的每一艘船隻，期待阿爸的那艘漁船能夠奇蹟似地歸航。聽說她像瘋了似地追著每一位返港的漁夫詢問，只希望有人能捕撈到老伴的屍骨，畢竟人死見屍也才好入土為安，倘若淪為海上的孤魂，叫後代子孫們如何弔祭？

幾個月過後，阿娘才終於放棄任何冀望消失在港邊，她一個人完全撐不下養家活口的擔子，便帶著七個弟妹寄住到鄉下姨婆家。她希望憨子得到消息後，快點捎個口信回老家報平安，如果這一年來有攢到些錢，也儘快託人帶回應急。

憨子無法相信自己的耳朵，阿爹怎麼會就這樣走了？連最後一面都來不及見就從此天人永隔！阿娘居然沒有收到海生叔託人轉交的錢？難道是餘佬的人將他的錢吞掉了？還是海生叔根本就占為己有？難道那些大人壓根子都在耍他？看他年少單純就想騙他、呼攏他、欺負他？

怪不得那天爆破坑洞後，海生叔對他能夠死裡逃生撿回一條命，表現得如此冷淡！

他無法忍住心中的怒氣及焦急，想像著阿娘和弟妹們也許正有一餐沒一餐過著寄人籬下的日子，自己卻完全幫不上忙！他跪在歐肯納根湖畔滿臉淚痕號啕大哭，哭聲飄過了寧靜的湖面，迴音就像千百個孤獨的亡魂，也陪著他一遍一遍哭泣著，迴盪在那片寧靜的湖面。

憨子雙眼無神凝望著遠處的響尾蛇島，那裡的湖水彷彿泛起了一波波黑色的浪頭，在月光底下更顯黑得發亮，湖水中彷彿佇立著一位披著長髮的男子。他好奇地起身赤著腳沿著水岸，爬過小土丘朝著那個方向走去，最後停在與小島遙遙相隔的西岸湖畔，不過並沒有再看到任何人影。

只有水中一道蜿蜒的巨大黑影。

他低頭凝視著黑影在水面上吐出的霧氣，宛如正在聆聽著潮水底下的低語。良久，他覺得自己的腦海彷彿通透了，對著那片黑亮的湖水喃喃自語著。

「那麼……我也要將那些欺騙我的人，全都殺光！！」

語氣，就像是從牙縫裡迸出那般憤怒。

◇ ◇

那是一個出奇寧靜的清晨，坑道裡傳來挖到金礦的消息，餘佬興奮地帶著所有手下衝進潮州佬負責的那座坑洞裡，礦場外只剩下推著木車剛走出洞口的憨子和阿四。連續幾天傷心欲絕的低潮後，憨子的心情已經平復許多，他神情木然邊推著裝滿礦石的台車，邊聽阿四口沫橫飛敘述著以往街頭賣藝的趣事。

就在阿四還手舞足蹈說著話時，身後的坑洞卻突然響起一陣巨大的爆炸聲，他們倆迅速抱著頭臥倒在地上，倉皇失措盯著那個冒著黃煙的坑洞，那座潮州佬們負責開採的坑洞，也就是剛剛才傳來挖到金礦的礦坑！

其他礦場的洋礦工聽到巨響及震動後，也紛紛從自己的坑洞跑了出來，大家眼睜睜看著水岸邊那座失事的礦坑手足無措，因為餘佬和他的手下以及海生那一干潮州佬，可能早已活活被炸死在裡面了！

只有憨子面無表情地望著湖面遠處的小島，一切彷彿與他完全不相干，還低聲喃著：「他們都該死！把我們當狗奴才的餘佬和他的手下該死！騙我們來這裡還吞掉我所有工餉的海生叔也該死！那些欺負我們的大人全部都該死！」

阿四睜著懷疑的眼睛看著表情渙散的憨子，忍不住問：「憨子……不會吧？該不會是你幹的吧？難道……是你把他們全都炸死了……」

憨子並沒有馬上回答，只是回過頭看著揚起的落塵緩緩垂下雙眸，淺淺地牽動了嘴角，似笑非笑地看著自己的雙手。

「沒錯，我昨晚將岩壁油燈的燈芯和引線拈在一起，還把之前從鬼佬火藥商的篷車偷來的炸藥藏在岩隙間。今早只要開工的人燃起最盡頭的那盞油燈，就會將大家全部都炸死！通通炸死！」他的雙眼充滿著血絲，眉頭緊緊地糾結在一起。

空氣中瀰漫著硝煙的刺鼻味，附近礦場傳來的喧鬧聲彷彿也被淹沒了。

憨子這才轉過頭冷冷地盯著那個還在冒煙的坑洞，眼皮下的肌肉不自主地微微抽了幾下：「當然，也是我一大早就去通報餘佬那夥人，告訴他們礦坑裡掘到了黃金……我就是要他們同歸於盡！通通死在一起……」

阿四的雙手揪住了憨子的衣領，激動地前後搖著他：「你中邪了嗎？為什麼……為什麼要殺死自己的同鄉們呀……」他使勁搖晃著，彷彿想將憨子從噩夢中搖醒。

憨子將他一把推了開來，眼神充滿了怨恨看著阿四：「要不是海生叔的餿主意把我們騙上了豬崽船，我們也不會在這裡像狗一樣為餘佬做牛做馬！要不是餘佬的手下和海生叔騙了我的工餉，我娘和弟妹們也不會淪落到寄人籬下！你知道嗎？我已經家破人亡了！家破人亡了！連阿爹的最後一面我都沒見到！」

「不……你錯怪他們了……你錯怪他們了……」阿四突然跪在憨子的跟前，抱著他的雙腿用力嘶喊著：「憨子……我對不起你！我對不起大家！是我的錯！全是我的錯！」

憨子完全聽不懂阿四在說些什麼，只是睜著不解的眼神看著他。

阿四滿臉淚痕嘶喊著：「當初是我偷偷慫恿你娘，騙她說你非常想來金山之國，她才會哀求海生叔帶你過來的呀，不然你也不會被賣到這裡和我一起受苦啊……我只是想找個伴，要你陪我一起來而已！」

「海生叔也沒有吞掉你的工餉！是我跟魚乾佬賭輸了錢，又發現海生叔將積蓄塞在鐵罐子裡埋到床頭下的石堆，才會偷走了他的錢還債……讓他沒辦法託人帶錢給你爹娘……他是沒有顏面向你解釋，並不是對你冷淡薄情呀！你錯怪他了……是我！全都是我的錯！」

阿四將頭埋在他的黑布鞋上死命地哭著，憨子在那一瞬間雙眼呆滯張著空洞的嘴，然後全身無力重重跪倒在地上。

原來，是他誤會了海生叔？他居然親手將海生叔和老鄉們，埋葬在這座異國的礦坑裡！

他仰天瘋狂地哭吼著，顫抖的聲音劃破了長空，在平靜無波的湖面上流轉，然後使勁用雙拳狠狠搥打著布滿砂石的黃土地，直到鮮紅的血沾滿了他的雙手，直到斑斑的血跡滲進了那片土地裡，化成了一片片凌亂的暗紅……

落塵緩緩從天而降，就像是一場細雪飄落在這六月的晴空下，將歐肯納根湖的道格拉斯杉輕輕披上了一層灰白。那些硝煙散盡的坑洞彷彿一個個深邃的黑色瞳孔，正默默無語地凝視著遙遠的天際。

像是正眺望著那個永遠回不去的遙遠故鄉。

第六章　水晶騎士

失火的天國，被火紋身的歐肯納根山脈 / 提子墨 攝

七月十日，狂風岬，貴賓會館。

水怪館的導覽專員卡加，表情神秘地說著：「當時在礦場附近的幾個部落都有一個傳言，那位炸坍九號礦場坑洞的中國童工，除了炸死同甘共苦的礦工老鄉們，還吞掉了礦場東家的一批金銀財寶，然後就和另一位童年玩伴消失得無影無蹤。」

「金銀財寶？他們倆人生地不熟怎麼將財物運到外面？」一旁的宛娜好奇地問。

「這只是賽埃利克斯族老一輩族人的流言，那些中國淘金客是否真有什麼礦場寶藏，或是那批財寶日後到底有沒有被運出歐肯納根湖區，就不得而知了。」

晶晶、宛娜、熙奇、美森和星野各自端著一杯咖啡，圍坐在餐廳靠窗的圓桌前，聽著卡加講述那個將近一百五十多年前的古老傳說。一旁的阿哈努則躺在那張裝飾用的歐式貴妃躺椅上，心不在焉地刷著手中的迷你平板，表情看上去還有點滿不在乎。

自從那一起「液態透鏡浮屍案」發生後，他們這幾位遠道而來的酒會貴賓，就被困在這小城小鎮的基隆拿市，大概要等到皇家騎警隊確實將案情釐清了，才有可能毫無後顧之憂地離開這片沙漠綠洲吧。

卡加或許認為和這幾位亞洲人聊一些充滿東方色彩的話題，應該能夠拉近彼此之間的距離，卻沒想到三位從台灣來的年輕人壓根子沒聽聞過——原來早在晚清年間，這片加拿大西岸的森林河谷之中，曾經有一批輾轉從「舊金山」來到「新金山」追逐淘金潮的華裔淘金客，和許許多多被他們從中國沿海騙過來的苦力。

那些綁著髮辮、穿著粗布清裝的華人礦工，大多是來自廣東潮汕或五邑地區的農民與漁民，如同豬隻般被豬崽販們騙到美國、加拿大或澳洲。他們在陌生的土地上苟延殘喘、客死他鄉的點點滴滴，最後卻成為一段幾乎被自己民族所遺忘的華工血淚史。

「在湖水中佇立的長髮男子，還有水中蠕動的霧氣黑影，難道和歐戈波戈沒有關係嗎？這和賽埃利克斯族的另一則傳說，實在有太多共通點了……」星野的表情有點納悶。

宛娜也附和地說：「的確，我覺得和『水中惡魔』脫不了關係吧？畢竟兩則傳說中的主角怎麼那麼巧，都像是受到邪靈的迷惑而屠殺了自己的族人或同鄉？」

「哇，你們連那些小細節都記得如此清楚！」卡加露出佩服的表情。

沒幾秒後卻又瞇著眼睛想了一下：「坦白說，雖然大多數北美原住民部落都有自己的族語，可是並不見得會有所謂的文字記載。因此許多一代傳一代的口述歷史或野史，有時候會因人而異被穿鑿附會，添油加醋了些許神話與祖靈色彩，主要是為了警惕後代族人要心存善念。因此，就連我自己也很難斷言，那些流傳下來的古老故事到底有多少真實性。」

本來只是在一旁玩手機的美森，突然抬起頭插了話：「那則礦場的傳聞或許是真的，我從小就聽聞親戚長輩們聊天時提及，甚至還信誓旦旦地告訴我們，那一名童工逃離歐肯納根湖的礦區後，就想辦法回到當時還是叫「蓋斯鎮[42]」的溫哥華，企圖搭上往返上海的貨輪偷渡回中國沿海的老家，不過幾經失敗後還是打消了念頭，最後淪落街頭當小廝！聽說後來有一對白人老夫婦收養了童工，從此就不知去向。」

「你說的童工……是炸死同鄉的那個？還是另外一位？」

剛才還一副事不關己的阿哈努，原來一直都在側耳傾聽，還突如其來冒出了那幾句。

美森搖了搖頭：「我也不是很清楚耶。」

「我倒覺得天之人將原住民男子變成歐戈波戈的傳說，或許才是有所根據的歷史事件！」阿哈努從貴妃躺椅緩緩起身，還旁若無人伸了個大懶腰。

「只不過在四、五個世紀前，人類對於任何無法解釋的異象，通常會將之傳頌為天神的神蹟或邪靈的妖術。假設那些光怪陸離的事件發生在現代，相關學者肯定會提出『地外文明』之類的說法。」

熙奇點了點頭：「就像你說過的，那可能是網罟座澤塔星人所為？」

阿哈努的外星人話匣子一被打開後，原本懶洋洋的態度頓時變得精神百倍：「唉，如果你們讀過關於『賽伯計劃』的解密檔案，就可以從倖存『水晶騎士』成員的記事中，瞭解澤塔星人基因改造工程的先進！」

他順勢拿起了迷你平板，刷了幾下觸控螢幕，打開了一份檔案娓娓道來。

「一九六五年七月，也就是美國官方與澤塔星簽署那紙交換協議的許多年後，澤塔星總算實踐承諾派遣了一艘大型母船來到地球，就在內華達州地下核實驗場，接走了十二名經歷嚴格航太訓練的美國軍官，他們還隨行配備了四十多噸地球食物，預計將在澤塔星上考察與生活十年。『水晶騎士行動』的主要目的，就是要學習澤塔星先進的高科技，將技術移轉到美國官方的科學機構，作為上個世紀澤塔星人在美國本土大肆挾持人類，進行研究與採樣DNA的回饋條件。」

「根據倖存組員的日記所載，那艘母船在宇宙航行了將近九個月，才終於抵達澤塔星。他們描述澤塔星擁有完美的社會制度與結構，基本上偏向於集權社會，每名新生兒都是在有必要時才會繁殖『複製』。在那顆星球上沒有所謂的貨幣，也沒有百貨公司或購物商場，每一位公民有需要時都可自由領取所需物品。每一位澤塔星人幾乎都是科學家或工程師，對於任何研究都有著極度的狂熱，尤其是能夠改變他們先天基因缺陷的『遺傳學』最為熱衷，對其他的事物幾乎沒有絲毫興趣，甚至對實驗生物極盡冷酷，毫無同理心。」

「水晶騎士行動的指揮官與科學小組，曾經獲准參觀澤塔星上的幾座實驗室，他們被帶到一處從事生物研究的場所，那裡除了有地球人的活體標本，還有許多挾持自其它星球的外星人遺體，他們全被裝在一個個大型的透明容器中。澤塔星的研究人員企圖自圓其說，聲稱那些是他們拯救自我族裔的首要研究課題。也就是說，在地球人還不瞭解什麼是ＤＮＡ的六、七〇年代，澤塔星人早已能夠透過ＤＮＡ及基因改造，進行自體修正與繁衍物種了……」

「水晶騎士行動的十二位成員中，最後共有兩人死亡、兩人自願留在澤塔星定居，其餘的八位組員則是在十三年後才被送返地球。因此許多人質疑，當年美國官方憑空出現的多項高科技，或許都是水晶騎士們從澤塔星上所帶回來的產物。」

阿哈努收起了迷你平板，才又抬起頭說：「當然，我並不認為澤塔星人是上個世紀才來到地球挾持人類作活體研究，可能早在許多個世紀以前就已經暗渡陳倉，只不過那些外星人與收集人類活體的行徑，卻被古代的祖先們認為是天神與獻祭。除此之外，你們難道沒有從歐戈波戈的傳說中，端倪出歐肯納根湖曾經出現過幽浮嗎？」

「幽浮？有嗎有嗎……我怎麼不記得？」晶晶的語氣有點興奮。

宛娜思索著：「你是指圖騰或壁畫上那只『天神之眼』嗎？」

「嗯，飄浮在空中的巨眼和球體內的天之人！想想看，一個巨大的橢圓形透明物體，中間還包著另一顆圓球體，又會發出藍色的強烈閃光。以現代人的語彙而言，那個形體和幽浮有什麼不同嗎？」

熙奇挑了一下眉：「聽起來的確有點像雪茄型或碟狀的幽浮！難怪基隆拿市會被列為是加拿大幽浮出沒最多的城市之一。」

「我還是有點想不透，如果那些天之人與天神之眼，真如你說的是什麼外星人和幽浮！可是為什麼賽埃利克斯族的祖先，會將水島視為禁地嚴禁族人進入？難道那上面藏著什麼不為人知的外星秘密？」星野搔了搔頭。

宛娜好奇地問：「聽說你們昨天跟著警方到島上勘查過，難道沒有發現什麼疑似外星人的遺跡，或是中國淘金客遺留的寶藏嗎？」

「呵呵……假如這麼容易就發現什麼遺跡或寶藏，住在這附近的居民早就發大財了！哪還輪得到我們！」星野笑了出來，不過還是望了望阿哈努兩眼，彷彿在向他確認——真的沒有被你發現什麼吧？

正當他們聊得起勁時，史麥斯警官突然走了進來，不過只是很低調地站在餐廳門口，還朝阿哈努揮了揮手。沒多久，只見阿哈努起身往那個方向走去，然後跟著他進入角落的ＶＩＰ用餐區。星野見狀也緊跟在阿哈努身後，深怕會被他們擋在門外。

史麥斯將一疊文件攤在那張長方型的白色餐桌上，開門見山地說：「昨天晚上，IHIT科學鑑識小組已經在洞穴內和狂風岬底下的沙灘，作過魯米諾化學發光反應測試。」

「喔？」阿哈努揚了一下雙眉。

「不過並沒有發現任何血跡的發光反應……」

阿哈努摸著下巴幽幽地回答：「那麼一來，洛根在陳屍於液態透鏡之前，可能先被轉移到其他地點毀屍後才置入玻璃水槽？」

「也或許是在兇手駕駛的遊艇或漁船上毀屍？」星野和阿哈努對望了一眼。

「法醫更進一步的驗屍報告指出，屍體的切口是從正面的左肋骨底端斜切至右骨盤的上端，以脊椎骨的斷面看來幾乎是被瞬間切斷或扭斷。最奇特的是屍體上的刀痕，並不像一般電鋸或刀具是筆直的切口，而是一道呈現弧形的切痕，除了肩胛骨處有個不知名的圓形小傷口，小腿上也發現許多類似弧線的開放式傷口。在比對軀幹正面與背面的切口時，也發現兇手並非直上直下落刀，而是使用弧形的刀鋒以四十五度角……朝屍體斬下去！」

「聽起來就像是用圓形的湯匙，在布丁上挖了一塊，而留下那種帶著點弧形又上下切口不一致的切面。」阿哈努閉著眼睛，腦中彷彿正凝視著那兩段屍體。

星野表情疑惑地說：「像巨大湯匙那樣的弧形鋒利刀具？我還從未聽過有這種形狀的凶器。」

史麥斯翻到了文件的下一頁，語氣開始有點激動：「不過我們另有一個重大的發現！在索西先生勘察響尾蛇島時的提點，我們當晚就對比爾進行了一連串盤問，尤其是針對那一支消失的箭矢！」

「喲，他說出心中隱瞞的那些秘密了？」

史麥斯掩不住笑意點了點頭：「他之所以避重就輕，故意隱瞞案發時的部分實情，只是為了保護在溫哥華的一位女友不被牽累！」

「女友？」

「那位女子是溫市某醫院的護士長，曾經提供給加勒威父子某種管制藥品。原來他們每次從美國驅車進入加拿大之前，為了避開海關嚴密的安全檢查，通常都不會攜帶打獵時慣用的某種藥物。因此，才會透過這位當地的醫護人員竊取院內的庫存，轉手提供他們使用。」

阿哈努好奇地問：「是哪一種管制藥品？麻藥嗎？」

「可以這麼說，它是一種叫『琥珀膽鹼（Succinylcholine）』的去極化肌肉鬆弛劑，也就是被用於某類全身麻醉及破傷風時的注射藥物。」

「為什麼他們需要用到那種麻藥？」星野的表情非常訝異。

「就像比爾之前所言，他們在追捕那些所謂的ＵＭＡ神祕生物、傳說動物或神話物種時，為了保持珍貴生物的外觀與檢體完整性，除了絕對不會使用傳統的獵槍，有時就連十字弓上的一般箭矢也避免使用，而是採用充填著琥珀膽鹼的『特殊注射式箭矢』！」

阿哈努若有所思撫摸著下巴的鬍渣子：「這實在非常耐人尋味，兇手在洞穴內擄走了洛根，並且將之殺害與斷屍，甚至大膽地將屍體棄置於液態透鏡水槽內，彷彿在向參加啟用酒會的所有嘉賓展示他狂妄的所作所為。可是，卻刻意隱藏了那支有琥珀膽鹼的小小箭矢？」

「對了，我這邊還有一個疑問，可能要請史麥斯警官派人幫我查一查。」阿哈努從口袋掏出了迷你平板，然後刷著那幾張在水之眼中控室所拍攝的照片：「中控室上面這些交錯的巨型管路，到底是什麼用途？我只是想確定，這些管路有沒有可能是兇手入侵水之眼的路徑。」

史麥斯非常仔細端詳著那幾張照片，幾秒鐘後才將迷你平板交還給阿哈努：「沒問題！我待會就派騎警去勘查，也會請他們取得整座水之眼內部管線的分布配置圖。」

阿哈努和星野都非常訝異史麥斯的改變。

昨天他還是一副無可奉告的盛氣凌人，現在卻一百八十度大轉變，彷彿事事都願意與阿哈努配合了？看來經過阿哈努在響尾蛇島和水之眼推斷的一些見解，的確讓原本膠著的案情出現了一些轉機，讓史麥斯對這位從環球太空站歸來的破案英雄另眼相看了！

正當史麥斯還收拾著桌上的文件時，他襯衫裡的手機突然響起。

史麥斯歪著頭用手摀著左耳，對著手機大吼：「我人還在這附近呀！發生什麼事情了？什麼？這……這怎麼可能！」

他的表情突然僵住，眼睛越睜越大，然後迅速衝出玻璃隔間、跑出了餐廳，就佇立在貴賓會館的大門口，仰起頭看著廣場中央那座水怪館的頂端。阿哈努、星野和導覽專員卡加也跟在他身後跑了出來，壓根子搞不清楚到底發生了什麼事。

當他們三個人朝著史麥斯的視線望過去時，全都不約而同倒抽了一口氣。卡加更是驚恐得雙唇顫抖，還重覆喃著一串聽不太懂的族語。

阿哈努少年時曾被藥師祖母送至不同的原住民部落，與其他族裔的藥師學習草藥、靈療與天象，因此聽出來卡加所說的那句薩利希語是——

「N'ha-A-Itk……N'ha-A-Itk……水中惡魔……又作怪了！」

第七章　懸絲天使

狂風岬的神秘水域 / 提子墨 攝

湛藍的天晴空萬里，彷彿完全掛不住一絲浮雲。

狂風岬廣場上那棟圓錐狀的水怪館，在陽光照射下輝映著一種詭異的灰藍光澤。塔頂如火山口般穿出的十多根鋼筋支架上，看起來和平常有些不太一樣，上面彷彿多出了什麼不該出現的物體？

阿哈努和星野跟在史麥斯警官身後，朝著水怪館的方向越走越近，才終於確定鋼架上所懸吊的是一具隨風擺動的屍體！纖瘦的軀幹陳屍在十多根交錯的鋼柱中，宛如中古世紀被吊在乾柴堆中等待火刑的女巫。

那是一具女性的遺體，她的雙手高高舉起，雙腳併攏自然下垂著，整個人的姿勢就像英文字母的「Y」，頭部和手腕分別以鋼線固定在三根鋼柱的洞眼上。從陳屍形態看來也類似原住民壁畫上，那些圍繞著天神之眼的藍色小人所擺出的崇拜姿勢，

「這難道……又是那個喪心病狂的裝置藝術殺手的傑作！」史麥斯幾乎是咬著牙低吟。

當他們登上水怪館的最頂層，都還沒走進「聚光太陽能發電室」之前，阿哈努早已用面紙掩住了口鼻：「這裡應該就是死者被勒斃的現場吧？」

「有沒有可能是被蓄意殺害後，才吊上去的加工死亡？」星野問。

「通常自縊身亡的死者在瀕死之際，會有大小便或射精失禁的情況。不過要判斷是否為上吊自縊或是被勒死後才懸屍，還是要等屍體解下來之後才能確定。」史麥斯一邊說一邊疑惑的望著地面，在死者的下方只有淺淺兩三滴尿漬。

阿哈努也點了點頭：「嗯，還要聽聽看屍體會不會嘆氣。」

「屍體……還會嘆氣？」星野頓時愣住。

「膽小鬼，就是法醫們會檢查死者的喉嚨內，是否有滯留的空氣排出啦！」

位於水怪館最頂層的聚光太陽能發電室，其實只是個直徑大約六、七米的圓形空間，外圈圍繞著高約一米四的黑色鐵欄杆，上方則是開放的露天空間，以十二根鋼柱交錯模擬出原住民梯皮通風頂的形象。

在圓形發電室的正中央，有一具「斯特林碟型系統[43]」的聚光碟，外觀與大型衛星天線非常相似，主體卻是以鏡面的聚光反射鏡所組裝而成。碟形的正中央還延伸出一支如機臂的「太陽跟蹤器」，因此這種裝置也被暱稱為「定日鏡」。

定日鏡是以透鏡光學原理與跟蹤裝置，將微弱的陽光聚焦到聚光反射鏡的集光區，收集濃縮的熱作用為熱源。碟型系統下端則連結著一具閉循環活塞式的「斯特林發動機[44]」，透過太陽能產生的熱源帶動活塞運作，成為發動機的發電能量。

那一具女性屍體懸在鋼架之間，雙腳距離地面大約一米多，假設將十二根鋼柱看作是時鐘面，那麼她的首頸是被吊在朝北的十二點鐘鋼柱上，左右手則分別被綁在偏東北面的一點鐘鋼柱，與偏西北的十一點鐘鋼柱。那些鋼柱中段有些縷空的裝飾洞眼，剛好成了那種類似威牙鋼絲或海釣鋼線的穿孔處。

死者穿著一件粉紅色的及膝絲質睡衣，睡衣底下應該沒有任何衣物，腿部只有少許失禁時的尿液痕跡，淡淡的水痕滑至小腿內側。不過，在她下方的地面上並沒有任何排泄物？

她的頸部被鋼線緊緊地吊著，因此頭顱與面部呈現出一種往下望的角度，被風吹得披頭散髮的面部隱約透著青紫色，手臂的皮膚上甚至佈滿了點狀出血。死者除了雙眼嚴重外凸之外，就連鼻腔也滲出鼻涕和血液，淌著口水外露的舌頭更是令人不寒而慄。

在背光的情況下，幾乎無法辨識出死者的身分。日正當中的陽光撒在她的身後，猶如鑲上一圈金邊的人形剪影，懸空的姿勢更令人聯想起從天而降的天使，正張開雙臂低頭俯視著腳下的他們。

當驗屍與鑑識人員抵達後，迅速著手度量現場陳屍位置的數據，並且在幾處可疑的區域及物品標上了黃色小旗子，也從各個角度拍下了死者陳屍的照片。最後，在幾位皇家騎警的協助下，費了九牛二虎之力才將屍體從鋼架上垂吊下來，因為在距離三條鋼線末端約五十公分處左右，分別有三只不知名的環扣狀物體，卡死在鋼柱上的洞眼中。

鑑識人員戴著手套，將解下來的一只環扣放在手心上檢視，它的體積大約只有不到兩公分，是由四片水滴狀的齒輪交疊成形，下方則有一只倒勾的小鐵柄。

「喔，這是攀岩手常用的『鏈結凸輪[45]』！如此迷你的尺寸是用於窄小的岩洞壁縫，將它卡在小洞或岩縫間，再把繩索綁在這只勾柄上，只要繩索用力朝一個方向拉扯時，內置的彈簧便會將四片水滴狀齒輪往外翻，而牢牢卡在岩洞或隙縫之間。」

「所以，作案者在這三條海釣鋼線的末段穿上這個小工具，然後從下方將死者往上拉，當鏈結凸輪穿過鋼柱上的那些洞孔時，就會因外力而往外翻，緊緊卡在上方的孔洞內，如此就可將屍體固定在鋼架上！」史麥斯望上頭邊說邊思索著。

星野納悶地問：「不過從地面到鋼架洞孔的距離……少說也有三米吧？兇手又是如何將三根鋼線穿進那些洞眼上？」

那位鑑識人員回答：「這倒不是個大問題，就算作案者的身高只有一米七，只要能踩上周圍高度約一米四的鐵欄杆上，再舉起手就能輕易搆到每根鋼柱上最低的那幾個縷空洞眼。」

阿哈努並沒有特別留意他們的對話，只是在一旁自顧自觀察著懸吊屍體的鋼線。他發現那三根鋼線的另一頭，也就是他們認為是兇手將死者往上拉的那端，並沒有平整的切口，反而是呈現出一種被用力扯斷後的延展線條，而且越到末端越尖細。

也就是說，這條鋼線並不是被電剪之類的器具所截斷，而是被強大的外力硬生生地扯斷。假如這幾根鋼線可以承受體重五十公斤以上的死者，那麼又有什麼人有那種蠻力能徒手扯斷這些鋼線？就算扯得斷，手掌肯定也皮開肉綻了。他環視著圓形發電室的四周，卻沒有發現任何可疑的血漬。

阿哈努仔細端詳著她頸上和手腕上的鋼線打結處，發現那是兩種完全不同的結繩方式，在脖子上使用的是「稱人結[46]」，手腕上的卻又變成了「三套結[47]」。

星野蹲了下來：「怎麼樣？這些鋼線有什麼異樣嗎？」

「這是兩種完全不同的結繩法，『稱人結』是牛仔們用來打活動式圈繩的那種結，適合用在捕捉馬牛羊之類的結繩法，當然也有人將它用在水上拋繩救人用途。而『三套結』通常是用在帆船上的桅桿固定，因為它最適合綁定『垂直受力』的物體。如果是將船隻固定在港口碼頭的木樁上，還有另一種綁定『水平受力』的『雙套結』……」

「你的意思是指，擅長這兩種結繩法的兇手，有可能是平常就開船或玩風帆的人？就像那個叫強納生什麼的小白臉？」

蹲在一旁的史麥斯小心翼翼撥開那具女屍凌亂的長髮，當他們看清楚死者駭人的青紫色面孔後，其實還不是很確定是不是心中所猜測的那位女子。不過，從對方人中上的那一顆黑痣看來，阿哈努非常確定那應該就是「黛維斯三姐妹」之一。

也就是那位看起來比夫婿年長許多的富家千金——艾蓮。

◇◇

強納生坐在貴賓會館的ＶＩＰ用餐區內，雙拳奮力地搥在白色的餐桌上，幾近嘶吼地喊著：

「我的妻子才剛剛被人謀殺，還被慘無人道的曝屍在外！你們不但沒有積極為我找出真兇，反而回過頭懷疑我是殺害她的兇手？」

「瓦特先生，我之前已經說過，這只是我們釐清案情的例行程序而已！」

史麥斯的表情鎮定，再度揚起手中那只收集證物的拉鏈袋，裡面除了有三片攀岩用的鏈結凸輪，還有三條被結成圈狀的鋼線。

「所以，只因為我懂得攀岩也會打這兩種結繩法，就被你們當成嫌疑人來盤問？那麼這整片歐肯納根湖區有私人遊艇或帆船的船東，全都該被你列為重要嫌疑犯！因為這種稱人結或三套結，根本就是每位駕船者都會使用的基本結繩法！」

「那麼請問，今天清晨到正午那幾個小時，你人都在哪裡？」

原本還咄咄逼人的強納生忽然語塞，停了幾秒後還是如實回答：「攀岩！我們這幾天都被困在這個鬼地方，難不成我連作什麼私人運動也要被限制嗎？」

倚在玻璃門邊的阿哈努突然插嘴：「咦，你是從有旱地松的那一面懸崖，往下攀爬到岬底的小灘嗎？」

「當然不是，那一面山岬的岩層構造太沒挑戰性了！我是從貴賓會館後方的岬壁往下爬，因為我的遊艇剛好就停在下面的水域。」

阿哈努揚了揚眉，表情頓時非常感興趣：「這樣呀？可是那一面的岬底並沒有什麼沙灘或碼頭呀？難道你這幾天都將私人遊艇停泊在那裡？」

「我和艾蓮駕船抵達基隆拿市後，一直都將遊艇停靠在沿岸北段的小鎮碼頭，然後再租車開上狂風岬參加水之眼的啟用酒會，誰知道一耗卻耗了這麼多天！我是昨晚悶得發慌，才打電話派人先將遊艇開到岬底，就可趁著天一亮去運動攀岩時，順便回船上幫艾蓮和自己取些換洗衣物。」

「你的遊艇現在還在岬底？」史麥斯問。

「早就請對方開回小鎮碼頭了！」

「哇，那個小鎮碼頭的泊船公司如此周到？竟然還有這種不分晝夜的代駕服務？你待會一定要介紹給我呀！」阿哈努意有所指訕笑著。

只見強納生霎時面無表情，迅速撇過頭將目光落在反方向的玻璃窗外。

史麥斯緊接著問：「你剛才提到，今天稍早有和艾蓮小姐通過電話？方便告訴我們當時的詳細經過與對話內容嗎？」

強納生緩緩低首垂睫，掩不住喪妻的悲傷神色：「我六點多開始從岬頂向下攀爬，因為視線不佳在岩壁上打耳片和快扣的速度較慢，抵達岬底登上遊艇時大約是八點半。艾蓮平日入睡前都有服食安眠藥的習慣，通常一覺睡到十一點左右才會醒來，我原本認為能在她起床前結束運動回房間，誰知道我才剛踏上遊艇甲板就接到她的電話……」

他停了下來，彷彿在斟酌什麼該說，什麼不該說。

「她在那一頭氣沖沖地問我人在哪裡，怎麼一起床就不見人影了？我如實告知才剛從狂風岬上運動攀岩下來，就像我跟你們交代過的情況。她的口氣並不是挺滿意，隨之開始大發雷霆，就像過往那樣牽扯出一堆陳年舊事破口大罵，沒多久卻……」

他抬起頭眼睛越睜越大，瞳孔中充滿著莫名的恐懼：「艾蓮在電話那頭突然瘋狂尖叫著……手機聽筒還傳來一陣玻璃碎掉的聲音！無論我如何呼喊她都沒有回應，沒多久電話就斷線了！」

「為什麼你沒有即刻報警？」史麥斯質疑。

「我當時手足無措並沒有想那麼多，馬上打到貴賓會館的前台，請他們即刻派人到我們的房間查看。心中還不斷告訴自己，或許只是發脾氣打翻了花瓶或什麼裝飾品，同時也迅速跳出遊艇，攀爬回狂風岬上……」

「從岬底攀爬回岬頂大約花了多久的時間？」阿哈努問。

「我順著下來時已經在岩壁上打好的耳片和緊急繩索而上，在半爬半跑的狀態下頂多花了三十多分鐘吧？」

「你在回到狂風岬後，就直接跑回貴賓會館查看了？當時房間內的情況如何？」

「艾蓮並不在房間裡面！陽台玻璃門的窗簾和紗簾被風吹得翻飛，房務部的母女表示，她們用緊急卡片打開房門時，裡面早已空無一人，還發現陽台上滿是玻璃碎片，感覺上就像被人打破玻璃強行入侵過。我當下馬上衝出貴賓會館，在廣場上尋找了一圈，但是完全沒有見到艾蓮的身影。」

阿哈努瞇著眼歪了一下頸子：「你在廣場尋找艾蓮小姐時，有沒有留意到水怪館頂層，是否有任何人影或不尋常之處？」

強納生思索了幾秒：「我沒有印象……應該沒有吧？」

「警方與鑑識小組必須到死者的房間作勘查與證物採集，你不介意這種例行程序吧？」史麥斯將「例行程序」幾個字說得鏗鏘有力，根本還不等強納生回答，就已經領著幾位騎警走出玻璃隔間，向貴賓會館的前台索取房間的卡片鑰匙。

「這個人滿口一派胡言！從艾蓮小姐的房間被強行入侵，疑似被他人挾持而失蹤，一直到警隊的例行巡查時，發現死者陳屍在頂層……從頭到尾整整兩個小時，為什麼他都沒有向我們報案？」

阿哈努若有所思凝視著會館外的廣場，根本沒有心思聽史麥斯警官的話。

「我看以作案的攀岩用鏈結凸輪，還有死者頸上與手腕上的鋼線結繩手法，這個人根本嫌疑重大，搞不好就是那個變態的『裝置藝術殺手』！」史麥斯吹鬍子瞪眼喃了幾句，又順勢向身邊的幾位騎警耳提面命，看來應該是要他們牢牢盯緊強納生的行蹤。

「索西先生，走吧！你也和我們一起去勘查死者的房間，搞不好又會有什麼重大的發現！」

不過，阿哈努卻出乎意料揮了揮手：「不用啦，史麥斯警官，你們警方去就可以了！我和星野還有其他事情要辦，咱們回頭再見吧！」

史麥斯頓時傻眼，轉過身不明就裡地看著他們就那麼揚長而去，口中還喃喃自語著：

「這……到底是在搞什麼花樣呀？」

星野也是一副丈二金剛摸不著頭緒的模樣，一面緊追著阿哈努的腳步，一面攤開手露出那種「怎麼回事」的驚訝表情。

「那個房間用不著看了！我光是聽強納生口述的事發經過，就已經端倪出幾個疑點！」

「什麼疑點？」

「哎呀，根本就沒有任何人強行入侵過！」

「怎麼可能？那麼艾蓮小姐是如何被擄走？又是被什麼人殺害的？」

「我們需要先找到一個人，那樣就可以解開一半的謎底了。」

「誰？」

阿哈努朝星野擠了一下眼睛。

「今天清晨……駕駛遊艇的那個人！」

Ψ：IV

維多利亞的古董店櫥窗 / 提子墨 攝

艷陽天的午后，Ψ走進了街角那間毫不起眼的古董店，從熱鬧的市街鑽入這間昏暗的鋪子後，他的瞳孔還有點適應不良黑了幾秒。當他再度睜開雙眼時，霎時有一種不知置身於何處的錯覺。

那間狹長的鋪子裡空無一人，兩旁黑壓壓的架上全是堆積如山的舊貨，中間的走道也被許多沉重的大木箱隔成了兩半。右手邊的玻璃櫃台內擺著琳瑯滿目的古董，從菸斗、懷錶、錦囊、鼻煙壺……到絲質的珠寶盒。

他蹲了下來，端看著下層比較大件的物品，裡面則堆滿了早期的手搖電話、西洋棋盤、銀質餐具……和一些不知所以然的雕像。

他的目光突然停在一只比老式打字機還小的機器上。

那是一具外型類似玩具鋼琴的小木盒，下端有著幾顆像鍵盤的按鍵，左二、右三共五顆鈕，方形的木盒上纏著不知名的金屬線圈與支架，最上方還有一面直立的小方盤，看起來就像是放琴譜或文稿的立板。Ψ真正有興趣的並不是這只形狀怪異的小木盒，而是它旁邊的那張小標籤，上面潦草的字跡寫著。

「博多式五鍵電報機[48]／來源：漢弗萊．瓊斯（Humphrey Jones）」

他是在閱讀那本傳記時才得知，那位百年前的富商去世後，後代的子孫曾經將一些比較不值錢的遺物轉送給幾位古董商，而這間鋪子的老主人就是其中一位。眼前這幾件古物，就是那位有個洋名的華裔富商——「瓊斯老爺」的遺物？

正當Ψ聚精會神端詳著那幾件古董時，玻璃櫃台內突然傳來了說話聲：「那台印字電報機是非賣品喔！我祖父當年好不容易才收集到這件名人古物。」

一位亞洲長相的中年男子，從櫃台探出頭往下望著他，還說著一口字正腔圓的美式英語。

「這真的是瓊斯老爺的私人遺物嗎？他們那個年代怎麼會有自己的電報機？」

「當然千真萬確是他的！我曾經聽我祖父提過，當年老太爺應該是有兩台博多式電報機，另一台可能是返鄉探親時順道帶到中國回饋鄉里了，日後也就成為他與家鄉通訊時的工具。你也知道那個年代的越洋電話哪像現在這麼發達，以當年老太爺家財萬貫的背景，能擁有自己的電報機隨時與老家的親友『即時通』，其實並不算什麼難事啦！」

Ψ盯著那一具小巧的電報機，語氣佩服地說：「這種只有五個鍵的舊式款型，比起後來的『電傳打字機』還要艱深，很難想像瓊斯老爺竟然還懂得博多碼？」

「其實博多式電報機和博多碼倒沒有想像中那麼難啦！你看看上面那五個按鍵，發報者的左手是控制左邊的兩個鍵，右手則控制右邊另外三個鍵。五個按鍵可分別按下或復原，因此可以組合出二的五次方，也就是三十二種狀態之一。博多碼傳遞到對方的電報機時就會打出這種『穿孔紙帶』，紙上的每行洞孔都表示著一組字符，將解譯的字符與對應表比對後，就可以查出代表哪些字母了。當然，有些熟練的發報者光是看到洞孔的排列位置，就能直接轉譯成文字了……」

Ψ嘖嘖稱奇接過那張泛黃的紙條，仔細欣賞著上面密密麻麻的洞孔，乍看之下幾乎就像打滿縷空花紋的米白色緞帶，當他翻到背面時表情卻頓時愣住了。

因為紙頭後面，手寫著好幾行似曾相識的文字！

第八章　艙底的女人

狂風岬北方的港口小鎮 / 提子墨攝

阿哈努悠哉地端坐在碼頭的長木椅，手中拎著一只咖啡紙杯。一旁的星野依舊是一副搞不清楚狀況的模樣，站在渡橋上毫無頭緒的四處張望。這座長長的木作橋從水岸垂直延伸至湖中，橋面的長度約有四百多米，一節節的木樁上有時還佇立著三三兩兩的沙鷗。

警方口中的這個「北段沿岸小鎮碼頭」其實叫做「莎森斯沙灘（Sarsons Beach）」，渡橋的左面有一大片湖岸沙灘，上面慵懶地躺著好幾位穿著泳衣泳褲的觀光客，正在午后的陽光下戲水或日光浴。渡橋的右面則是停靠各色私人遊艇或帆船的泊船區，提供給順著河道支流駕船進入峽谷內陸的外地遊客。

碼頭後方除了有幾間餐廳、酒館與禮品店，還有一幢星級的觀光度假中心，酒店四周被私家水道環繞著，鄰近湖岸的水道入口還有一座能調節水位高度的水力電梯閘口。感覺上應該是便利駕駛私人遊艇的住客們，能轉乘自己遊艇上的小舟，順著水道駛進環繞於兩側的客房，再從臨水的露臺直接進入自己的房間。

阿哈努完全沒有詢問碼頭上的工作人員，一眼就瞧出泊船區內哪一艘會是強納生的遊艇。以他貴為黛維斯家族意氣風發的女婿身分，肯定會是這碼頭上最貴氣、最豪華的那艘吧？

當他走近那艘高度有三層樓面，長度至少超過三十多米，後方還載著一艘小型摩托艇的超級遊艇時，他更確定那應該就是強納生所有，因為船首兩側金色的字體端正的寫著「IRENE II」！看來這艘以妻為貴而命名的龐然巨物，只不過是「艾蓮二號」？那麼沒有開出來的「艾蓮一號」肯定更不同凡響了。

「你怎麼不直接問問碼頭的泊船公司，請他們查查今天凌晨和中午是哪位值班員工，將強納生的艾蓮二號開到狂風岬底下？我相信碼頭的停泊紀錄上肯定也會登記吧？」星野耐不住性子坐到阿哈努旁邊。

「星野呀，你真的相信這種小鎮碼頭會有什麼代駕服務嗎？再看看這艘價值不斐的超級遊艇，你認為就算是船東簽屬過書面授權許可，又有哪位碼頭上看船的小夥子敢充當代理駕駛？我看就算船身只是不小心被搞出一道刮痕，肯定也得賠上他們好幾個月的薪水吧！」

星野下意識點了點頭。

「再則，強納生說他是昨晚悶得發慌，才會一時興起打電話給碼頭的泊船公司，請他們將遊艇開到狂風岬的水域？姑且不論沒有書面授權誰敢承擔代駕的風險，既然是心血來潮、臨時起意，碼頭上的工作人員又怎麼可能留有這艘超級遊艇的鑰匙？你將汽車停在公共停車場時，會將鑰匙交給收費亭的老伯保管嗎？更何況這只是個小鎮碼頭，又不是什麼有代客泊車的高級餐廳。」

「你認為他從頭到尾都在說謊？這艘超級遊艇根本就沒有到過狂風岬的水域？他今天早上也沒有練習運動攀岩？而是在那段時間殺害了妻子，然後故佈疑陣……」

「也不完全是那樣，他知道警方肯定會去清查艾蓮二號出入碼頭的停泊紀錄，因此今天凌晨到中午那段時間點，遊艇應該是在狂風岬底下的水域。只不過，持有鑰匙和遊艇的代駕者另有其人，將船停靠在狂風岬下方也是有其他目的！」

星野用右拳頭搥了一下左掌心：「啊，我知道了！」

阿哈努揚了揚下巴，示意他繼續說下去。

「也許……強納生真的是史麥斯警官所說的裝置藝術殺手！那起液態透鏡浮屍案不是有可能使用某種水上交通工具進行毀屍與運屍嗎？命案發生當晚，在狂風岬上住宿或留守的來賓與工作人員，應該就只有強納生擁有私人遊艇吧？」

他的目光停留在眼前的艾蓮二號，小心翼翼地問：「還有，你有沒有發現這艘遊艇尾端的海釣設備？」

阿哈努順著星野的視線看了船尾一眼，的確發現甲板末端的欄杆上，除了有幾具固定釣桿專用的U型支架，底下還有一組輔助用的中型電動捲線軸，以及遛魚專用的手搖輪，看起來應該是用於海釣大型魚類用途。

「有沒有一種可能，水怪館的聚光太陽能發電室，並不是懸屍案的第一現場？畢竟在艾蓮陳屍的地面上，並沒有自縊時會失禁而流下的排泄物？她當時全身上下只有一件睡衣，依照常理推斷失禁的痕跡應該會更明顯吧？」

「這一點，我倒是認同。」阿哈努放下了紙杯，將雙臂交抱在胸前，目光落在碼頭上爭妍鬥奇的各式私人遊艇。

星野戰戰兢兢地說：「假如鋼柱上那三條鋼線的另一頭，是從塔頂一直延伸到岬底水域，並且固定在艾蓮二號的電動捲線軸上。當軸承轉動時，三條鋼線就可同時從遠端被牽動，並且將艾蓮從其他地點緩緩拉到水怪館頂層的鋼架上……」

「當三只攀岩用的鏈結凸輪穿過鋼柱上的洞眼時，內置的彈簧就自動將四片水滴狀齒輪往外翻，而牢牢地卡在洞眼之間，如此就能成功將艾蓮如同藝術品般裝置在鋼架之下。此時電動捲線軸承繼續在捲線，並且將鋼線越拉越緊，直到拉力無法承受時，鋼線就斷掉了！末端才會呈現出那種被強力扯斷後的拉絲狀。」

阿哈努抱胸低頭沉默了許久，約半分鐘後才終於開口。

「假如強納生真的是兇手，那麼艾蓮的死對他有什麼好處？我認為幾乎百害而無一利！據我所知黛維斯老爺與夫人依然健在，膝下也只有這三位掌上明珠，她們都尚未繼承家族龐大的遺產，不然你認為三姐妹婚嫁多年，為什麼始終未如一般西方配偶從夫姓？當然是等著延續與繼承黛維斯家族的名號及產業。」

阿哈努停了下來，露出那種小男孩般的頑皮笑容：「假如我是強納生，當然會挑選艾蓮確實繼承家族的遺產後才下手吧？現在就將會下金蛋的老母雞作掉，你認為哪天黛維斯家族分家時會有他這個外人的份嗎？那簡直就是賠了夫人又折兵。」

「再則，你所推測的作案原理我能理解。但是，為了將一具女性屍體懸吊到水怪館的頂層，就要拉三條超過一百多米或更長的鋼線到岬底的遊艇上，使用船上的電動捲線軸承來完成所謂的裝置藝術，我覺得這會不會太過於……小題大作了？」

星野搔了搔頭，有點尷尬地問：「那麼你認為……」

「我的嗅覺經驗告訴我，強納生完全沒有犯罪的氣味，全身上下倒是散發著偷雞摸狗的猥瑣感。如果他真的是兇手，而且作案工具全是使用自己所擅長的駕船、海釣或運動攀岩用器材，那麼他根本就是個愚蠢的犯罪者。除非……」

「除非什麼？」

「除非有人想刻意營造出——他就是裝置藝術殺手的假象！」阿哈努露出一副不容置疑的表情：「因此，我也不認為這兩起命案的滅屍、運屍或懸屍，是使用強納生的艾蓮二號，或許也不是我們所猜想的什麼水上交通工具！」

「這樣說來，我們為什麼還在這裡等待今早駕駛艾蓮二號的人？你不是已經將這艘遊艇排除在外了嗎？」

「船是沒有問題，我想確認的是艾蓮死亡的所有成因。」

「你的意思是，駕船者是造成她死亡的關鍵人？」星野問。

阿哈努挑了一下眉尾：「假設這並不是一樁命案，當你聽完強納生詳述案發前後的經過，是否有一種似曾相識的感覺？」

星野偏著頭想了好幾秒：「似曾相識？嗯……我沒有那種感覺耶。」

「唉，看得出來你的感情一片空白，並不是沒有原因。」

「你回想一下那些畫面，作丈夫的在妻子服用安眠藥熟睡的情況下，天色未亮就偷偷從貴賓會館溜了出來，儘管他聲稱只是在山岬上進行運動攀岩，但是並沒人知道他真正的行蹤與目的。然後，艾蓮不知什麼原因提前醒來，起身後卻發現強納生不在身邊，當下馬上打電話追蹤丈夫的去向，並且在電話中大發雷霆掀出陳年舊事……這些陳腔濫調的夫妻瑣事，真沒有讓你聯想到什麼？」

「你是指……幽會嗎？你認為強納生其實是和外遇對象約會去了？」

阿哈努閉上雙眼點了點頭：「如果會讓艾蓮如此疑神疑鬼，又在電話中情緒失控破口大罵，那麼強納生或許還是個外遇累犯，艾蓮肯定清楚他婚後依舊花名在外的風流爛帳。不然，你以為他所提到的陳年舊事是什麼？」

「這些富豪世家活得也太辛苦了吧？看來一個是為了追求金錢與權勢，而與年紀長自己一大截的女子結婚；另一位則是貪婪年輕肉體，卻提心吊膽活在隨時會被背叛的夢魘中。」星野的語氣帶著點感嘆與不屑。

「你也別這麼以偏概全，他們剛開始或許是相愛的，不過愛情本來就是一種化學作用，在不同的外在因素催化下，化學成分當然也會變質……餿掉了！」

與此同時，碼頭渡橋的另一頭有了些動靜。

有個身影正從沿岸走上了渡橋，不疾不徐地穿梭在滿是遊艇與帆船的小道間，彷彿很清楚自己正在尋找的目的地。那是一位身穿淺綠絲質洋裝的女子，一字領與無袖的設計裁剪，露出了白皙與修長的頸子及雙臂。她的臉上戴著一副白色膠框的墨鏡，右手壓著快要被風吹掉的米色寬邊遮陽帽，左手則提著一只購物袋若有所思地走著。

她經過阿哈努與星野的長木椅時，刻意偏過了頭往另一個方向望去，然後非常從容地踏上艾蓮二號的登船板上。

「請問，您是強納生的母親或阿姨之類的嗎？」阿哈努朝她喊了出來，臉上不經意流露出惡作劇的笑容。

那位女子頓時轉過頭，傾身緩緩摘下那副遮住她半張臉的墨鏡，仔細端詳著眼前這位無理的男子：「我看上去有那麼老嗎？」她的語氣微慍。

從她飄逸的波西米亞風格穿搭品味看來，的確不太像是強納生的母執輩，但是細看她眼尾與鼻翼下方深刻的表情紋，估計至少也有個五十開來，以現今高超的微整科技而言，她的實際年齡或許又再多個五歲或十歲。

阿哈努並沒有回答那個年齡上的問題，反而顧左右而言他：「看不出來如此一位溫婉優雅的女子，竟然能夠駕駛這麼一艘超級遊艇，真是佩服呀！」

她乾脆戴回墨鏡轉身上船，口中還嘟噥著：「那有什麼稀奇？」

「妳就是今天凌晨將艾蓮二號開到狂風岬水域，與強納生會面的人吧？」

女子原本趾高氣昂的態度頓時瓦解：「這……關你們什麼事？我又沒幹什麼犯法的事！」

「我無意干涉妳與強納生之間的私事。只不過，妳或許還沒看過今天的新聞報導吧？就在你們見面的那段時間，艾蓮小姐不幸遇害身亡了！」

「什麼！這怎麼可能……怎麼可能？」她這才放下警戒露出了驚訝的神情：「你們是警察？那和我完全沒有關係……我一直都守在艾蓮二號上，等待強納生從岬頂攀爬下來而已！」

阿哈努並沒有說明他們並不是皇家騎警，反而順藤摸瓜繼續問下去：「我們並沒有認為你與那件命案有關係，只是想跟妳確定強納生登船與離開艾蓮二號的時間點。」

她想了一下：「如果我沒記錯……應該是上午八點三十分或三十五分吧？而且才剛攀爬到船上就接到一通電話，沒幾分鐘又迅速爬回岬頂了。」

「妳有沒有聽到強納生手機對話的隻字片語？」星野問。

「沒有，他當時馬上走到船尾接電話，就像平常那樣……不想讓我知道太多對話細節。我在他匆匆爬回岬壁後又等了一陣子，總覺得情況有點不對勁，深怕是艾蓮發現我們在遊艇上私會，就發了個簡訊告訴強納生，我先將艾蓮二號開回莎森斯的碼頭。」

她原本還低首努力回想著事發經過，卻突然回過神抬起頭問：「難道你們認為是強納生殺害了艾蓮？絕對不可能是他！請相信我……我和他在一起快十五年了，他的本性非常善良，不可能會做那種傻事！」

「十五年？強納生看起來只有三十多歲而已，難不成他十多歲時……你們就已經開始交往了？」星野的眼神充滿訝異。

阿哈努用手肘輕輕頂了一下星野。

那位女子低下頭，表情尷尬欲言又止：「我和他是在溫哥華的感化教育中心認識的，也就是那種被法院裁定為未成年犯，必須接受強制輔導的初高中級學校。我當時在那裡擔任自然科學教師，他進去接受輔導時才十七歲左右，也不知道為什麼他只和我特別聊得來……」

「他當時犯了什麼案件？」阿哈努問。

「持刀械搶劫加油站超商……不過那時他還在法定年齡之下，因此並沒有留下任何案底。」

星野或許無法理解這類姐弟戀或母子戀的成因，非常好奇地追問：「所以，你們就那樣開始發生不倫關係？」

「不，我們並沒有！」那女子極力喊了出來。

「雖然他當時一再暗示對我有好感，我只當他是出身單親家庭，從小沒有接觸太多女性長輩或體會過所謂的母愛，才會將我對他的關照曲解了。當時已經四十多歲又已婚的我，怎麼可能會和那種小男生有什麼感情糾葛，何況我在感化教育單位任教，更不可能知法犯法去和未成年學生發生關係！我一直認為等他過了那段過渡期後，肯定就會將我這個老女人忘了，可是……」

她停了好幾秒，才繼續道：「他離開那所特殊教育學校之後，時常會在我下班時間出現在校門口，還將自己穿著打扮得像個小大人。雖然他當時也只是個十九歲的小毛頭，可是在這個國家已經算是法定年齡的成年人，我不知道……不知道……自己為什麼像著魔似地……情不自禁接受了他！就那樣彷彿重回美好的少女時期，浸淫在被寵愛、被呵護的愛情之中。」

「難道妳的丈夫完全不知情？」阿哈努問。

「那又怎麼樣？我和前夫那時候早就貌合神離，那男人在外面不知和多少髒女人發生過關係，我就是要讓他知道我還是有男人要的！而且還是個比他年輕帥氣的小伙子！」她的語氣帶著點憤怒。

阿哈努搖了搖頭：「妳犧牲了自己的婚姻，可是強納生到頭來也沒有和妳論及婚嫁，反而娶了個更有錢的中年女子，轉眼成為平步青雲的天之驕子。妳和他之間的關係變得更暗渡陳倉、不見天日，妳怎麼可能沒有恨過他？沒有恨過艾蓮？」

「我知道強納生還是愛我的！我成全他們……是因為他所追求的名利與權貴，是我所無法給予的！就算我只能在他假藉出航海釣時，才能與他如過往那般在光天化日之下擁抱！或是像這次艾蓮必須同行時，只能躲在艙底的密室等待機會與他會面，這些……我都心甘情願！因為那是我唯一僅剩……能為他犧牲的！」

他回過神抓住阿哈努的手，用力搖著：「警察先生，請你們相信！他絕對不是殺妻的兇手！我非常瞭解他……他不可能會做那種傻事……」

落日的餘暉撒在艾蓮二號的甲板上，將雪白的船身染成一襲如香檳般的金黃，遠處船帆點點的歐肯納根湖，也像那女人抽噎的雙肩正緩緩上下起伏著。原來，這麼一艘外觀富麗堂皇的遊艇，竟然如同一座白色的籠牢，默默地囚禁著一位老婦的心。

當阿哈努與星野搭上返回狂風岬的包車時，心中的幾個疑問雖然已經解開了，但是腦海中仍會閃過那位年華老去的女子，和她臉龐上那兩行無奈與無悔的淚水。

「我怎麼也無法理解他們之間的那種愛情？強納生的妻子已經大他十多歲了，結果外遇的對象竟然會是個更長他二、三十歲的老婦人？怎麼會這樣子？我一直以為我們在碼頭等待的，會是一位性感妖冶或清純可愛的小情婦……」星野一邊說一邊拿出手帕拭去了額頭上的汗水。

阿哈努淡淡地牽著嘴角：「薑還是老的辣吧？我也不是挺瞭解那種情愫，或許對戀母情結的強納生來說，越高齡的老婦對他來說越富吸引力？畢竟那是一種隱藏在內心非常深層與私密的慾望渴求。」

「還記不記得你那天問過我，從那些滯留在狂風岬的人身上，是否嗅到任何不尋常的氣味？我當時告訴你，他們之中有著非常複雜的多重氣味，有些還充滿不見天日的陰暗面，你現在瞭解我當時所說的話了吧？」

星野點了點頭：「接下來該怎麼辦？你心中是否已經猜出誰是兇手了？」

「我目前完全捕捉不到犯罪者的氣息！只聞到了哪些人並不是兇手，也發現強納生和艾蓮客房內有個嚴重的破綻，但是那些都不足以將我腦中的假設串聯在一起。我想，我們還需要找個時間再去一趟水怪館的聚光太陽能發電室，或許就能夠端倪出某個遺漏的重要環節！」

◇◇

七月十一日，狂風岬，貴賓會館。

宛娜坐在一樓餐廳靠窗的座位，頭上戴著一只橙色的Beats耳機，正低著頭面朝岬頂的廣場專心工作著。筆電上是這幾天熙奇所剪輯好的幾段影片，她一邊聆聽著幾位歐戈波戈專家學者的訪談，一邊逐字將內容翻譯成中文打進字幕框內。

晶晶和熙奇認為，與其被加拿大皇家騎警限制在這個綠洲小鎮內，不如就先將此次北美之行的所有搜奇影片編輯完成，提前上傳到「晶晶稀奇古怪探險隊」的YouTube頻道上，如此也總比在這片歐肯納根湖區瞎耗來得有意義。

她揉了揉乾澀的雙眼，順手摘下了耳機擺在一旁，試著眺望遠方的山景調適眼睛的不舒適感，也不經意將目光停留在水怪館頂樓的聚光太陽能發電室。

警方經過一天一夜的現場蒐證與勘查之後，已經將艾蓮的遺體從鋼架上取下來，送往法醫處驗屍與解剖，聽說通往頂層的樓梯依然被黃色的封鎖線圍著。

餐廳門外傳來一陣嘻笑聲，她從筆電黑屏反射的倒影上瞄到，是晶晶和熙奇正從客房的電梯走了出來，兩個人還親密的牽著手打情罵俏。當晶晶發現宛娜正背對著他們坐在餐廳另一頭時，迅速甩開了熙奇的手，彷彿深怕被宛娜發現。

宛娜也非常知趣，佯裝著完全沒有看到那些畫面。

「怎麼樣，已經將水怪館啟用酒會的影片上傳了嗎？」晶晶問。

「還差兩位神秘動物學專家的訪談翻譯字幕，再給我一個小時應該就可以上傳了。」

熙奇揚了揚眉，得意洋洋地問：「怎麼樣，我拍的那段液態透鏡的浮屍影像夠清楚吧？我看這一次如此驚悚的謀殺畫面，我們的點擊率搞不好可以破千萬了！」

宛娜閉上眼睛，不假思索地說：「我將那些畫面都刪掉了！」

「什麼？那是我站了一整晚的心血耶！」熙奇大聲喊了出來。

「沒辦法！寇利爾館長已經知會過我，如果貼出那種血腥的浮屍影像，會影響到水之眼日後的專業形象與聲譽。史麥斯警官也警告過我和晶晶，在液態透鏡浮屍案尚未破案之前，不宜將陳屍現場的畫面外流。」

「搞什麼嘛！我們不但是行動上受到限制，現在就連什麼影片能否上傳都被管制？」

宛娜的表情早就不是挺和悅：「你是第一次拍攝YouTube影片的新手嗎？難道還不知道影片的上傳規章？禁止上傳暴力或血腥內容！禁止上傳令人不安或噁心的錄像！你才是在搞什麼呢！」

熙奇看到平日和顏悅色的宛娜，竟然如此大動肝火，頓時完全不敢再反駁了，還死皮賴臉用食指輕輕戳了戳她的肩膀，怯生生地喃著：「對不起啦……執行製作，是小的我太得意忘形了……妳就息怒吧……」

晶晶見狀馬上打了圓場：「你又不是拍到史麥斯警官所說的那個裝置藝術殺手，有甚麼好得意忘形的呀？」

熙奇努了努嘴：「妳認為我的技術會拍不到兇手？我只是不想冒險去拍罷了！」

「少來！我們上星期在西雅圖想夜拍『綠河殺手[49]』的幾個棄屍地點時，你也是這樣說！還有在巴爾的摩市的利肯森林公園[50]，我想夜遊歷年來六十八起命案的拋屍景點，你好像也掃興地說過同樣的話吧？」晶晶插腰訕笑著。

「妳別用激將法喔！」熙奇頓時脹紅著臉。

「說真的，如果你真拍到那個裝置藝術殺手的真面目，還因此破了兩起變態殺手的謀殺案，那麼你就成了揚名國際的破案英雄了，這樣『晶晶稀奇古怪探險隊』也能跟著沾光，搞不好還會變成媒體追逐的焦點呢！到時候你呼風喚雨要什麼……我都給你！」

熙奇聽著能言善道的晶晶信誓旦旦地承諾，緩緩轉過頭認真地凝視著她，眼神中頓時閃過一抹光芒：「妳說的這些都是真話？」

「當然，宛娜妳說是吧！」

宛娜並沒有回過頭搭話，只是戴上了耳機盯著筆電，繼續聽打著影片中那些英翻中的對話。

第九章
三頭金獅　一頭紅獅

「龍王鯨科矛齒鯨屬」由Tim Evanson拍攝，以創用「CC姓名標示」CC BY-SA 2.0授權條款釋出
"Basilosaurus Cetoides and Dorudon Atrox" on flickr by Tim Evanson, used under CC BY-SA 2.0

七月十二日，狂風岬，水怪館。

在經歷過警方調查「液態透鏡浮屍案」與「定日鏡懸屍案」的休館期間，水怪館終於再度開放，除了頂樓的聚光太陽能發電室之外，大部分的展區動線都恢復正常參觀。

清晨八點四十五分，好幾輛聞訊前來的旅行團大巴，早已停在狂風岬的停車場，廣場上再度回到過往門庭若市的景象。遊客們除了沖著歐肯納根湖的歐戈波戈而來，許多人可能也是好奇心所致，想要親睹發生過兩起神秘命案的現場。

當拿美、卡加及幾位展場人員從交通車走下來後，也被眼前的景象嚇了一跳，因為水怪館的正門口早已擠滿絡繹不絕的人群。幾位負責票務的人員迅速衝向售票處的小房間，卡加和另外幾位同事則小跑步從員工出入口進入，依照慣例必須要先到控制室開啟館內的燈光、空調，以及啟動播放多媒體影音的幾台伺服器。

距離開館時間只剩下五分鐘，拿美穿梭在觀光客的人龍之中，亦步亦趨往大門的方向擠去，人群中充斥著英語、法語、韓語、西班牙語或普通話。她突然有些懷疑，這些人真的是來認識原住民傳說中的歐戈波戈嗎？亦或者只是單純想到所謂的命案現場「打卡」炫耀？

與此同時館內的燈光頓時全亮，電視牆的投影螢幕也播放起歐戈波戈的3D互動影片，搭配著流水聲與歐戈波戈的模擬環場音效，整座水怪館又恢復過往令人目不暇給的神秘感。卡加從控制中心開啟了入口玻璃門的電子鎖，遊客們在拿美的引導下魚貫湧入門內。

拿美一邊發送導覽手冊，一邊指揮著人群往展覽動線前進，可是就在十多名遊客才剛剛進入水怪館大堂後，卻傳來一陣陣淒厲的嘶吼聲，其中一對家長還拉著小朋友的手死命往外衝。

「歐戈波戈吃人！有人被吃掉了呀！」那位母親聲嘶力竭地喊著。

另一位金髮男子也倉惶失措跑了出來，大聲嚷嚷著：「裡面……又發生命案了！」

原本還堵在門外等待入場的群眾，一陣騷動全往反方向推擠，每個人都奮不顧身想盡快逃離現場。拿美發現情況完全失控，馬上將入口的玻璃門用力推上反鎖，隨即衝進通往大堂的走廊，當她看到展館正中央駭人的景象時，幾乎也快失聲喊了出來。

卡加和幾位展場人員從後場的控制室跑了出來，當他們見到地板上散落著巨大的骨骸時全都震驚無比，因為那些骨骸底下還殷出了一大片暗紅的血跡。

原本吊在挑高三層樓的展廳上空，那具以龍王鯨化石所模擬的巨型歐戈波戈骨骸，如今只剩下搖搖欲墜的後半截！它那只長寬兩米多的龐大顱骨與前肢軀幹，早已重重摔落在大堂中央的大理石地板上，就連二樓邊緣的安全網也被鋼索扯了下來，許多大面積的骨片與骨節更是被摔得粉碎。

唯一能辨認的只剩下龍王鯨堅硬的上下牙床，而牙床上如鋸齒般不規則的鋒利尖牙，全都濺滿了血跡斑斑的暗紅色。在上下牙床之間則俯臥著一具屍體，陳屍的姿態就像是被龍王鯨活生生吞進了半個身子，正掙扎著想從那些尖牙利齒中爬出來。

「是個男的！」比較大膽的一位展場人員緩緩靠近屍體。

卡加也跟著彎下腰端詳著死者血肉模糊的側臉，並且從口袋拿出鑰匙圈上不銹鋼的迷你鞋拔子，小心翼翼靠近對方的鼻孔上，確定他是否還有呼吸氣息。

幾秒鐘後才搖了搖頭：「斷氣了！」

「快報警！馬上請皇家騎警過來……」拿美的眼睛睜得老大，驚恐地喊著。

「你也去通知票務組辦理退票，最好能在警方抵達之前淨空狂風岬廣場！」卡加在撥手機的同時，也轉過身叮嚀了另外一位展場人員。

拿美幾乎全身癱軟跪坐在地上，聲音顫抖地用薩利希語喃喃自語著：「難道……這些命案真像你說的是N'ha-A-Itk……水中惡魔又出來作怪了！不可能！不可能……」

卡加神色凝重地望著她，什麼話也說不出來。

◇ ◇

史麥斯警官佇立在水怪館的大堂，看著幾位皇家騎警正在預勘命案現場，總部的IHIT科學鑑識人員也到場蒐集證據。他的心中充滿了憤怒與無奈，畢竟手頭上的浮屍案與懸屍案都還沒有破案，現在又發生一起化石骨骸噬人案！

這一個星期以來的三起連環命案，已經將整個警隊搞得焦頭爛額，目前為止根本就束手無策！基隆拿市向來是個治安良好的觀光城鎮，每一年的交通事故或天災人禍十根指頭就可數完，更遑論竊案或搶案幾乎是聞所未聞，如今卻在這個歐戈波戈旅遊景點發生這些駭人聽聞的命案，而且還接二連三沒完沒了。

走廊上傳來一陣陣輕脆的腳步聲，一位身著便裝的女騎警領著阿哈努和星野走進了大堂，阿哈努滿臉睡眼惺忪的模樣，感覺上應該是被史麥斯差遣的人給吵醒了。不過，當他眼見水怪館內如此大的陣仗，不但大堂中央躺著一大截龍王鯨粉身碎骨的骨骸，口中還咬著一具血流滿地的屍體，前後左右更標放著許多鑑識用的黃色號碼牌。
阿哈努的睡意頓時全消！
史麥斯實在無心寒暄，見到他們走上前便開門見山地說：「第三起命案……死者是那幾位從台灣來的知名YouTubers成員之一！男性，三十二歲，負責小組的攝影、剪輯與後製……」
「周熙奇？」星野還沒等史麥斯說完，就已經大喊了出來。
史麥斯揚起下巴望著遠處，晶晶、宛娜和美森都站在大堂的角落，兩位女孩正雙雙掩面痛哭。
「兩位同行的女子說，昨晚七點多鐘三個人用過晚餐之後就各自回房，之後並沒有再見到周熙奇。那位加拿大旅遊局的專員也搞不清楚，為什麼他會一個人出現在封館好幾天的水怪館。」
「死因？該不會是被龍王鯨化石給……咬斃的吧？」阿哈努問。
「法醫初步勘驗，他的全身上下有多處粉碎性骨折，部分胸骨、前肋骨、後肋骨與肩胛骨，也被化石骨骸的上下牙床給輾碎了！目前判斷主要致命原因應該是利牙刺穿心臟與左肺葉。根據地面血液凝結狀況的粗淺推斷，死亡時間應該已經超過十個小時以上，這些都還要等法醫做更進一步的驗屍後，才會有更精準的時間點。」
星野疑惑地問：「我從來沒有想過這些千萬年前的老骨頭，竟然還能夠殺人？出土的化石不是都很脆弱的嗎？」
阿哈努點了點頭回答：「許多化石在出土後都會進行保存加工，尤其是這一類展示用的大型骨骼結構，為了安全起見甚至還會使用特殊的硬化塗料。不過，從他陳屍在龍王鯨的口中看來，並不像是被意外墜落的化石所擊斃，反而更像是早已被刁在骨骸牙床當中，然後跟著重力加速度從三層樓的高度摔下，在堅硬的上下牙床落地時，被瞬間咬合的利齒輾斃身亡。」

「這聽起來太不可思議了，難不成周熙奇真的是被龍王鯨的化石給刁了上去，又重重從上空落下來給……活活咬死了？」

「你現在瞭解龍王鯨為什麼又叫做『械齒鯨』了吧？你看它的上下牙床除了有鋒利內勾狀的尖齒，兩側後方的每一顆臼齒上，還有如電鋸般的鏈齒狀！」

「對了，我可以和那兩位女孩聊幾句嗎？」阿哈努向史麥斯使了個眼色。

史麥斯並沒有回答，逕自領著他們就往大堂的角落走去。星野跟在他們身後左顧右盼，就在經過其中一面展示牆時突然蹲了下來，在踢腳板前拾起了一只小小的正方形物體。他並沒有驚動阿哈努和史麥斯，只是悄悄地將它放入口袋。

阿哈努走到晶晶和宛娜的跟前，禮貌性的安慰了她們幾句。他的話才剛落下，只見晶晶兩行豆大的淚珠又迅速刷了下來。

「妳們不可能不清楚熙奇獨自潛入水怪館的目的吧？」阿哈努的語氣非常肯定，眼神游移在晶晶和宛娜的臉上，彷彿正在審視兩人顏面肌肉是否有任何不自然的反應，就連杵在一旁的美森他也沒放過。

時間猶如頓時凝結了起來，良久都沒人發出任何聲音。

「是我的錯！都是我的錯！要不是我昨天激他……說他是個膽小鬼……每次要夜拍凶殺案現場時就龜縮！熙奇也不會一個人摸進展館……他一定是想拍攝頂樓懸屍案的封鎖現場，或是埋伏在館內要拍些和裝置藝術殺手有關的線索……」晶晶轉過身抱著宛娜相擁而泣。

宛娜也抽噎地說：「如果不是我對他拍攝的幾段影片說了重話，晶晶也不會說出那些激將的話語，一切都是我惹的禍！」

眼前的場面雖然令旁人為之動容，不過阿哈努卻嗅到一股不同的氣味訊息，那是一種類似風乾紫茉莉的淡淡香味，就環繞在這兩位年輕的台灣女孩之間。他非常確定在自己的嗅覺經驗裡，風乾紫茉莉所代表的是女性的猜忌、懷疑與不忠誠。

「可是，我們並沒有在現場發現他的攝影器材呀？」史麥斯一邊說一邊環視著大堂。

星野從口袋掏出了那只正方形的物體，在晶晶和宛娜的面前緩緩打開了手掌。那是一片長寬約為四公分，厚度不到半公分的黑色正方形，上面還有一個小小的圓孔。

「這個是周熙奇的物品嗎？」

她們定睛一看，異口同聲喊了出來：「那是他的雲端攝影機！」

史麥斯的表情有些不悅：「雲端攝影機是什麼？還有，這東西怎麼會在你手上！」

「我幾分鐘前才在旁邊撿到的……」星野將那片輕薄的攝影機遞給他，不過史麥斯出於職業本能一邊戴上了手套，還一邊睨了星野一眼。

「它是一種小型的網路監控攝影機，就是所謂的IP Cam或Network Camera，熙奇這一台是有夜視功能的IP Cam，除了可以透過手機或平板電腦的ＡＰＰ監看及轉動鏡頭角度，攝影機也能透過網路將錄影檔即時存到雲端伺服器。」宛娜回答。

史麥斯板著臉問道：「妳能將雲端的帳號與密碼給我嗎？我需要派專人調閱案發前後是否有任何錄影存檔。」

宛娜二話不說就從皮包拿出了紙筆，將雲端伺服器的網址、帳號與密碼寫了下來。

就在她們繼續說明這兩天的行蹤時，一位ＩＨＩＴ的科學鑑識人員悄悄走了過來，戴著手套的手中握著一只蒐集證物的拉鏈袋，裡面還放著一張白色的紙條。

他將拉鍊袋遞給了史麥斯：「這張紙條壓在死者身旁的骨骸底下，看起來不太像是他身上掉出的物品，應該是有人刻意留下來的……」

「什麼！」

那是一張長寬約15×10公分的紙頭，上面用電腦字體工整地打了好幾行英文字，字形是使用非常普遍的Times New Roman，從碳粉的痕跡判斷應該是用雷射印表機或影印機所印出來的。依照紙張毛掉的裁切邊緣看來，應該是列印在一般的Letter Size再裁成這張更小的紙頭。那幾行字被標上搶眼的粗體，不過文字內容卻讓人費解：

三頭金獅，
俯臥於一座金色豎琴之上。
一頭紅獅，
佇立在三朵金色鳶尾花前；
金葉圈圍的冠冕藍袍，

將血染於三片楓紅上。

［H］

這幾句如詩詞般不知所云的字句，在最後一句的「血染」下還被上了底線。

「這到底是什麼鬼東西？」史麥斯幾乎如獅吼般咆哮了出來。

阿哈努不假思索地說：「是詩謎！」

「怎麼會有這麼無聊的殺人兇手？殺了人之後還有閒情逸致吟詩作對！」史麥斯氣急敗壞地嚷著。

「H會是寫下這首詩的人嗎？這該不會是什麼預告信吧？」星野望著阿哈努。

阿哈努不疾不徐從上衣口袋掏出了迷你平板，打開了旗下程式設計師為他撰寫的一個專屬App，一個字一個字將那些詩詞輸入螢幕上的文字框，然後按下右下角那只「Multi-Decode」的多重解碼按鍵。

這個App將會把任何疑似密文的文字組，套進現今已知的所有解密公式中換算，並且會配合某些加密法則自動移位，直至運算出有意義的隻字片語後，密文也就被破解為明文了。因此，無論是區塊加密法、串流加密法，或是早期的密碼盤、表格法、多圓柱或及轉輪機，甚至是經典的換位暗號法、替代暗號法與多字元加密法……都在這個App的解碼範圍。

不消十秒鐘，螢幕上就跳出一個「運算失敗！本文字組並非使用已知加密法」的警告視窗。

「看來這些詩詞並不是加密過的密文，而是有所引喻或意象形態的詩謎。提到金獅或紅獅你會想到什麼？」阿哈努轉過頭問星野。

星野不是挺肯定地搔了搔頭髮：「非洲？動物園？可是這個世界上有金獅或紅獅嗎？不過北非好像是有鳶尾科植物，只不過豎琴又是怎麼一回事？而且它們全都是金色的？」

「有意思……這詩詞中充滿了數字，三頭金獅、一座金色豎琴、一頭紅獅、三朵金色鳶尾花、三片楓紅！3……1……1……3……3……這一組數字代表了什麼？」

阿哈努環視了身旁的星野、晶晶、宛娜、美森、史麥斯警官，和那幾位騎警與鑑識人員，每個人沉思了半晌全都搖著頭。

阿哈努習慣性地用手指撫摸著下巴的鬍渣子：「門牌號碼？車牌號碼？日期與時間……或是開啟某個物件的密碼鎖號碼？這有太多太多可能性了！」

「如果熙奇的死因也是他殺，或者真有那麼一位裝置藝術殺手，在一個星期內犯下了這三起連環命案，又在第三名死者的陳屍地點留下了這張詩謎紙頭，他的目的到底是什麼？」星野喃喃自語。

史麥斯下意識用大手掌搓著油亮的光頭，吹鬍子瞪眼地說：「假如這真是什麼預告信，為什麼前兩次命案並沒有類似的紙頭？這個連環殺手要是真想預告下一位被害者是誰，為什麼不開門見山就直接寫出來？難道他的目的就是想搞得我們基隆拿警隊雞飛狗跳，或是讓每位到此度假旅遊的觀光客全都人心惶惶？」

「亦或者……他認為這詩中所寓意的事物，根本就顯而易見近在眼前，只是我們沒能定下心去發現？」阿哈努道。

他拿出了迷你平板，走到大堂中央的陳屍地點，開始三百六十度對著水怪館內的一景一物瘋狂地按著快門，就像個任性的大孩子在觸控螢幕上不停地戳著。最後，才像個洩了氣的皮球將迷你平板丟在一旁的沙發上，自己也有氣無力地躺了下去。

他有點氣不過自己，怎麼總在最重要的關鍵時刻，卻嗅不到任何犯罪者的氣息！

◇　◇

當阿哈努和星野走出水怪館時，已經是三個多小時後的午後。

阿哈努在廣場上回過身仰望著那棟如梯皮帳篷般的水怪館，忍不住將目光停留在如火山口的頂層良久，然後又走近圓錐狀建築物的太陽能電池外牆，繞著外圍的棕櫚花園與灌木叢走了一圈。

最後才停在一片灌木叢之前，皺著眉頭說：「這裡的氣味有點奇怪。」

「你聞出什麼蛛絲馬跡了？」星野問。

「難道你沒有聞到？」

星野垂下眼皮斜看了他一眼：「我可沒有你那種天賦異稟的特異功能。」

阿哈努並沒有搭話，甚至也沒有告知聞到的是什麼氣息，或者代表了什麼含意。

他們剛才在史麥斯的帶領下，也重回封鎖線內的聚光太陽能發電室，經過騎警實際的模擬測試後，確定只要是身高在一米七以上的男性或女性，攀爬上高約一米四的環狀欄杆後，都能輕易把鋼線穿進三根鋼柱上縷空的裝飾洞眼，然後將死者吊掛在陳屍現場。

法醫的死亡報告顯示，艾蓮的死亡時間是在早上九點左右，也就是說她和強納生通完電話半個小時內就遇害了。最令人費解的是，法醫判斷艾蓮的致命原因的確就是那三條鋼線所造成的窒息與頸椎骨折。但是，皇家騎警總部派來的ＩＨＩＴ科學鑑識小組卻認為，頂層的聚光太陽能發電室並非命案的第一現場。

阿哈努想不透這兩種結論的矛盾之處。也就是說艾蓮是在另一個地點被吊死後，才迅速被移至聚光太陽能發電室，並且保留了致命的鋼線將她如藝術品般懸吊在交錯的鋼架中。

兇手為什麼不直接就在聚光太陽能發電室一氣呵成呢？

警方調閱了頂樓出入口的監視器錄影存檔，七月十日從早上八點到中午十點半之間，騎警例行巡查之前根本沒有任何人進出過，那麼艾蓮的屍體又是如何被運送到水怪館頂層？如果將錄影日期與時間再往前推，從七月七日起參觀過聚光太陽能發電室的訪客，幾乎全是參加過水之眼啟用酒會的貴賓，正確點說他們全是目前被滯留在狂風岬的人員。

七月六日１：30ｐｍ－晶晶、宛娜、熙奇與美森（四人），採訪與拍攝時間約一個小時

七月七日10：15ａｍ－阿哈努、星野與寇利爾館長（三人），停留參觀時間約半小時

七月七日６：10ｐｍ－黛維斯三姐妹與夫婿們（六人），酒會前參觀時間約十五分鐘

七月八日10：30ａｍ－皇家騎警隊（兩人），浮屍案發後全面巡查，停留時間約十分鐘

七月九日10：30ａｍ－皇家騎警隊（兩人），全面巡查，停留時間約十分鐘

七月九日11：30am－熙奇與美森（兩人），補拍狂風岬制高點景色，停留時間約半小時
七月九日2：30pm－艾蓮（一人），停留參觀時間約二十分鐘
七月十日10：30am－皇家騎警隊（兩人），全面巡查時發現鋼架上的懸屍

根據館長特別助理迪亞娜的說明，證實七月九日艾蓮的確向她提出參觀的請求。當天下了一整天的雨，艾蓮在岬頂悶慌了才想登上頂層吹吹風、看看風景。她或許根本沒有料到，第二天自己的遺體會被惡意懸掛在同一個地點——吹風。

聚光太陽能發電室內只有發電數據的監看系統，直接連線到大堂控制室的伺服器，提供給工作人員檢視數據與調整發電室的運作。但是，在聚光碟與發電機周遭並沒有安裝任何監視器。

如果在懸屍案發生的那個清晨，頂層入口根本就沒有拍攝到可疑人物，那麼兇手難不成是插上翅膀從外面飛進聚光太陽能發電室，再將艾蓮的屍體垂吊在鋼架上？阿哈努不是挺想將心中的那個疑問告訴星野，不然肯定又會被他調侃為怪力亂神、無稽之談，但是這些無法解釋的現象聽起來還真像是——外星人所為。

「液態透鏡浮屍案」與「定日鏡懸屍案」的做案手法，在犯罪的軌跡上確實都有一些相似之處。

兩位死者的陳屍地點都不是命案第一現場
兩者可能都是被某種神祕的器材或交通工具運抵陳屍地點
運屍的人員、器具與過程也完全沒被監視器拍攝到
兇手對於死者的陳屍方式有獨特的表現慾

而兇手在「化石骨骸噬人案」的作案手法上更是乘勝追擊！阿哈努至今仍無法設想對方是如何將周熙奇置入龍王鯨的頭骨之中，然後讓重達好幾噸的化石骨骸從大堂上空墜下，巧妙的以頭骨的上下顎輾斃他。

在水怪館內龍王鯨骨骸噬人的驚悚場面，又成了這位連環殺手另一起充滿傳說色彩的裝置藝術！可是那張詩謎上的數字到底代表了什麼？難道那些代號隱藏著下一位被害者的預告？

星野拍了拍阿哈努的肩頭，頓時將他從沉思中拉回了現實。

「微笑藥師，我有一樣禮物要送給你！」

「什麼禮物？情人節又還沒到！」阿哈努訕笑著。

「什麼跟什麼呀！」星野翻了個白眼怒視，不過還是將手掌伸到阿哈努眼前。

阿哈努的眼睛突然一亮：「這難道是……」

「沒錯！我將那台雲端攝影機交給史麥斯警官之前，就已經偷偷將插槽內的迷你ＳＤ卡拔了出來。反正他們在雲端上的錄影備份也看得到這些影片，只不過你會比他們早一步觀賞到第一手畫面！」

「好樣的！想不到你堂堂一位ＪＡＸＡ太空人，終究還是被我帶壞了！」阿哈努邊說邊摸著薄夾克的口袋準備掏出迷你平板，隨之又探了探長褲上的前後口袋。

「我將迷你平板忘在大堂的沙發上了！」

他們倆馬上走回水怪館的入口處，在門口駐守騎警的帶領下才又回到了大堂。阿哈努大步走向東側休息區的幾張沙發旁，卻發現剛才那張沙發上空無一物。

「不會吧？難道有人將我的迷你平板……當成現場證物收走了？」幾位現場留守的騎警全都搖了搖頭：「我們剛剛才交班並不是很清楚……」

阿哈努環視著大堂，並沒有看到迷你平板被挪到其他地方。就連史麥斯、便衣騎警、ＩＨＩＴ科學鑑識人員，還有晶晶一行人也早已離開現場了。

「該不會是被史麥斯警官撿到，幫你保管起來了吧？」星野問。

阿哈努攤了攤手：「沒關係！反正裡面也沒什麼重要資料，我皮箱裡還有一台九吋的平板，我們先回客房再說！」

Ψ:V

歐肯納根湖西面的渡頭 / 提子墨 攝

當Ψ在古董鋪看到那張「穿孔紙帶」背面的文字時，心中著實嚇了一跳，因為上面的手寫字跡與那張百年密文的紙頭如出一轍！他更確定那些密文真的是瓊斯老爺的親筆真跡。而他原本以為是電腦代碼的五位數0與1字符，竟然是始於一八七四年間，一位叫埃米爾・博多的法國人所發明的——「博多碼」。

更精準地說，它也是後來ITA2碼與現代ASCII碼的古老前身！

他的內心極度興奮，幾個月以來他對這張密文從懵懂無知，到尋遍網上各種千奇百怪的解密法，始終無法破解那一堆密密麻麻的0與1字符，但是現在終於又有一線生機了！

他用食指和拇指將觸控螢幕上的那張紙頭拉大，雙手發著抖從背包裡抽出了另一片輕薄的白色迷你平板，端端正正的就放在自己的平板電腦旁邊。如果真如那一位藥師所言，這片迷你平板裡的那個App，能迅速將任何密文套入現今所有已知的解密法運算，那麼就代表他不需要在博多碼密密麻麻的表格上，焦頭爛額逐字尋找每一組五比特編碼所代表的字母。

Ψ花了至少半個小時，才精確地將紙頭上那三百五十八組五比特編碼，用螢幕鍵盤輸入在那個專屬App的文字框裡，甚至不放心地重複校對左右兩片平板電腦的畫面。直到確認無誤後才深呼吸了一口氣，按下了右下角的「Multi-Decode」多重解碼按鍵。

兩秒鐘之後，螢幕上迅速刷出一張充滿不規則黑點的影像，看起來與古董鋪那張電報機的穿孔紙帶異曲同工（附圖四）。

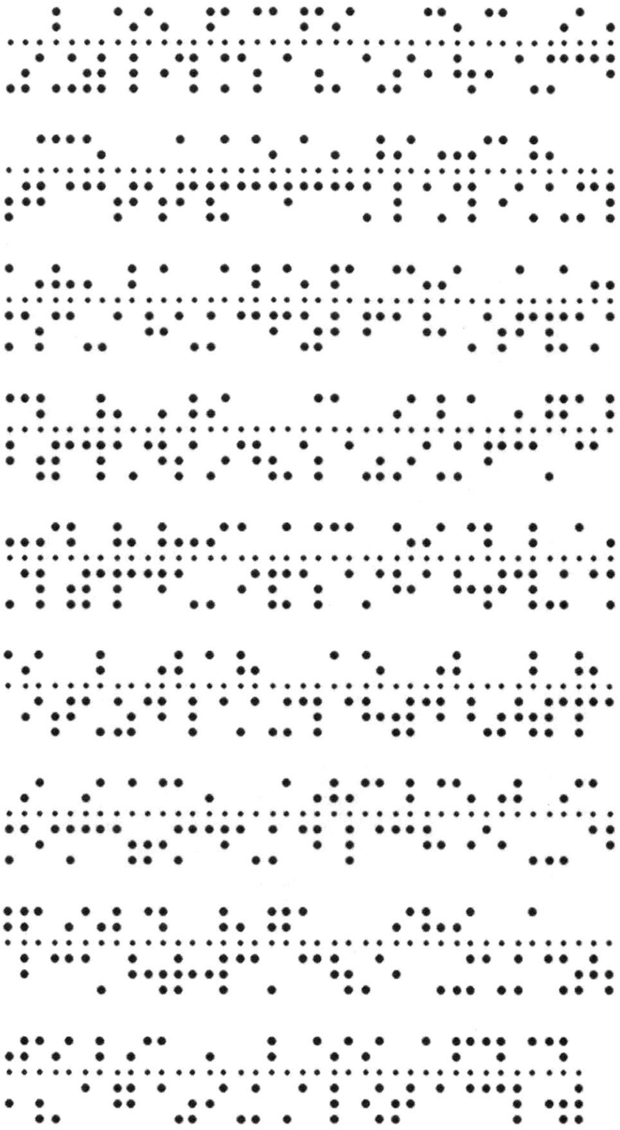

（圖四）

他這才瞭解原來博多碼的解譯結果可以顯示成一般的文字檔，也能以這種古早的穿孔紙帶模式呈現。Ψ按下圖檔右上方的下拉選單，選擇了「顯示明文」，影像頓時轉換為一篇條理分明的英文稿。

但是，當他細讀那些熟悉的文字後，臉色竟然越來越扭曲，他的瞳孔中甚至充滿著一觸即發的忿怒。這篇明文包含了他之前用維吉尼亞密碼解譯的那句標題，全文內容如下：

[真相埋藏於響尾蛇島之下]

致　讀取這則罪惡告白的解密者，我的一生曾活在充滿罪惡感與難以啟齒的秘密之中。當我仍在人世時，無法向世人透露那個不容見天日的心魔，因為我曾經親手殺害了自己最要好的童年玩伴，那個和我一起從廣東飄洋過海而來的男孩。他的屍首就被我埋藏於響尾蛇島底下的洞穴。我，其實並非子孫或世人口中，那個值得景仰的光榮祖上！

[The truth buried under Rattlesnake Island]

To whomever may be able to decode this confession of my sins I have lived with my guilt and the unspoken secret of my life. It could not be told when I was alive. I killed my best friend! the person who came with me from Canton. I hid his body in the caves under Rattlesnake Island.

I was not really the honorable ancestor that everyone assumed!

Ψ瞬間抓起床頭那本厚重的漢弗萊・瓊斯傳記，使勁地往牆上砸去，然後又趨前將書封上那張印著瓊斯老爺的油畫狠狠撕碎，用力地往垃圾桶摔了進去。他幾近瘋狂趴跪在床邊，咬牙切齒的用雙手猛力搥打著彈簧床面，齒間更發出了憤怒地喃喃自語。

「你的確是個罪人！浪費了我那麼多心力與時間，卻連個屁都沒有留下來！你們瓊斯家族更是沒有一個好東西！要不是你的那些子子孫孫，我們一家也不會被搞得噩運連連……」

他的雙眼充滿血絲盯著床上那片平板電腦上的密文圖檔，頓時拎了起來將它往書桌上不斷地猛砸下去。直到螢幕黑了、裂了！直到機身外殼崩了、碎了！

那些散落在地毯上的零件與碎片，就像他心中曾經支離破碎的殘片！

第十章　沃斯特公爵

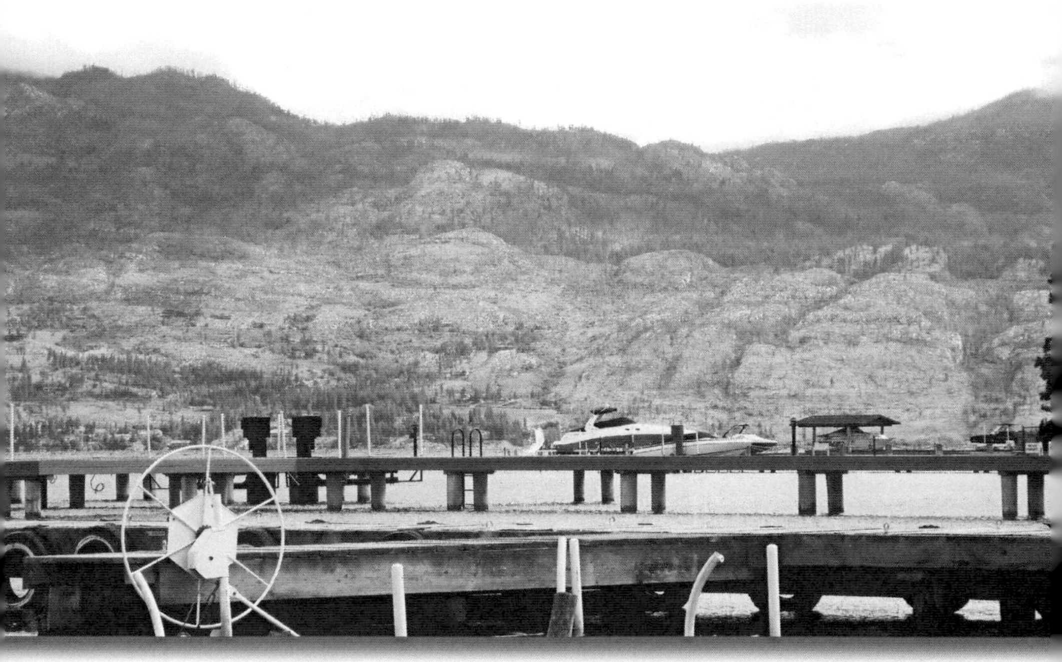

傳教士山下的遊艇小港 / 提子墨 攝

阿哈努坐在客房書桌前，全神貫注凝視著眼前的平板電腦，他瀏覽著那張迷你ＳＤ卡內的檔案，試著尋找時間點最晚的幾個資料夾。原本還杵在一旁的星野瞄了電視機一眼，突然走了過去用遙控器將靜音功能解除。

因為螢幕上正在報導那三起連環命案的新聞。

新聞主播介紹著警方提供的定日鏡懸屍案細節，畫面上不斷重複播放著黛維斯三姐妹從小到大的成長照片，除了有童年時穿得像小公主的合照，還有艾蓮少女時期參加女童軍野外求生的照片，以及高中時擔任啦啦隊長的團體照。照片中的艾蓮總是一副冷若冰霜、自視甚高的驕傲模樣。

「呦？她還曾經是女童軍呀？」阿哈努抬起頭看了看螢幕。

「新聞說，這應該是黛維斯家族的宗教傳統，三姐妹都曾經是羅馬天主教會的幼女童軍，一路服務到蘭姐女童軍[51]階段，大概也有七、八年之久吧。」星野回答時雙眼依然盯著電視。

記者採訪了黛維斯家族的大姐蘇菲，她聲淚俱下地說著：「我妹妹艾蓮是位性格善良的女子，她的個性有時候雖然傲氣強勢，可是我不認為她曾經得罪過什麼人……現在卻被這個連環殺手以如此羞辱的手法結束了生命……我懇求任何有線索的觀眾……就算只是微不足道的蛛絲馬跡，都能夠不吝通報給警方或黛維斯家族，讓死者能早日安息……」

「你認為這幾起連環命案到底是早已鎖定目標了，還是變態殺手的隨機殺人？」星野走回書桌旁。

阿哈努低下頭繼續刷著桌上的平板電腦，嘴角淺淺地上揚：「你認為兇手會如此神通廣大，得知有個美國來的ＵＭＡ賞金獵人、台灣來的YouTuber和溫哥華的名媛千金，剛好都會出現在這沙漠綠洲的歐肯納根湖區？我倒是有一種奇妙的感覺，這三起命案或許只是在製造一種安全與信任瓦解的氛圍，然後利用那種人心惶惶的恐怖氣氛達到某種目的。」

「你的意思好像認為，那首詩的謎底才是對方最終的目的？而接二連三的幾起命案，只是推波助瀾的……藥引子？」

「唉喲？你還真是耳濡目染越來越有藥師知己的樣了喔！沒錯，我認為主事者正在慢慢熬一鍋熱騰騰的毒藥，只不過這鍋藥能否熬得成還是個未知數。」

阿哈努一邊說一邊端詳著迷你ＳＤ卡上的某個資料夾，裡面排列了好幾個影音檔，錄製的時間都標註在二月十一日晚間九點之後。他用手指點擊了前面幾個檔案，看來都是只有一、兩秒的黑畫面，點到第五個檔案時終於出現了一些影像。

前面幾秒鐘是周熙奇低著頭的臉部特寫，感覺上應該是在設定雲端攝影機傳送到手機上的即時畫面。後面的十多秒則是他將攝影機舉起，隨興自拍周圍環境的錄影測試，雖然拍攝的影像只是飛快閃過，可是阿哈努和星野卻有一種似曾相識的感覺。

畫面上是一條長長的白色走廊，鋪著一襲綠色鑲金邊的古典地毯，左右兩面牆上整齊排列了好幾扇門，攝影機掃過左牆的三〇四和三〇六號門，也不經意掃到遠處的三〇二號房。

阿哈努和星野對望了兩秒不約而同起身，走到這間景隅套房的盡頭，打開了房門站在貴賓會館三樓的客房走廊上。他們的房門上的銅牌印著三〇二，斜對面的另外兩扇門則是晶晶和宛娜在三〇四號房，及熙奇與美森的三〇六號房。

「他遇害身亡之前……就是站在自己的房門前測試那台雲端攝影機？那麼之後又是如何潛入水怪館大堂？」星野呢喃著。

阿哈努自顧自走回房間內，繼續在平板電腦上點擊了後面幾個檔案。剩下的三個影音檔也是類似儲存失敗的那種黑畫面，但是其中一個黑畫面檔案的最後幾秒鐘，卻閃過一些若有似無的聲音。阿哈努將音量調到最大又反覆聽了許多遍，不過卻完全聽不出個所以然。

他索性打開平板電腦上的一個音訊剪輯程式，先將剛才的那段影音檔轉成音訊檔，剪輯畫面上頓時呈現一條黑底的音訊波狀圖，螢光綠的波紋一開始還是一條直線，卻在最後幾秒鐘開始出現了些波動。

阿哈努將那段波動的音訊用手指刷黑，然後在選單的特殊功能列表中選擇了「去除雜音」、「凸顯聲紋」和「加強音量」，最後才按下「局部播放鍵」，循環播放那段被他刷黑的波紋。儘管聲音非常模糊與微弱，卻可分辨出音訊是人的語聲。

「好的……是SB108……」

「嗯嗯……」

「好，謝謝……」

他們從英語的腔調判斷，第一句應該是熙奇的台灣口音，但是那呢噥的「嗯嗯」兩聲，卻無從辨別出到底是誰。最令人質疑的是，在熙奇道謝之後還伴隨著一陣細碎的聲響，聽起來就像是塑膠與細碎物體碰撞時的微弱聲。

「那是什麼聲音？攝影機碰到什麼了嗎？」星野問。

阿哈努重複播放著那陣微弱的聲響：「不，如果那片雲端攝影機是放在熙奇的口袋裡，當它與硬幣或雜物摩擦碰撞時的聲響，應該會比這些微音更清晰，畢竟內建的隱藏式麥克風就在攝影機上。因此，那些物體細微的碰撞聲，應該離攝影機還有一小段距離。」

「這下子有點棘手了！沒有其他的影音或音訊檔了嗎？」

阿哈努搖了搖頭，走到客廳的長沙發倒了下去，目光渙散地看著電視機，螢幕上正在報導國際新聞，畫面中輪播著幾位英國皇室成員的照片，大多是他們出訪大英國協諸國的一些留影。

新聞台駐渥太華的女記者站在國會山的和平塔前，面帶微笑報導著：「霍華德王子（Prince Howard, The Duke of Worcester）[52]是英國女王的第四位皇子，一九八九年獲冊封為沃斯特公爵，是目前王位繼承順序的第十位。這是霍華德王子第五次訪加，他的兩位女兒黛芬妮公主與加貝爾公主也同行參訪……」

「喔，英國皇室的王子和公主都來了？」星野的語氣有點興奮。

「……霍華德王子此行除了出席今早在渥太華舉行的『大英國協王國[53]經濟論壇』，也將在七月十三日造訪卑詩省的基隆拿市，參與『黃金谷酒莊商會（Golden Valley Winery Chamber of Commerce）[54]』的進出口貿易促進研討會，預計以霍華德王子在大英國協諸國的影響力，將可能促成當地酒莊商會以低關稅的互惠條款出口至其他十五個成員國。該商會近來極力推展該地轉型為加拿大最大的酒莊之鄉，更致力於將原本素有『加拿大果籃』之稱的果園農莊，全面提昇為種植經濟利益與產值更高的釀酒葡萄……」

新聞報導同時播放霍華德王子出席經濟論壇的稍早錄影畫面，已屆中年卻依然英俊挺拔的王子，在會後與多位大英國協諸國的經濟部長及官員們握手，舉手投足間充滿著王公貴族的優雅氣度。此次舉辦經濟論壇的會議廳院，依照英國皇室的出訪慣例，在廣場的萬國旗旗桿中升起了代表「沃斯特公爵霍華德王子殿下」在加拿大專用的個人旗幟以及徽紋。

英國皇室的重要成員包括女王、親王、公爵、伯爵與長公主在出訪大英國協諸國時，都會在他們所下榻的酒店、搭乘的座車、到訪的建築物，甚至是途經之地日夜懸掛該名皇室成員的識別旗幟。

英國皇室訪加的個人旗幟及徽紋，是由渥太華議院的紋章管理局所設計。這項傳統沿襲自一九六二年英國女王訪加時，官方所宣布使用的旗幟識別禮儀，也是加拿大歷史上第一面代表英國皇室成員來訪的識別旗幟。

當阿哈努觀賞著新聞畫面中，那面飄揚在廣場上代表霍華德王子的個人旗幟時，他的雙眼頓時發亮，整個人突然從沙發跳了起來！還迅速抓起數位電視的ＰＶＲ遙控器按下了暫停鍵，仔仔細細盯著那段Live新聞的停格畫面，然後又倒轉回前幾秒，凝視著那面旗幟的特寫片段。

良久，他才大聲喊了出來：「我解開那幾句關於獅子的詩謎了！」

星野從書桌旁跑了過來，認真端詳著螢幕上的那幅停格畫面。

那幅旗幟的設計呈現上下三列共五個色塊，每一個色塊代表著一個「象限」，上方的四個象限與英格蘭皇家旗幟的格局類似，中央則是一枚皇室成員的徽紋。

第一列左方的第一個象限代表「英格蘭」，紅底色塊上有三頭匍匐前進的金獅子；

第二列左方的第二個象限代表「愛爾蘭」，藍底色塊上是一座金色白弦的豎琴；

第一列右方的第三個象限代表「蘇格蘭」，金底色塊上有一頭張牙舞爪的直立紅獅子；

第二列右方的第四個象限代表「法國」，藍底色塊上是三朵金色的鳶尾花；

正中央是王子的徽紋，圓形藍底被金葉圈圍著，中間是一頂冠冕與霍華德的縮寫「H」；

第三列的第五個象限代表「加拿大」，白底的長條色塊上有三片紅瓣金脈的楓葉。

阿哈努睜大眼睛依照每一個象限唸著那首詩：「三頭金獅，俯臥於一座金色豎琴之上。一頭紅獅，佇立在三朵金色鳶尾花前；金葉圈圍的冠冕藍袍，將『血染』於三片楓紅上……」

星野霎時恍然大悟：「H並不是兇手寫下詩謎後的署名，而是預告要在這楓葉國度……暗殺的最終目標！」

阿哈努抓起手機，點擊了通訊錄上的某個號碼，沒幾秒後就對著聽筒喊著：「史麥斯警官，請即刻對『基隆拿國際機場』採取人員管制、加強警戒，尤其是皇室專機抵達的時間點！因為，我解開那首詩謎了……」

「有人要暗殺……沃斯特公爵……霍華德王子！」

◇　◇

七月十三日，基隆拿國際機場。

機場的各大出入口早已佈滿重重警力，任何人進入大廳前都必須進入3D透視掃描間，舉起雙手、兩腳跨站在機房內完成透視安檢，就連每一件行李與手推車也絕不放過。不同部門的騎警及警官們早已在私人專機的接機處待命，史密斯則和幾位加拿大國家安全情報局[55]的幹員駐守在停機坪上。

這座機場其實只是個單跑道的中小型機場，提供給前往溫哥華、西雅圖、維多利亞、卡加利、愛民頓、喬治王子城和多倫多的內陸班機。有些季節也提供飛往墨西哥的坎昆、巴亞爾塔港、洛斯卡布斯和夏威夷的火奴魯魯。

阿哈努在一位騎警的帶領下，穿過了安檢人員的層層關卡，才走進插滿霍華德王子個人旗幟及徽紋的通道上，也好不容易才和停機坪上的史麥斯會合。

他一見到史麥斯劈頭第一句話就問：「為什麼霍華德王子和公主們沒有取消基隆拿的行程，直接從渥太華飛回倫敦？」

史麥斯嘆了一口氣，表情無奈地望著遠處的天空：「你們知道為什麼無論國際間發生了什麼大事，白金漢宮的皇家旗也從來不會降半旗嗎？」

阿哈努和星野被他突如其來的一問，全都搖了搖頭。

「那表示英國女王絕不向任何人屈首！你認為身為她的皇室子孫們，難道沒有承襲這種不屈不從的傳統嗎？更何況霍華德王子和他的皇兄們一樣，也曾經在英國皇家海軍服役，甚至參與過八〇年代的福克蘭戰爭[56]，你們認為他會屈服於一介連環殺手的暗殺預告嗎？」

「所以，在基隆拿原定的會晤與訪問行程都不變？這根本就是在考驗你們的防恐安全機制嘛！」阿哈努的表情帶著點冷笑。

「王子殿下與黃金谷酒莊商會的進出口貿易促進研討已確定取消，畢竟那種大型的公開會議風險過高，不過其他官方會晤與私人走訪將維持不變。」

「這位王子還真是膽識過人！」星野的語氣充滿讚賞。

經過半小時的等候，那架英國皇家空軍第32中隊的BAe系列專機終於觸地降落。原本應該如過往那般充滿儀隊禮兵、仕紳名流或小學生們搖著小旗子的迎接現場，如今只精簡安排了省級官員、國家安全情報局所派來的護駕幹員，以及隱身在人群中的皇家騎警反恐人員。

十多分鐘後專機的艙門總算開啟，在前後幾位皇室隨扈的引導下，風度翩翩的霍華德王子步出了機艙，兩位年少的公主就隨行在他身後，他們不約而同優雅地揮著右手，臉上都露出了燦爛的微笑。

霍華德王子身穿一套深灰色的西裝，白襯衫與外套之間還搭配著棗紅的古典背心，胸前則打著一條藍白相間的絲質領帶。黛芬妮公主與加貝爾公主則各穿著白色與海軍藍的設計師品牌套裝，黛芬妮公主一如皇室女性的穿著風格，頭上還戴著一頂帽簷如剪紙般鏤空的歐式小禮帽。

他們泰然自若的態度，彷彿並未將加拿大官方所告知的暗殺預告放在心上。

當他們從移動階梯步下停機坪的紅地毯時，原本該由軍樂儀隊所演奏的迎接曲，此時則改由機場中控室播放該曲目代之。霍華德王子一邊走一邊和特地前來迎賓的省長閒話家常，也適時和多位當地的政府官員握手致意。

一切都尚在史麥斯所預期的狀況下平和進行，他的雙眼不斷環視著四面八方，額頭與手心早已冒出豆大的汗滴。他相信現場的每位官員或職勤人員，內心應該都和他一樣忐忑不安，伴隨場外正在施放的二十一響禮炮聲，一聲聲更是震得令人心頭發麻。

正當三位皇室成員在官員與隨扈的簇擁之下，亦步亦趨快要抵達快速通關的室內通道時，他們之間突然傳來了一陣微弱的尖叫聲。

每位騎警、幹員與隨扈的神經頓時緊繃了起來。

那是霍華德王子的小女兒加貝爾公主的聲音，當現場所有人都朝她望去時，只見她左手摀著嘴巴，右手指著前方人群中一位身材高挑的男子，興奮地拉著身旁的黛芬妮公主，小小聲地喊著：「是……阿哈努・索西！真的是他耶！」

霍華德王子朝那個方向望去，或許也認出那位去年在全球各大新聞網叱吒風雲的頭條新聞人物，隨之領著兩位女兒走向阿哈努的跟前，還讓身邊的幾位隨扈有點措手不及。

阿哈努非常紳士的向霍華德王子低頭行禮，並且以皇室禮儀尊稱：「Your Royal Highness, Sir!」隨之又轉向兩位公主：「Your Grace, Ma'am!」。

星野完全不清楚該如何面對這種場合，只好有樣學樣跟著阿哈努向王子殿下與公主殿下們問安。

「我知道你們兩位就是在環球太空站上，偵破那兩起微重力密室命案的大人物！索西先生還是我們加貝爾公主的偶像呢。」霍華德王子將小公主摟到身旁，只見那位十七、八歲的少女露出了靦腆的笑容，只是一直默默盯著阿哈努看，根本就說不出話了。

「那還真要感謝公主殿下的抬愛！」阿哈努又露出那種如孩子般的迷人笑容。

霍華德王子索性領著阿哈努和星野一道走，還若有所思地問道：「聽貴國總理提到，這裡發生了三起連環命案，是由一名被稱為裝置藝術殺手的人犯下的？索西先生和星野先生是否也在調查那位連環殺手的案子？」

「我們只是恰巧在旅遊期間遇上了這幾起命案，就順便協助皇家騎警追查了。」阿哈努回答得相當保守，壓根子不想在其他省級官員面前強出頭。

「恕我直言，我對偵探或推理沒有什麼概念，但是從小在英國皇室教育的耳濡目染之下，對美術與藝術品倒是有非常精闢的見解。假如這三起命案的陳屍型態都能被當成是裝置藝術品，或是一位有藝術天分的瘋狂份子所為，那麼我認為那還真是污衊了國際間從事這類藝術的創作者們。畢竟，這三起所謂裝置藝術殺手的傑作，都缺少了一個元素……」

阿哈努和星野不約而同重複著他的最後一句話：「缺少了一個元素？」

「沒錯，警方或許認為液態透鏡的紅外線熱成像，在水中不同體溫的五顏六色生物陪襯下，浮屍就像是兩截泛著瑰麗藍光的光雕藝術品。而聚光太陽能發電室中，那種如天使降臨般的懸屍場面，也的確美得像充滿神話色彩的宗教圖騰。至於那具在大堂中被龍王鯨骨骸吞噬的屍首，更會令人聯想起梵諦岡博物館之中，那座特洛伊祭司拉奧孔被海蛇纏繞而死的雕像……」

霍華德王子偏著頭想了幾秒才說：「假如那些命案真是某位瘋狂藝術家的作品，那麼我認為兇手是一位沒有個人風格的創作者！因為在他的三件裝置藝術作品中，並沒有藝術家該有的自我特性，與創作時的慣性軌跡，也就是我們常說的Iconic Style或Signature Style。」

與此同時，一陣清脆的R. P.口音[57]也接著道：「福爾摩斯在《四簽名》書中提過——『不要讓一個人的特質影響你的判斷能力！』。在《血字的研究》中也寫到──『整個生活就像是一個巨大的鏈條，只要見到其中的一環，整個鏈條的情況就可推想得出來了……』。我倒認為目前貴國警方過於預設立場，感覺上就像早已設定了那個巨大的鏈條是某位『裝置藝術殺手』，而囫圇吞棗地想在這個沒有根據的鏈條中拼湊環節，這根本就是本末倒置了……」

說話的並不是別人，而是霍華德王子的小女兒加貝爾公主，她甚至露出一種不容置疑的表情。

霍華德王子笑了出來，拍了拍小女兒的肩膀：「加貝爾公主是阿瑟・柯南・道爾爵士的忠實書迷，在這段出訪加拿大的期間非常關注幾起連環命案的新聞，要不是她沒事就跟我提及三起命案的細節，我也不會聯想起剛才所說的那些疑問。這次之所以沒有取消基隆拿的行程，也是因為她想親自造訪這三起神秘謀殺案的發生地點！」

「原來公主殿下……也是個推理迷？」星野揚眉看著那位長相慧黠的少女公主，很難將不食人間煙火的王子公主與俗世中的偵探推理迷聯想在一起。

加貝爾公主得意洋洋地說：「難道皇室家族就不能有熱衷推理的發燒迷？你們在環球太空站上追查微重力密室命案和返航艙爆炸案時，我也透過管道向歐洲太空總署蒐集過許多資料，沒想到還是晚你們一步破解謎團！」

一旁的黛芬妮公主也搭腔：「喔，這位推理迷公主還曾經致電給那位阿尼・勘斯瓦教授，不然你們認為那位被下了封口令的前太空人，怎麼可能會提出那份指控美國太空總署隱埋密室命案的書面聲明？」

「這話聽起來……好像是我對勘斯瓦教授施壓了？」小公主嘟起嘴呢噥著。

阿哈努和星野全都笑了出來，這三位皇室父女間的言談的確出人意表，不禁讓他們對王公貴族的刻板印象徹底改觀，原來在他們光鮮亮麗的皇室形象之下，也有著如凡夫俗子的真情真性。

他們在霍華德王子的應許下，與隨扈、騎警及國家安全情報局的幹員們一同護駕至下榻酒店，截至目前為止並沒有任何不尋常的狀況，彷彿那首暗殺王子的預告詩根本不是那麼一回事。所有值勤人員當然不希望後續兩天會出什麼差錯，尤其是眼見如此平易近人的公爵王子，與他那一雙人見人愛的可愛公主，誰也不忍心見到任何不幸發生在他們身上。

在史麥斯警官的引導下阿哈努和星野離開了酒店，當他們正準備搭上皇家騎警的公務車時，阿哈努不經意瞥見門口噴水池畔的旗桿上，正緩緩飄揚著霍華德王子訪加的專用旗幟。腦中又閃過加貝爾公主字正腔圓所引用的那幾句話——

「不要讓一個人的特質影響你的判斷能力……整個生活就像是一個巨大的鏈條，只要見到其中的一環，整個鏈條的情況就可推想得出來了！」

這幾天以來，他的確掌握到那三起命案的許多小環節，他和辦案的警方都試圖將那些支離破碎的環節往同一個鏈條上組裝，許多環節看似都有相當的關連性，但是卻怎麼也無法還原成那條巨大的鏈條。

難道，他們所組裝的環節並不屬於那個鏈條？

就在他們上了公務車後，史麥斯也從身旁的公事包中抽出了幾份資料夾：「關於洛根的死因，由於琥珀膽鹼目前只能從死者膀胱內殘留的尿液化驗出，就算是多麼高科技的儀器也頂多化驗得出2％的微量殘留物而已，而且許多化驗單位都沒有這種設備。因此，我們前幾天延請法醫抽取了洛根膀胱內的尿液，專機火速送至渥太華的官方檢驗中心篩檢，今天終於收到回傳來的檢驗報告。」

「所以……洛根是死於琥珀膽鹼嗎？」阿哈努問。

史麥斯表情凝重，用力點了點頭。

星野興奮地彈了一下指頭：「我這幾天搜尋過琥珀膽鹼的特性，這種麻藥能抑制神經肌肉接頭的N受體，迅速令肌肉收縮而變得松弛。它在血液中的半衰期只有兩至四分鐘，也就是說就算動物被注射了高劑量的琥珀膽鹼，也完全不會在體內留下任何痕跡，頂多在尿液中化驗得出極少的微量殘留物。」

阿哈努摸了摸下巴的鬍渣子：「這麼說來，那兩位UMA賞金獵人以這種肌肉鬆弛藥物來獵殺未知物種，除了不會破壞動物的遺體，更不至於影響到動物研究學者進行檢體化驗時的準確性，以確保他們的獵物能兜售到好價錢！誰知道洛根自己也死於琥珀膽鹼之下……」

星野皺了皺眉道：「我聽說它還被某些國家用於注射死刑犯，當犯人被注射高劑量的琥珀膽鹼後，大約在數秒或數分鐘內，就會因喉肌癱瘓而窒息身亡。」

「怪不得當初洛根的頸部皮膚沒有指紋或瘀青，就連肌肉組織也沒有深層的傷痕，結果死亡報告卻是『窒息』……那個謎團現在也解開了！」阿哈努的內心雖然振奮，卻還是苦笑地說：「只不過，到底是誰使用那支充填著琥珀膽鹼的箭矢殺害他，甚至故弄玄虛以怪異的刀具將他的屍體截成兩段，置入液態透鏡之中……」

史麥斯隨之將另外三份資料夾遞給了阿哈努：「這是你之前提過的水之眼內部管線分布配置圖，你所拍攝到中控室上方的巨型管道，其實只是中央空調系統而已。」

「喔？」

「我也依照你的探案習性，請館長特助將另兩起命案的現場配置圖全都複製給你！這幾張是聚光太陽能發電室的圖紙，另外這些則是水怪館的大堂平面圖，就連龍王鯨骨骸的配置圖也都要回來了！」

阿哈努露出一種出乎意料的神情：「看來你和我之間不但合作愉快，而且還越來越有默契了喔？連我都不知道自己哪來什麼探案的習性呢！」語氣中帶著點自嘲。

「好的，我和星野會盡快研究這一疊圖紙！」

第十一章　百年密文

英國皇室成員訪加拿大專用識別標誌與徽紋

七月十三日，狂風岬，貴賓會館。

當阿哈努與星野返回狂風岬時，已經接近黃昏時分了。他們走進貴賓會館的餐廳時並沒有人在用餐，只有宛娜一個人獨自坐在窗邊的老位置。阿哈努走上前喊了她一聲，只見宛娜迅速低下頭用紙巾擦拭著臉龐。

當她緩緩回過頭時，兩位大男人的心都揪了一下，因為宛娜不僅是哭得梨花帶淚，就連眼袋也浮腫得如凸眼金魚。她的手中還掐著一張小巧的彩色照片，從稍皺的紙張邊緣看來，平常應該都是藏在皮夾裡。

阿哈努瞥了一眼，發現照片中的人應該就是周熙奇。

他和星野二話不說坐到旁邊的椅子上：「妳現在可以坦白告訴我，你們三個人之間怪異的關係嗎？」

宛娜突然抬起頭，雙眼詫異地看著阿哈努，就像在問——為什麼你會知道？

他當然不會告訴宛娜，打從第一次見到這三位台灣來的年輕人時，就嗅到那種充滿陰晦的複雜多重氣味。除了她與晶晶之間那種猜忌、懷疑與不忠誠的風乾紫茉莉香，熙奇與她們也散發著某種共同的氣味。那股味就像藥師祖母留下的幾本藥草書記載過，在花瓣上有著三張臉孔的「人臉花」氣息。原住民藥師們認為，那種古老的植物有消炎、殺菌，甚至是抗癌的成分。

但是對阿哈努的嗅覺經驗而言，這類堇菜屬植物的氣味所傳達的訊息，通常代表著曖昧不明的男女關係，有時也隱喻為糾結不清的性愛。

「能說出來嗎？或許對釐清熙奇出現在水怪館的動機有所幫助。」阿哈努又再問了一次。

宛娜的內心彷彿掙扎了許久，低下頭凝視著那張照片。阿哈努這才發現，光面的相紙上有著凹凸不平的反光，看起來就像曾經握在手中被手指頭用力掐揉過。

「我和熙奇在大學時代交往了快四年，也在一起同居了將近三年，甚至曾經計畫畢業後就馬上結婚。而晶晶是我從國小就認識的童年玩伴，我們甚至在國中及高中都形影不離，她就像個仗義執言的好姐妹，尤其在中小學時期陪我渡過多次被霸凌的窘境……」宛娜深呼吸了一口氣，彷彿那些在校園中被嘲笑、羞辱、愚弄或孤立的痛苦又閃過腦海。

「我永遠搞不懂，人類自認是萬物之靈的高等生物，為什麼還會有那種霸凌弱者的原始劣根性？」星野語帶感嘆，聽起來就像自己也曾有過那種不愉快的經驗。

阿哈努幽幽地答：「霸凌需要理由嗎？長相不討人喜歡、身材過胖或過瘦、思維想法與常人不同或家庭背景不如人，都可以成為那種人的藉口。」

宛娜的目光停留在窗外狂風岬的廣場：「我的母親是個曾經意圖弒夫的精神分裂症患者，當年父親的家暴導致母親發狂砍殺他，新聞登上了報章雜誌與電視媒體，街坊鄰居或同學們當然知道他們就是我的父母……那些人自以為自己有絕對的資格，合理懷疑我的精神與人格也可能有所問題，甚至認為我的血液中肯定留著與母親相同的基因，有一天搞不好也會犯下相同的案件，種種的冷嘲熱諷甚至演變成語言上的暴力……」

「我內心非常感謝晶晶，如果當年沒有她心直口快的為我反擊與關懷，我十四歲那年可能早就跳樓身亡了！我告訴自己今後無論如何都會奮不顧身湧泉回報……所以，當我們大四那一年，她提出想在網路上開一個自製影片的頻道，專門拍攝各地的搜奇影片時，我二話不說就參與了那項計畫，並且還將有攝影與剪輯專長的男友拉了進來。」

「但是，從熙奇第一次見到晶晶的那刻起，我突然有一種預感——這個男人不會永遠守護著我。當『晶晶稀奇古怪探險隊』的合作進展得越密切時，我與熙奇之間的關係也就越趨淡薄，最後甚至不了了之畫下句點。我曾經無法忍受的是，我為他付出將近四年的感情，心甘情願為他墮過兩次胎！最後……卻像一塊捧到他嘴邊食之無味的過期肉！眼睜睜看著他在所謂的好聚好散之後，開始暗渡陳倉對晶晶大獻殷勤！」

星野面帶不屑，打開了瓶裝水喝了一口：「因此，妳對熙奇與晶晶懷恨在心？」

「不！我永遠不可能會去恨晶晶，畢竟沒有當初的她，就沒有現在的我！我只是氣自己！氣自己的平凡、懦弱與無知！」宛娜的雙眼泛著淡淡淚光。

「尤其當晶晶對熙奇百般刁難、欲擒故縱之際，我對他回過頭想從我身上發洩那種……變態的慰藉時，卻沒有勇氣一口回絕！我們三個人的關係就像……晶晶是以精神上的愛情來操控熙奇的存在價值，而我卻是以肉體……在黑暗中替代她取悅熙奇！」宛娜的話說得支支吾吾。

阿哈努的兩道眉毛幾乎快要擠成一團，表情非常不解地問：「這是什麼跟什麼？妳的前男友和妳分手後去追求妳的閨中密友，他們兩個人表面上打得火熱，可是女方卻不曾與他發生過關係，而妳又取代那位密友與前男友發生關係？這是什麼樣的東方浮世繪呀？」

「他們這樣算分手嗎？」星野更是滿臉狐疑望著阿哈努。

宛娜急著解釋：「晶晶告訴我，她絕不可能愛上熙奇，但是又不能不給他面子斷然拒絕，要不然他肯定會惱羞成怒撒手離開這個團隊，到時候我們就少了一名重要的攝影與剪輯。晶晶承諾只會和他維持那種若有似無的曖昧關係，當熙奇對她有所渴求時，晶晶就會將我由裡到外換上她的……貼身衣物與裝扮，在黑暗中滿足熙奇對她的性幻想。」

「可是……這次的旅行我才發現……事情早已不是那麼一回事了！我們在西雅圖停留的那幾晚，晶晶偷偷溜到熙奇的房間好幾次，直到天亮之前才摸回我和她的房間。她的理由居然是……熙奇已經玩膩了那種角色扮演的遊戲，再那樣下去我們的搜奇影片就沒有專業人手可掌鏡了！」

星野嘆了一口氣：「看來，妳原本也以為那種怪異的關係，能促成妳和熙奇舊情復燃吧？」

「我想妳或許還沒搞清楚，自己所愛的到底真的是周熙奇？還是讓妳無怨無悔去奉獻一切的……倪晶晶。」阿哈努語帶保留並沒有再說下去。

宛娜悲痛的表情突然止在那裡，良久才喊了出來：「你們不懂！你們根本不懂什麼是無法回頭的付出！」她濕潤的眼眶終於刷下了兩行淚。

阿哈努遞了一張面紙給宛娜，看著她擦完眼淚後才問道：「妳是不是認為熙奇之所以會潛入水怪館，並不是因為晶晶前一晚對他用了激將法，而是他本來就想求表現贏得美人心，才會發想在大堂安裝雲端攝影機，希望能藉此拍攝到任何關於命案的蛛絲馬跡，卻意外成了第三名被害者？」

宛娜目光呆滯，隔了好幾秒才緩緩點頭。

阿哈努從桌上捉了一張餐巾紙，用口袋裡的金筆寫下了幾個字，然後遞給宛娜：「妳對這一組字碼有沒有任何印象？」

「S……B……1……0……8？」宛娜盯著那組陌生的文字搖了搖頭：「這是什麼？難道

和熙奇的死有關係嗎？」

「我想應該是吧？只要能查出告訴他這組字碼的神秘人物和它的用途……或許對他遇害的原因就可略知一二！」

◇　◇

阿哈努和星野在餐廳用過餐後，就上電梯打算回三樓的客房休息，不過才剛出走廊沒多久就發現有些不對勁，原本住著熙奇和美森的三〇六號房，此時房門卻是半敞著。沒多久，或許是晶晶聽到他們的腳步聲，也從三〇四號房衝了出來。

「微笑藥師，不好了！那位加拿大旅遊局的美森先生失蹤了！」

阿哈努怔了一下：「不可能吧！會不會到基隆拿辦事了？」

「不是的，我一大早起床後就敲過他的房門幾次，可是他都沒有回應。下午又試了兩次還是沒有人，直到剛才我擔心是不是又發生什麼命案了，忍不住轉了轉他的門把，才發現根本就沒有上鎖，一探頭進去……裡面早已人去樓空了！」

阿哈努和星野馬上衝進三〇六號房，裡面除了兩張床上散著凌亂的床單和浴巾，完全沒有看到任何衣物或行李，就連落地衣櫃也空無一物敞開著。

「咦？就算被綁架或失蹤了，也不可能連行李箱一起消失吧？」星野露出疑惑的眼神繼續往浴室內探首。

「有沒有試過他的手機？」

晶晶點點頭：「我打過幾通，每次都響了好久就轉接語音信箱。」

「這到底是怎麼一回事？」

阿哈努喃喃自語環視著房間內的一景一物，沒多久目光停在牆角那只不銹鋼的垃圾桶，因為那口小小的桶子內竟然塞著一本厚厚的硬皮書，裡面還有許多被撕碎的紙片，與一些摔爛的電腦零件。他伸手撈出那本封面已被撕毀的書，翻了幾頁就發現每一頁左上角的頁首都標著書名《漢弗萊・瓊斯傳──Alone in The Past》。

「這位漢弗萊・瓊斯是誰呀？」星野問。

阿哈努瞇著眼睛想了想：「如果我沒記錯，應該是十九世紀末到二十世紀初的一位加拿大富商與慈善家。他當年以伐木業致富，在上個世紀的溫哥華曾擁有一大片頗具規模的水力鋸木廠。聽說他除了是百年前伐木業的經營之神，也是位樂善好施的慈祥老者，曾經為旗下伐木工人的家庭開辦過多所小學與中學，晚年時還積極投身慈善事業。直到今日，你還可在溫哥華見到他的博物館，或是以他的姓氏命名的建築物與街道！」

星野恍然大悟：「原來這位瓊斯老爺是你們加拿大的松下幸之助！只不過……這本傳記怎麼會被丟在垃圾桶裡？從這種艱深的英文傳記體看來，肯定不是周熙奇會閱讀的書籍，這間客房除了他之外，只剩英語說寫流利的美森了！」

阿哈努毫無預警如小孩子般趴到了地毯上，高大的身軀一下子滾到雙人沙發旁，一下子又滾到兩張床鋪底下東張西望。忽然，他瞥見美森的床頭板與彈簧床間隙中凸著一片藍色的小角！

他匍匐似地爬到了床頭，用兩根手指頭將那個小角慢慢從夾縫中抽了出來，結果小角的面積竟然越抽越大。看來應該是從床上被推擠到枕頭底下，然後順著床頭的縫隙掉了下去。

那是一本設計輕薄的手寫筆記本，如信紙般大小的湛藍封面印著一個反白的「Ψ」字！

「這個字要怎麼發音呀？」阿哈努抬起頭問星野，他或許覺得那應該是某種航太符號。

「這個我知道！它翻譯成英文應該是Psi，發音為[ˈpsaɪ]，在希臘字母表中排序第二十三。這個字的大小寫「Ψ」與「φ」看起來都很像海神波賽頓的三叉戟，因此常用於引申與『水』有關的事物上，後來也成為海王星的天文符號。」

阿哈努翻著筆記本內的每一頁，發現裡面竟然手寫著各種解密法的規則與圖表，還有許多塗塗改改的解密演算過程，它數了一數所套用過的法則至少超過十多種，不過大多數的算式全都是中途而廢的無解題。

那些演算的數據來自筆記本內的一張翻拍照，雖然看上去是從電腦列印的相紙，不過依然能辨識出是一張泛黃的老式帳簿紙頭，上面寫滿了密密麻麻的字母與數字。阿哈努甚至覺得那種格式的帳本紙非常眼熟。

直到他翻至某頁標著「維吉尼亞密碼」的解密過程時，看到那一段「SECRET LLG XKMXJ FNJMGU NFHGI KSXVCILFEMV BKPCEH」的字母密文，被解譯為「真相埋藏於響尾蛇島之下」。

阿哈努的瞳孔閃過一絲光芒。

他興奮地摸著身上的幾個口袋，才意識到隨身的迷你平板早已搞丟，便即刻衝回斜對面的三○二號房，抓起書桌上那片九吋平板又跑回美森的房間。星野和晶晶一副狀況外的模樣，盯著阿哈努跪在地毯上小心翼翼地將一堆0與1的字符，一組一組輸入到觸控螢幕上。

「原來這一台平板也有安裝你專用的解密App？」

阿哈努全神貫注將筆記本上三百多組手寫的數字一一輸入在文字框中。當他確定平板上的字符與手稿相同時，馬上按下右下角「Multi-Decode」的多重解碼按鍵，並且選擇下拉選單內的「顯示明文」功能。

他異常興奮盯著螢幕上那兩段被破解的明文：「這些0與1全是五比特的博多碼！」良久，才綻出那種如孩童般的招牌笑容：「我終於知道這個傢伙在尋找什麼了！」

星野的眼神充滿期待，屏息凝神望著阿哈努。

「賽埃利克斯族傳說中那座九號礦場的寶藏！七月六日當晚出沒於響尾蛇島的神秘人……或許就是美森！」

「難道美森就是在洞穴內殺害洛根的兇手，犯下那三起命案的裝置藝術殺手？」星野問。

阿哈努深思了幾秒，搖搖頭回答：「目前還不能斷言！」

「我們是不是應該報警才對？」一旁的晶晶緊張地掐著十指。

阿哈努從地毯上爬了起來，拍了拍褲管：「不，先讓我將美森帶回來再說！」

「星野，我必須飛一趟溫哥華！你先留在狂風岬，有幾件事情需要你幫我調查清楚。」

「哪幾件事？」

他向晶晶禮貌性地使了個眼色，請她先回自己的房間，便拉著星野回到三〇二號房。他將史麥斯複印給他的那幾疊配置圖拋在書桌上，刻意壓低了聲音對星野耳提面命，只見星野一會兒點頭、一會兒睜大了眼睛，又抓起那疊圖紙翻閱著。

阿哈努交代完後便拿出平板電腦，在螢幕上鍵入「漢弗萊・瓊斯」和「美森・林」兩個名字，後面還跟著「鮭魚」一詞，便將那則訊息傳給了北美原住民結盟部落的幾位長老，也代表他所籌組的「伊努克休柯[58]」，那個代號「鮭魚」的狩獵任務再次啟動。

在美洲大陸擁有五百萬人口的印地安結盟部落，將從東岸至西岸以接力的方式，派出族人使用網路人肉搜索或傳統的人脈追查，一路輪番上陣蒐集所有關於瓊斯老爺的大數據資料，以及入侵美森所在位置的行蹤定位！

◇◇

晚間十點半，寇可哈拉高速公路。

阿哈努的PA-46R-350T Matrix輕型飛機飛出了歐肯納根湖區，也穿過靜夜的峽谷與沙漠，悠然地飛翔在西南方的菲莎河谷之中。這條通往沙漠的高速公路幾乎沒有任何車輛，順著山壁蜿蜒的山路只有偶爾幾輛貨櫃車朝著回溫哥華的方向駛去。

他刷了一下插在儀表板右側的平板電腦，螢幕上「伊努克休柯」的群組不斷有更新訊息。他一邊穩住了方向盤，一邊點開那則主旨為「鮭魚座標位置」的訊息，視窗隨即跳出一組經緯座標碼49°24'58.3"N；121°19'02.0"W。他淺淺牽動了嘴角，迅速將那組數據複製到導航系統上。

看來美森的手機並沒有關機，結盟部落的駭客高手們才能以他名下的手機號碼，追蹤到這條鮭魚的座標與定位資料。從螢幕上的位置看來，他的確正朝著西南面的溫哥華前進。

當阿哈努的輕型飛機逐漸接近座標時，北上與南下的車道完全沒有其他車輛，只有美森那輛銀色休旅車的大燈與尾燈，孤獨地劃過河谷中險峻的高速公路。

阿哈努露出一種作弄人的頑皮笑容，在高速公路上空將飛機的高度緩緩壓低，藝高人膽大地飛在美森的休旅車上，就那樣在距離車頂不到兩米的高度飛行了好幾百米！他心想反正這段筆直的路面上沒有任何來車，他根本可以神不知鬼不覺就在這裡緊急降落。

休旅車內的美森被這突如其來的景象嚇得魂飛魄散，他打開天窗往上探了探究竟，卻發現那台輕型飛機的左右翼底下，竟然各印著兩枚巨大又有點嚇人的標誌！看起來就像是那種頭戴鷹羽莊嚴肅穆的原住民藥師側臉，可是豐厚的唇形與嘴角卻誇張地向上揚，眼眶則突兀地呈現出一種如海豚跳躍般的月牙形，眼白裡那顆小小的眼珠子還直勾勾地往下看。

他當然可以確定這架飛機的主人，肯定就是那位年輕富商——微笑藥師阿哈努！

那兩張笑容詭異的大臉籠罩在車頂上，又持續跟了他好幾百米，美森才索性將車速放慢緩緩停到旁邊的路肩。與此同時，阿哈努那架紅色機身的輕型飛機也隨之降落在前方，黃色的探照燈與藍紅輝映的警示燈，頓時將那條寂靜的公路閃爍得燈火通明。

飛機的螺旋槳依然緩緩轉動著，飄在柏油路上淡藍色的霧霾也被漸漸打散。阿哈努推開了位於機翼後方上下雙開的艙門，姿態瀟灑地跨下那兩級階梯，還神色自若地用左手肘倚著機身，凝視著後方的銀色休旅車。

「你們這些有錢人的腦子到底在想什麼？玩命嗎？」美森忿怒地跳下車，用力甩上了車門。

機身上的強光在阿哈努的身後閃爍著，美森只看得見他背著光的修長剪影，以及拉在地面上細長的影子。阿哈努那才慢慢走向他，語氣輕鬆地回答：「我只是想拿回我的迷你平板，它對你應該已經沒什麼用途了吧？」

美森頓時語塞，原本暴怒的言詞全都卡在喉嚨裡。

「我已經知道你的真實身份了，我們就明人面前不說暗話吧！」

阿哈努舉起了手中的平板電腦，上面全是他登機前「伊努克休柯」陸續傳來的資料，那些訊息鉅細靡遺的程度從美森的出生證明、家世背景到戶籍資料……就連鐵人三項或抱石V14級的參賽證書，全都被執行代號「鮭魚」的原住民駭客高手擷取回來。

「你是漢弗萊・瓊斯第五代的孫輩吧？剛出世時還叫做『美森・瓊斯』，只不過如今那卻是個不為人知的秘密了。因為，你的父親曾經是個沉迷於酒色與毒品的紈褲子弟，甚至還因此犯過幾起虐姦未成年少女的刑案，而被瓊斯家族逐出家門、斷絕關係。」

美森撇過頭望著遠處山谷中的河流，彷彿那是一段他不願意去面對的過往。

阿哈努繼續讀著平板電腦：「你現在姓『林』是過繼給姑丈與姑姑後的華裔姓氏，在你三歲時父親因濫用毒品與服食過量抗焦慮劑致死，沒多久你的母親也自殺身亡。當時還年幼無知的你並不知情，一直認為自己的姑丈與姑姑就是親生父母，直到你發現在他們的祖譜之中根本沒有任何白種人的姻親，但是你卻長得一副混血兒樣貌，心中自此開始有了疑問。在你考進加拿大的公職單位後，便透過關係查到了原始出生紙，而得知自己的舊姓氏為瓊斯，父親欄上的那個名字就是顯赫的瓊斯家族，那些歐亞混血長相的男丁之一。」

「凡走過，必留下痕跡。那些塵封已久的家族手抄戶政資料，在你透過熟人為你重啟蒐集，並請對方將之掃描重建為數位檔案，以方便你可以輕易調閱到完整的歷史資料。但是也因此在多部官方主機上留下了搜尋與調閱的歷程記錄，反而讓我的人手能在公家單位的網路中輕易取得。」

「我那樣做有錯嗎？難道我沒資格調查自己真實的身世背景！」美森終於又再開口，語氣還帶著點理所當然。

阿哈努笑了笑：「在人情世故上當然是情有可原，不過你錯在開始起了覬覦之心，希望能從瓊斯家族取回你父親這一房所應得的遺產。你知道自己在法律上的身分站不住腳，因為他當年早已與那個家族斷絕了關係，就算你恢復了瓊斯的本姓也依然沒有繼承資格！」

「我……我沒有那麼想過！你憑什麼如此推斷！」

「就讓我做個大膽假設吧！在你調查瓊斯家族的過程中，肯定曾經多次拜訪過『漢弗萊・瓊斯博物館』，你應該也和大多數的參觀者一樣，見過展品中那幾本瓊斯老爺的古董手抄帳簿。當然以你敏銳的觀察力，發現了那些密密麻麻的手寫伐木業收支數字中，夾雜著一篇不太像統計數字的字串。你認為那或許有什麼蹊蹺，便將它拍了照或抄下來作研究。」

「當你費盡千辛萬苦終於用維吉尼亞密碼破解了第一句密文——「真相埋藏於響尾蛇島之下」，你確定那肯定是一張古董密文，也懷疑明文中所提到的「響尾蛇島」與「真相」，或許攸關傳說中那座九號礦場的財寶！你認為後人對瓊斯老爺在發跡之前的身世背景隻字未提，斷定他或許就是兩位中國童工的其中一位。」

美森冷笑了出來：「你說了一大串，我真的聽不懂你在講什麼！微笑藥師……你未免也太會編故事了吧？」

阿哈努從薄夾克口袋抽出那本被他對折起來的筆記本，然後將印著「Ψ」的藍色封面展開來，還無厘頭地用英文說了一句：「遇—水—則—發！」。

「這難道不是你們華裔所流傳的一種小迷信嗎？這本筆記是在你的床頭底下找到的，你很難否認裡面手寫的算式不是你的字跡吧？你或許認為這個代表『水』的希臘字母，能夠為你帶來『遇水則發』的幸運，所以才用它來演算密文的破解方式。那天，你在水怪館目睹我使用迷你平板上的多重解碼程式後，肯定認為終於找到開啟寶藏之門的鑰匙了，就神不知鬼不覺將它從沙發上摸走了。」

阿哈努嘆了一口長長的氣：「美森呀美森！你或許想盡辦法才向旅遊局爭取到機會，帶領晶晶一行人來到歐肯納根湖，也就是響尾蛇島的所在地。只不過，你費盡千辛萬苦的尋寶結局卻事與願違，當你得知電腦解碼後的明文根本沒提到什麼金銀財寶，而且還是一具埋葬了百年的屍骨！你……當然惱羞成怒，只想馬上離開那個鬼地方。」

「不要說了！你不要再說了！」美森忿怒地跪了下來，忍不住用拳頭搥著柏油路。

「太不公平！那實在太不公平了！我的身體裡也同樣流著漢弗萊・瓊斯的血，可是卻與那些享盡榮華富貴的子孫們過著天壤之別的生活！當我知道自己根本就是個孤兒，更是個窩囊毒蟲與強姦犯的兒子，我多麼痛恨那個生下我的男人！更恨那個遺棄我們一家的大家族！他們不但沒有伸出援手反而像野狗放生那般……讓我父親繼續墮落下去！根本就是間接造成我母親死亡的兇手……」

那一條飄著霧霾的冰冷高速公路，宛如一座無情的時光隧道，將美森拉進了無止無盡的深淵裡。當他選擇從過往無知的幸福通往真相時，也同時選擇了將承受前人曾經背負過的那些痛苦，彷彿醜陋的事實總沾黏在塵封的真相背後，當真相再度重見天日之際，背面的沾黏物也頓時化為一種詛咒——讓人痛不欲生。

阿哈努低下頭默默地看著他：「起來吧，我帶你去見一個人！或許你見到他之後，會慶幸自己並不屬於那個家族。」

美森緩緩抬起頭，眼神充滿疑惑地看著他。

阿哈努幫美森打了通電話給拖吊公司，請他們派人將那台休旅車先拖回狂風岬，然後就領著他走上那架紅色的輕型飛機。

「要去哪裡？」美森問。

阿哈努帶著笑意什麼話也沒有說，只是熟練地關上艙門跨進駕駛座，自顧自地按著儀表板上那些不同顏色的按鈕。當螺旋槳的引擎聲越來越大時，他突然想到了什麼回過頭瞄了瞄後座的美森。

「現在可以將迷你平板還給我了吧！」

第十二章　千禧門

溫哥華片打東街「千禧門」／提子墨 攝

歐肯納根湖的天色逐漸暗了下來，晚間九點時還是夕陽餘暉的美景，不出半個鐘頭卻已是星光滿天的夜幕。在沒有光害的沙漠綠洲裡，巨大的星斗更是亮得令人目眩神迷。

星野穿著一套緊身運動服站在狂風岬的懸崖邊，正望著腳底下的那片水域與水島，他所站的地點就是阿哈努曾經俯臥過的那面山崖邊緣。阿哈努託付他的幾個任務還真不是簡單的活兒，他可以理解要他檢閱水怪館的結構配置圖、水之眼中控室的中央空調管線圖，以及聚光太陽能發電室的機械圖，是因為他本身就是一位應用機械學的碩士。

但是讓他想不透的是，阿哈努在臨走前鄭重其事的交代他，一定要在晚間九點至十點之間到狂風岬有旱地松的那一面懸崖邊緣，往下攀爬到岬底的小沙灘，然後再從那片小沙灘游泳至一水之隔的響尾蛇島。

「星野，你除了要計算來回所需耗費的時間，還要注意——任何不尋常的植物！」

阿哈努的話語猶在耳際，可是到底什麼才算是不尋常的植物？他實在是抓破了頭也想不通。除此之外，阿哈努也要他在清晨九點之前，從水怪館面東北的太陽能電池外牆往上爬，一直攀爬到圓錐狀建築物頂端的太陽能發電室。

「你在NASA經歷過嚴格的太空人候補員訓練，在JAXA也接受過日本月面基地的登月訓練，這些上山下水的體力活兒應該難不倒你啦！最重要的是，當你攀爬水怪館外牆時，請特別善用你的眼睛與鼻子，如果不出我所料你應該會發現一些不太一樣的物證！在你登上太陽能發電室之後，也請面朝東北方……我相信你應該會看到一些很特別的景觀！」

不太一樣的物證？很特別的景觀？

星野向強納生借來了幾樣簡易的攀岩裝備，雙子繩就固定在那棵向外四十五度歪斜的旱地松根部，繩索長度也足以垂吊至岬底的小沙灘上。他深呼吸了一口氣，打開了套在岩盔上的ＬＥＤ頭燈，雙手在腰間的粉袋中沾了好些鎂粉，確定手掌的汗水都被吸收後，便扣上八字環確保器，面朝著岬壁踩在岩石間緩緩往下倒著走。

在一路往下垂降的過程中，他發現有兩處岩縫間遺留了幾個岩楔，也就是攀岩者在岩面植入連結攀繩用的確保點。他將頭燈探了過去仔細端倪其中一只岩楔，從色澤與蒙塵的程度看來，應該是最近才被安裝上去的。

那麼說他並不是第一位攀爬這面岬壁的攀岩者？難不成沒有攀岩經驗的阿哈努，會傻傻地認為兇手真能揹著洛根的遺體，如此飛簷走壁運屍到岬頂？

星野過往接受太空人攀爬訓練時，大多是在中性浮力水池中，模擬太空站外無重力的狀態維修與保養機械設備。雖然此刻的他可以用蹬跳的方式迅速垂降至岬底，但是想起在這種荒漠的岩壁間常會有響尾蛇蜷伏其中，他只好在微弱的燈光中一步一腳印的向下倒著走。

他大約花了二十分鐘才抵達底下的小沙灘，試了一下湖水尚有光照後的餘溫，便從那裡一古腦游到對面響尾蛇島的東岸，也就是史麥斯一行人曾帶他們涉水而出的那個東面洞口。從小沙灘到那個淹著湖水的洞穴，距離大約只有五、六百米，星野蛙泳了十分鐘便抵達洞口。

他站在洞穴外一塊突起的岩石上，想起阿哈努曾經和他在這裡討論過植物的問題，還被嫌棄是個只懂得種懶人植物的宅男。難道阿哈努當時那一番話和「不尋常的植物」有什麼關聯嗎？

星野在月光下環視著狂風岬的岩壁上、岬底的小沙灘上和水岸邊的各種植物，以他對樹木有限的知識看來，應該有槭樹、楓樹、杉樹、銀杏、旱地松……和一些他叫不出名字的針葉木。當他將視線停留在岬底與沙灘交接的岩壁時，腦中突然遲疑了好幾秒。

他發現在那片岩壁下方有一大片四、五米高的樹叢，上面長滿了出奇茂盛的巨大綠葉，每一片的直徑至少也有一米以上。

「那些是『大根乃拉草』嗎？」星野喃喃自語。

他記得前幾年到巴西和哥倫比亞旅行時，時常見到這種被當地人稱作Gunnera Manicata的南美洲亞馬遜流域特殊植物。星野聽當地的導遊介紹過，這種植物的葉子最大可以長到直徑三米以上，幾乎可以完全遮蔽一台小型客車，因此在叢林游擊戰時是非常有用的掩體遮蔽物。

歐肯納根湖怎麼會有亞馬遜流域的大根乃拉草？他知道這種巨型植物性喜光照、溫暖與潮濕的環境，但是抗寒性卻出奇的弱。這片北國沙漠綠洲是屬於乾燥的沙地，非常適合種植葡萄或蘋果之類的農作物，也因為在冬季時依然會結霜下雪，因此才能以特有的結霜葡萄釀出高甜度的加拿大冰酒。

那麼大根乃拉草這種不耐寒的熱帶雨林植物，又怎麼可能在這種溫差極大的氣候與環境下生存？而且還是野生在如此人煙稀少的小灘上？

星野縱身跳下了湖水，折回頭游向岬底的小沙灘。這片封閉式的沙灘不到五十米長，左右並沒有通往岬頂的步道或山路，從平整的細沙看來平常應該是杳無人煙。他朝著那一落看似大根乃拉草的樹叢走去，正準備撥開那些熱帶雨林的巨大綠葉時，觸摸在葉脈上的雙手忽然又抽了回來！

那些枝葉的觸感為什麼那麼奇怪？

他緩緩伸出手再度撫摸眼前那片直徑至少一米多的巨葉，頓時發現那完全沒有野生植物所該有的柔軟與冰涼感！原來那一大叢大根乃拉草的枝葉全都是假的，根本就是用塑料與鐵絲所壓模出來的那種人造植物！

難怪阿哈努要他留意不尋常的植物，他早在勘察響尾蛇島的那一天，就已經發現一水之隔的沙灘上，有這麼一落不該出現在沙漠綠洲的熱帶雨林植物！難道這裡面藏著液態透鏡浮屍案的破案關鍵？

星野確定如此巨大的偽裝物後方，肯定隱藏了什麼不為人知的物體，馬上撥開一片片仿真葉片鑽了進去。當他穿出大根乃拉草的人造樹叢後，後方竟然只是岬底凹凸不平的岩壁而已？他迅速點亮了戴在頭上的ＬＥＤ燈，在微弱的月光下從右到左掃描著。

突然，岩壁下方閃過一絲金屬的反光，他走上前蹲了下去仔細端詳著。那是一根黑色細管狀的物體，尾端有三片如水滴狀的黃色葉片，看起來類似飛鏢尾翼的導流片，而管狀的前端則有一圈銅環，前方栓著一支兩寸長的特殊箭頭，看起來就像是尖銳的黑色子彈頭，管狀中段還有一個金底紅字的標誌，上面印著大寫字體「DIABLO」。

難道，這就是比爾提及十八吋長的Diablo金屬箭矢？那支充填著琥珀膽鹼的特殊注射式箭矢！當他的頭燈順勢往前方岩壁探照時，他的雙唇驚訝地闔不上來。

他終於知道，那些大根乃拉草所要隱藏的是什麼了！

◇ ◇

七月十四日，溫哥華。

阿哈努將輕型飛機停在溫哥華國際機場的私人停機坪，一大清早便驅車載著美森前往那座三面環海的市區都心。他從市中心的金融區駛向位於東區的蓋斯鎮，穿過充滿街友與毒販聚集的喜士定街，才總算在片打東街後段將車子停了下來。他那台鮮紅色的法拉利停在古色古香的唐人街上，竟然有一種說不出的反差感。

這個被喻為是北美第二大的唐人街，並不如舊金山的華埠那般朝氣蓬勃、熱鬧繁榮，相形之下反而多了些悲愴的歷史感。在東區日益惡化的毒品、娼妓和治安問題影響下，許多居民與觀光客也對這座曾經風華一時的唐人街望而生畏，更為它披上了一縷「後唐人街時代」的落寞感。

「漢弗萊・瓊斯博物館」就位在這條老街上，它是一幢五層樓的舊式西洋透天厝所翻修的古蹟，從一樓到四樓分門別類展示了許多古董級物件，無論是當年「瓊斯木業」的各式水力鋸機，或是瓊斯老爺個人收藏與使用過的珍奇異寶，更有許多加拿大官方所頒發的勳章與獎章。

透天厝五樓的天台則被裝修成半開放空間，坐北朝南的祭天台設計得宛如充滿東方色彩的祠堂，不過卻穿插了好些維多利亞時期雕梁畫棟的古董家具，呈現出一種東方與西方撞擊下的衝突美學。單從室內裝潢看來，很難判斷瓊斯家族的祖先倒底來自亞洲的哪個國家，但是不乏端倪出許多華人特有的格局品味。

當他們才步入一樓的大廳，就已經有展館的服務人員認出阿哈努，還親切的上前招呼與接待，沒多久就領著他們進入展廳後場的走廊，停在其中一扇雙開的銅雕大門前。

那位服務人員打開了一道門縫，禮貌地朝著裡面說：「索西先生已經到了！」然後恭敬地請他們入內。

「尚恩，實在不好意思呀！百忙中還要勞煩你。」從阿哈努的語氣聽來，應該與對方早已熟識。

「哪的話！上一次見面是三年前的義賣晚會吧？聽說你後來到莫斯科接受太空遊客訓練，沒多久還從電視新聞得知你上了太空還破了密室謀殺案呀！老兄，你真不愧是我們兄弟會中最傑出的英雄呀！」

說話的是一位年約三、四十的男子，眉宇間帶著點義大利裔或歐亞混血兒的長相，聽他的語氣應該是阿哈努大學時代兄弟會的哥兒們。

阿哈努也隨即引見給一旁的美森：「這位就是漢弗萊・瓊斯老爺的第五代長孫尚恩・瓊斯，他是瓊斯木業的少東之一，目前也負責這間博物館追尋瓊斯家族起源的重要人物。」

尚恩伸出手熱忱地握了握美森，看到對方與自己都是帶著點歐亞混血兒的樣貌，也好奇地多看了美森兩眼。美森的心臟彷彿就快從喉嚨跳了出來，支支吾吾地什麼話也說不出來。這是他第一次與血緣相同的近親有如此近身的接觸，如果尚恩是大房伯父的長子，那麼依照輩分來稱呼——應該是他的大堂哥了！

「這位就是我在電話裡跟你提及的林先生，他目前正在撰寫一本關於北美各大唐人街歷史典故的書籍！當他聽聞我認識你這位百年前經營之神與慈善家的後代，迫不及待要我引介給他認識！」阿哈努顧左右而言他，壓根子沒有提到美森的真實身分。

尚恩戴著金邊眼鏡的臉龐霎時泛紅，有點不好意思地回答：「這哪有什麼好引介啦？我又不是什麼皇親國戚！你有任何關於唐人街歷史背景的疑問，直接打電話過來找我就可以了，我肯定會盡力為你解答！哪還需要勞煩兩位如此親自跑一趟！」

阿哈努的話鋒一轉：「那麼，你可以告訴他關於『那座門』的祕密嗎？就是十多年前你透露給我那個……很特別的家族任務。」

「這……」尚恩的表情突然僵住了。

美森也頓時愣住，這會兒更搞不清阿哈努帶他來見尚恩的真正目的。

「尚恩，那次的家族任務都過了十多年，當時許多小報早已道聽塗說胡亂報導過，就算真如小道消息所流傳的，瓊斯老爺曾經幹下那件事，經過一百多年也早過了法律追溯期，那些都無法改變他與這個家族後來在慈善事業上所奉獻的心力。」

阿哈努看尚恩的表情猶豫不決，又乘勝追擊地說：「為什麼不趁這次機會作一次官方文字說明？也算是導正外頭對瓊斯家族的風言風語，讓那段歷史回歸真實的定位。」

尚恩嘆了一口氣並沒有回答是與否，只是起身領著他們走出了辦公室，穿過長廊回到位於一樓的展廳，然後停在正中央的一方玻璃展示櫃前。他的雙眼凝視著裡面的幾樣展品，也就是美森平板電腦與筆記本上，所翻拍下的那張百年密文的原始古董帳簿。

「要說出那個秘密……就必須從這些帳簿的其中一頁紙頭說起。」

他揮了揮手支開杵在展廳的幾位服務人員與門衛，在展示櫃前來回踱步了兩回，才終於娓娓道來。

「這些帳簿是當年老太爺從底下洋會計的流水帳中，自我謄寫與複算的收支明細總表。二十年前，家族的成員在籌備這間博物館期間，仔細整理老太爺身後的遺物時，發現了帳簿內有些奇怪的文字，從沾水筆的墨跡顏色看來，應該與那冊帳簿的作帳時間點有所不同，因為它是寫在那個年度收支明細後的空白頁中。」

「剛開始，家族裡的長輩對那篇奇怪的文字並不以為意，但是那些字母與數字對於數學系的我來說充滿了無比的神秘感，甚至有一種衝動想得知文字底下隱藏的意義，也自認我這麼個精通數學的現代人，怎麼可能解不開老太爺當年的考古謎題？肯定能青出於藍更勝於藍吧！我和專攻程式設計的弟弟花了兩個月時間，在電腦上運用各種方式套用與演算，就在我們欣喜若狂解開謎題之後……卻又捲入一場家族抗爭。」

尚恩驚人的記憶力完全沒有思考，就順口唸出那幾句解密後的明文，也就是美森與阿哈努在平板電腦上先後讀過的那些文字。

「家族的長輩們反對我們到響尾蛇島挖掘真相，他們認為如此的陳年家醜要是風聲走漏後，肯定會影響如今的社會地位與聲望，甚至讓整個家族從此蒙羞！」

他緩緩踱步走到展廳主牆的一幅油畫前，欣賞著畫中身穿灰色西裝、手杵黑色手杖，端坐在維多利亞花布椅上的瓊斯老爺。眼神中甚至充滿著一種傲氣的使命感！

「我按兵不動了許多年，直到當年的長輩們都相繼去世，由我和弟弟及堂兄弟們接手當家後，方才光明正大帶著一組有考古專長的人員，前往響尾蛇島進行開挖任務！我告訴自己無論當初老太爺到底有沒有殺人，或是那具無名屍倒底是誰，我們都該厚葬死者讓他入土為安。畢竟，他曾經是老太爺最要好的童年玩伴，也是令他大半輩子良心愧疚的主因，他會寫下那一份告白的密文，或許就是希望有朝一日解開那道謎題的後人，能代他完成生前那個無法完成的願望。」

「你們真的挖到屍骨了？」美森問。

「整起任務並不如我預想的那麼容易，我們都輕忽了響尾蛇島底下四通八達有十多個洞穴！它們有些是在水平面之上、有些則是淹著水，還有些洞口根本就是在水底下！我們無法推算一百多年前的水位是如何，當初埋葬無名屍的洞穴是否就是水平上的那幾座？或是早已沒入湖中的幾個洞口？那些考古專家們只能憑著經驗分頭開挖。」

「最糟糕的是……我們沒有預料到那些陰暗潮濕的洞穴裡會有Miasma，也就是中國人稱之為瘴氣或瘴癘的有毒氣體，而且還是那種會造成視覺與精神錯亂的『鬼瘴[59]』！我們開挖的第一個星期就有幾位人員在洞穴內中了瘴毒，原本還以為只是單純的甲烷或二氧化碳沼氣，結果有些人重度昏迷、有些人胡言亂語將醫院搞得天翻地覆！我們甚至發現瘴氣有時也會在夜間從洞口溢出飄散到湖中，那種灰黑的霧氣飄浮在湖面上，讓幾位在岸邊紮營的工作人員也中了輕微的鬼瘴。」

阿哈努和美森對望了兩眼，眼神中帶著驚訝與疑惑。

看來他們同時聯想起賽埃利克斯族傳說中，那位闖入水島禁地瘋狂屠殺部落村民，而被天之人懲罰變成歐戈波戈的原住民男子。還有，那位突然性情大變炸坍礦坑的中國童工……難道，原住民口中的邪靈N'ha-A-Itk上身後，會令人喪心病狂、發狂作亂的「水中惡魔」，會是一種被稱為「鬼瘴」的瘴癘氣體？

「這個棘手的問題後來解決了吧？」

「當然，在那種烈日炎炎的沙漠綠洲氣候，每位考古專家只好在悶熱潮濕的洞穴內穿戴防毒面具與化工防護衣。還好皇天不負苦心人，我們一個星期後就在響尾蛇島東側離水岸最近的那個洞穴，挖到了那一具密文中提到的枯骨！從出土的清末粗布衣穿著打扮，以及骨齡與骨質密度的分析報告，死者當時大約是十五至十七歲的少年，死亡原因是左胸腔的刀傷，估計當時的傷口應該深及心臟，並且埋葬於洞穴內已經超過一百五十多年了。」

美森內心突然浮起一股矛盾的羞赧，他與尚恩同樣是解開密文的瓊斯家族後人，當他讀完那兩段破解的明文後，心中所浮起的只有無盡的憤怒與怨恨，從沒有在乎過那一具在洞穴裡埋了上百年的男孩屍骨。而眼前這位與他留著相同血源的男子，卻在得知密文所隱藏的祕密後，費盡千辛萬苦都想尋獲那具無名男屍。

難道，是他心中的那些怨念，淹沒了最原始的同理心與惻隱之心？

「你們查出那一具男屍的身分了嗎？他現在被瓊斯家族安葬在哪裡？」美森的眼神游移，語調聲線猶如膠著於喉間。

尚恩無奈地一笑：「怎麼可能？我們連自己老祖宗的真實身分都不知道，又怎麼可能會知道他的童年玩伴是誰？只知道老太爺當年是在蓋斯鎮街頭混飯的小廝，後來被一對好心的白人夫婦收留了，從此才改名換姓成為漢弗萊・瓊斯，而他的真實姓名根本無從查起，頂多從他私人發報機的電文存條中得知，他曾經發過電報給中國廣東沿海的一個小鎮，或許也曾經獨自一人回過那裡。我猜測，那個對他來說曾經朝思暮想的沿海故鄉，在改朝換代之後或許早已面目全非了吧……」

假如，漢弗萊・瓊斯真是阿哈努和美森所猜想的，那位在賽埃利克斯族傳說中炸死四、五十名礦工老鄉的中國童工，那麼歸鄉對他來說應該是一件痛苦的良心折磨，就算他能夠尋回自己的母親與弟妹，也不可能留下來面對那四、五十位同鄉的親人們。因為，只有他心知肚明，自己就是造成那些孤兒寡母家破人亡的殺。人。兇。手。

「你想知道那位無名少年被安葬在哪裡嗎？走走走，我和尚恩帶你去參觀！」阿哈努露出一種神祕的微笑。

美森愣了一下：「難道他被安置在這間博物館裡？」

尚恩和阿哈努同時搖了搖頭，不語。

他們帶著美森走出了漢弗萊・瓊斯博物館，一路往那條街的西向走了幾百米，才停在片打東街與西街的交界口。尚恩引領仰望著前方那一座五層樓高的巨大牌坊，陽光燦爛下佇立著四根雪白的水泥柱，上方還有三頂銘黃色的琉璃瓦屋簷，牌坊頂端鑲滿了五顏六色的中式徽紋、人形圖案與縷空的窗櫺，兩側柱墩下還端坐著一對白獅子。牌坊上深藍色的匾額中寫著四個大字——「繼往開來」。

美森當然知道那一座牌坊，另一面的匾額寫的則是——「千禧門」。

尚恩走到其中一根柱子的柱墩旁，宛若如意金箍棒的白色擎天柱頂端，裝飾著如祥雲飛舞的石雕，柱身上寫著一行赭紅色的書法字體：「匯聚菁英，多是故鄉人，如萬馬奔騰，承先啟後」。

「九〇年代，這裡曾經有一座『漢弗萊・瓊斯花園』與老太爺的鑄銅雕像，當時是為了紀念他大半生為工人團體與失學兒童爭取福利的慈善功績。我們曾經將那位無名少年的屍骨低調地安葬於此，期許這個與逝者故鄉有所連結的地點能帶給他歸屬感。」

「不過，自從響尾蛇島的任務走漏消息後，報章媒體對老太爺疑似百年前殺人兇手的臆測報導，造成有心人士的流言蜚語，甚至也發生過雕像被潑漆與搗毀的事件。二〇〇二年省政府決定在此建造這座千禧門地標，我們索性撤掉了老太爺的紀念花園與雕像，但是卻透過管道祕密保留住那位無名少年的安身之處……」

「他，就在這裡。」

尚恩指著柱墩上一塊八吋長寬的銅牌，上面用英文工整地刻著一行字。

真誠，悔悟，慈悲與寬恕（*Faith, Repentance, Mercy and Forgiveness*）——尚恩・瓊斯

美森盯著銅牌上尚恩題的那一行追悼文，每一個字都恍如千斤重的鐵塊，一次次狠狠敲在他的腦門上，彷彿那句悼念無名少年的文字，也像是冥冥中寫給他的話語。他仰望著在陽光下輝映著潔白光芒的巨大柱身，宛如一道無限延伸的天梯垂直地穿入雲霄。

那裡，應該可以眺望到少年那個回不去的故鄉吧！

星野垂直懸吊在半空中，雙腳使勁踩在一格格光滑的太陽能電池面板向上爬，剛起步時還不小心滑了好幾次，整個人也幾度尷尬地吊在外牆上掙扎。他用單手揮了揮汗往上看，竟覺得圓錐狀的水怪館外牆無限延伸，彷彿是一道刺進雲層的天梯。

他想不透，既然剛才都已經到過頂層的聚光太陽能發電室，將固定好的攀岩繩丟了下來，為什麼就不能直接待在上面，等待阿哈努口中那個「特別的景觀」？還要他回到外牆底下費力地往上攀爬至頂點？

這簡直就是在對他體力大考驗吧？

他步步為營才終於爬到大約二樓的高度，汗水不斷流進他的雙眼，卻還要一面爬一面仔細觀察前後左右，深怕錯過阿哈努要他尋找的物證。就在星野吃力地又往上爬了好幾步後，突然聞到一種若有似無的怪味，他還疑神疑鬼嗅了嗅自己的運動服與腋下，然後才放心繼續爬了兩、三米。

不過與此同時，他更確定自己的確聞到了一股惡臭，太陽能電池的外牆上還有一些奇怪的沾黏物，看起來就像液體和糊狀物向下流的漬跡。他順勢往上端詳，那道已經曬乾的沾黏物如水漬般隱約還有一種往上拖的痕跡，在光滑的光伏面板上清晰可見。星野內心掙扎了半晌，才終於將鼻子湊過去聞了聞，整個人卻頓時像貓似地彈了開！

他非常確定那些乾掉的沾黏物是……排泄物的氣味！

◇ ◇

星野的胃液翻滾泛起了一股嘔吐感，迅速三步當兩步瘋狂地往上爬，心中還不斷咒罵阿哈努所交付的這份差事！難道，那會是艾蓮被勒死之際失禁流出的排泄物？這一面太陽能電池外牆會是她死亡的第一現場？原來，那一天阿哈努天賦異稟的狗鼻子在外牆下所聞到的，根本就不是什麼無形的氣息，而是這種令他作嘔的瀕死遺臭。

他攀上水怪館頂層翻過外牆站在邊緣，雙手扶著如鳥籠頂交錯的鋼架，順勢將其中一根鋼柱上的攀岩繩卸了下來，然後踩著聚光碟外圍那道圓形的鐵欄杆，一個箭步跳了下來。

在這個四處無人的半開放空間內，他的心中依然有些毛骨悚然，眼睛餘光也不由自主地往鋼架上偷瞄，彷彿艾蓮那一雙垂軟的雙腳隨時會憑空浮現。

星野確定了一下手機上的時間，螢幕上顯示著九點零二分，也再次確認東西南北的方位後，便轉過身站在面向東北的方向，抬著頭靜靜杵在那裡，等待阿哈努要他查看的特別景觀。

時間一分一秒的過去，他再度看了一眼手機已是九點零八分了，也靈光乍現隨手開啟了手機上的錄影功能。太陽雖然早已出來了，可是這一間圓形的斗室內卻沒有直射的陽光撒進來，從他剛才攀爬上來的光照情況看來，狂風岬上的其他建築物也只有少數幾處是受光面。

正當他還想調整錄影畫面上的曝光指數時，陽光才終於從牆外爬上了鋼架邊緣，緩慢的在地面上投射出一襲金黃色的光影。星野抬著頭左顧右盼，卻沒有發現牆垣或鋼架外有任何出人意料的異象。

「到底有什麼地方……不同？」他的左手掌遮在眉上，睜大眼慌張地盯著日照的方向。

就在此時，他身旁傳出一陣巨大的聲響，差一點嚇得他魂不附體。

在昏暗中如鴕鳥般低首休眠的斯特林碟型系統，原本還面朝地板如一只倒吊鍋蓋，此時聚光碟竟然慢慢「抬起頭」來，揚起了佈滿太陽能電池的定日鏡碟身，中央機臂上的聚光鏡頭也高高地舉了起來，看起來宛如正在伸懶腰、打哈欠，隨之便緩緩從原本的休眠定位三百六十度旋轉了一圈，開始搜尋上方的日照光線來源，沒有多久就鎖定在接近東北向的光照方位，追蹤著太陽的方向緩慢移動著。

陽光穿過機臂聚光鏡頭的透鏡，泛著如ＬＥＤ燈的微光，光線被聚焦在碟身的集光區，開始收集濃縮的熱作用做為發電與能量儲存。當熱能量達到標定指數時，下方斯特林發動機的好幾具密閉式活塞立即被驅動了，並且開始上下壓縮帶動了許多個軸承與支架，連結在支架之後的齒輪也開始快速運轉著。

星野趴到地板上舉起手機繼續錄影，他透過機殼縫隙檢視著發動機內的運作情況。在那些快速運轉的繁複機件中，他突然發現機殼邊有幾道物體的反光，正呈現一種鞭狀不斷地旋轉著。

他心中狂喜……幾乎就快喊了出來！

◇　◇

七月十四日晚間，阿哈努駕著輕航機回到狂風岬，當然也將美森帶了回來，畢竟這個星期所發生的三起命案，或多或少都與他有些關聯。當他回到貴賓會館三〇二號房時，星野早已迫不及待將岬底沙灘與聚光太陽能發電室的發現，一五一十全都告訴了阿哈努，還將手機上拍攝到的照片與影片遞給他看。

「這麼說來，那些塑料的人造大根乃拉草後方，就藏著那一道隱形之門？」

星野興奮地點了點頭，順勢攤開了水之眼中控室的配置圖，指著「填充液循環過濾區」，然後手指頭一路往上滑：「隱形之門的確能將屍體快速截成兩段，而且刀鋒絕對會留下那種奇怪的弧形切痕！」

他走到書桌前打開了自己的筆電，指著螢幕上複雜的圖檔畫面：「我將所有的配置圖掃描到電腦中，然後用『OCR光學字元辨識』程式將圖檔二值化、髒點去除、傾斜校正、字元切割、字元還原……經過這些步驟，每張配置圖上所有的文字就轉化成電腦純文字了！」

「喔？這些OCR的步驟有什麼特殊意義嗎？」阿哈努問。

「當然！每一張配置圖上繁複的圖像文字與標示，都被截取為電腦文字後，我只需要在文件中輸入要搜尋的關鍵字，就能夠迅速找到圖紙上特定的隔間、設備、機組或零件的名稱與標號。」

「所以你輸入了……」

「SB108！」星野得意地笑了出來。

阿哈努用力拍了一下他的肩：「Good Thinking！」

「我原本只是想碰碰運氣，沒想到這組字碼竟然出現在其中一張配置圖中！」

星野將畫面切換到水怪館大堂的平面圖，大堂中央整齊排列了許多塊狀，上面分別寫了SB104、SB105、SB106、SB107、SB108……之後還跟著BD101、BD102、BD103……。每一個編號之後都有一組長寬高、體積重量以及最高承重。

阿哈努盯著圖紙上那一串施工標示：「SB108 – 200 X 220 X 70 cm / 120 kg (Max. 180 kg)……這些數據就是造成熙奇死亡的原因？」

「嗯！而且你看到圖紙上SB108下方還有一些手寫的字跡嗎？」

他靠近筆電螢幕，仔細端詳著那一小行英文字：「待修繕……2019/06/29！」後方還跟著一個潦草的縮寫簽名式。

阿哈努的腦中浮起這些天來收集到的所有線索，液態透鏡浮屍案、定日鏡懸屍案、化石骨骸噬人案，它們原本還像是漂浮於空中一片片散落的拼圖，此時卻因為星野的臨門一腳，全都按部就班在他的腦海組合出一幅真相。

不，是還原了那個巨大的鏈條！

他拿出口袋中的迷你平板，在螢幕上鍵入某個人的姓名，將那則訊息傳給了結盟部落的幾位長老，看來「伊努克休柯」代號鮭魚的狩獵任務，又有了新的追捕目標！

阿哈努將迷你平板頂在右手的五根指頭上，就像籃球高手似地用力一轉，平板就在他的食指上迅速旋轉著。他露出招牌的微笑藥師笑容，漫不經心地說：「Hoshino San，我想，我們已經破案了！」

與此同時，阿哈努的外套口袋響起了一陣急促的鈴聲，他一邊旋轉著迷你平板一邊接起了手機：「我是索西，哪位呀？」突然，他嚥了一口氣，馬上放下手中把玩的平板。

「Your Grace, Ma'am……是的……沒錯沒錯……我瞭解……」他向星野使了個眼色，然後走進自己的寢室輕聲細語。

從那些繁複的稱號與問安方式聽來，應該是阿哈努的頭號粉絲——加貝爾公主。星野只要一想到那位古靈精怪的英國皇室小公主，竟然會打電話給這位加拿大的原住民藥師，心中不禁會心一笑。曾幾何時推理探案的話題，竟然成了打破階級與種族藩籬的另類管道？

五分鐘後，阿哈努掛了電話走出寢室，嘴角早已快裂上了耳根，不過還是一派紳士非常優閒地喃了一句。

「看來，明天的解謎大會非常有看頭囉！」

第十三章　裝置藝術殺手

歐肯納根沙漠的奧索尤斯戰士雕像 / 提子墨 攝

七月十五日，水之眼觀測站。

玻璃屋頂上那片巨大的可變倍率液態透鏡，此時再度呈現著五顏六色的熱成像光譜，從湖底由下往上仰視的水中，充滿泛著橙光、紅光或藍光的各式生物，正優游穿梭於紅紫色光的水中與深藍光的礁石及枯木之間。

彷彿，湖水底下水之眼觀測站內凝結般的靜肅，與它們毫不相干。

今天出席的來賓沒有雍容華貴的仕紳名流，沒有杯觥交錯的高談闊論，反而全都出奇低調地圍坐成一個圈。在座位外圈則有阿哈努、星野、史麥斯警官、檢察官、總部的羅伯森警督，以及兩位皇家騎警。

那些正襟危坐在鐵管摺椅上的十六位人員，順時鐘方向看去分別有：寇利爾館長、館長夫人勞菈、卡加、拿美、特別助理迪亞娜、皮爾森教授、強納生、美森、比爾、晶晶、宛娜、黛維斯三姐妹的蘇菲與金妮、兩位觀測站的研究人員，就連強納生那位徐娘半老的情婦也列坐其中。

經過一個多星期以來的三起連環命案，與那則英國皇室的暗殺預告，昨晚阿哈努終於放下心中的大石好好睡了一覺。此時的他容光煥發，身穿著一套合身的銀灰色窄版西裝，正和檢察官、史麥斯警官與羅伯森警督交換意見。他的臉上始終保持著那種如孩子般的頑皮笑容，對幾位高階警務人員的好奇詢問，只是報以一種「待會等著看好戲」的迷人微笑。

星野則端著一台筆電坐在一旁，口中還三不五時對著螢幕竊竊私語。

阿哈努瞄了手機上的時鐘一眼，彷彿正在等待某個適當的時間點，也順勢回過頭詢問星野：

「你那邊的線路已經接通了嗎？」

「沒問題，畫面也以無線方式連結到電視牆了，隨時都可以刷上大螢幕！」星野回答。

阿哈努隨後又用食指輕壓了一下右耳，看起來應該是用耳朵上的無線耳麥在回話：「目標物已經抵達了？」耳麥另一頭是那位女性騎警的聲音：「是的，完全如索西先生所言！」

他得意地挑了一下右眉，迅速收起滿面春風的笑意跨了出去，走進那個被鐵管摺椅圍繞的大圈圈中。他將雙手背在身後緩步於圓心中踱了幾回，才定下心開口說：「首先，我要感謝各位的列位出席，你們當中有好幾位是死者的親朋好友，都希望警方能夠盡快查出真兇，還給三位受害者一個公道……」

黛維斯姊妹雙雙低頭拭淚，大姐蘇菲更是瞪眼環視著每一位出席者的面容，就像想看穿倒底誰是那位殺死艾蓮的變態殺手。強納生則彷彿雙眼脫焦似地望著阿哈努，視線甚至刻意避開了坐在斜對面的那位老情婦，他壓根子沒想到內心最底層的那種情慾私密，竟然即將要被剝開任人翻看！

宛娜已經多日沒和晶晶說話了，她或許仍認為要是晶晶沒有搧風點火，熙奇就不會為她鋌而走險丟了小命。而晶晶所擔心的卻是阿哈努破解案情時，是否會提及他們三人之間那種角色扮演的性愛關係，她可不希望好不容易在國際間打響知名度的「晶晶希奇古怪探險隊」，會因為這次的事件蒙上一層有色的陰影。

阿哈努大略說明了三起命案的發生日期與陳屍地點，隨之話鋒一轉：「這三起命案的最終暗殺預告，全都指向一個目標！那就是——」他的大手一揮，指著原本全是監視畫面的那片電視牆。

星野刷了一下筆電的觸控螢幕後，電腦上的視訊畫面隨即跳上了大螢幕。

「——沃斯特公爵霍華德王子殿下！」

在許多人還來不及反應時，幾位高階警務人員早已微彎著腰，朝著電視牆恭敬地喊著：

「Your Royal Highness! Your Grace……」

兩層樓高的電視牆上跳出一方巨大的視訊畫面，影像中央端坐著西裝畢挺的霍華德王子，他身旁兩側則優雅地坐著兩位女兒。黛芬妮公主身著一襲連身的蘋果綠裙裝，腰上還繫著一條白色的漆皮腰帶；加貝爾公主則穿著一件酒紅色的短外套，搭配著合身的馬褲與短靴。

他們應該是在酒店的總統套房內視訊，三人的席下是一套新古典主義的白木框沙發，跟前還搭配著一頂藍色絲絨面的桌几，後方則是綴滿金色流蘇的橄欖綠窗簾布，朦朧的珍珠紗簾外隱約透著遠處峰峰相連的山脈。

那種渾然天成的氣質與景致，將那方視訊畫面襯得猶如一幅典雅的皇室肖像畫。霍華德王子依然是一副氣宇軒昂的翩翩風采，他微笑地點了點頭示意大家坐下。

「說真的，要不是加貝爾公主多次央求，我還不知道可以如此遠端旁聽索西先生的解謎大會！敝人與英國皇室的成員們之所以會關注此次的三起連環命案，僅是希望能釐清作案者為什麼會將暗殺矛頭指向我？更不希望三位被害者是因為我個人的某些作為，而成為無辜的代罪羔羊。在此要先感謝索西先生、星野先生與加拿大皇家騎警們，這一個星期以來全力以赴的辦案精神……」

一旁的加貝爾公主撒嬌似地搖了搖父親的手腕，看來應該是在提醒他——今天並不是王子殿下的主場。

「好了好了，那麼我就將接下來的時間交還給索西先生！」霍華德王子非常紳士的將手掌比向水之眼的視訊畫面。

阿哈努朝著電視牆微欠了身子致意後，便若有所思走回圈子內的圓心：「我們今天之所以會邀請諸位到場，是因為各位都是與這三起命案有所牽連的關係人，當然我並非意指各位有所嫌疑！我既然要講解這些接踵而至的連環命案，那麼就得先從最關鍵的『液態透鏡浮屍案』說起……」

正當阿哈努還在說明時，席間突然傳來幾位女子的尖叫聲，蘇菲、金妮與晶晶全都摀著嘴，手指頭顫抖地指著上方的玻璃頂！

因為「可變倍率液態透鏡」的角落，竟然又緩緩漂出兩截不明物體，在熱成像的顯影下還泛著陰森的青光！那些曾在酒會中目睹過洛根浮屍的人，再度陷入那種噩夢重臨的心驚膽顫。

「又有人被謀殺了！」金妮歇斯底里地喊著，整個人差一點從摺椅上跌了下來。

阿哈努仰頭凝視著那兩截青色的物體，臉上並沒有任何驚恐，反而冷靜地朝著場邊的一位觀測站研究人員揮了揮手，液態透鏡內層的熱成像功能才頓時關閉，五顏六色的光譜轉為正常色彩的湖底水景，原本還瞠目結舌的出席者，也隨之安靜了下來。

原來順著水流漂浮於液態透鏡中的，只是一頭被斬成兩段的中型豬隻。

阿哈努對著無線耳麥說了幾句話，沒多久只見兩位穿著乾式潛水服的男女，從相同的角落悠然地游了出來，然後將那兩截豬隻軀體緩緩拖回了角落。十多分鐘後，那兩位身穿潛水服的男女和另兩位皇家騎警，已將那兩截豬體抬到觀測站內，並且攤放於摺椅圈圍的正中央。

「實在不好意思，讓大家如此受驚了！我們剛才只是在做一項實體測試，看看那道隱形之門是否會造成我所推測的情況！」阿哈努道。

「隱形之門是什麼？」洛根的兒子比爾不解地問道。

阿哈努似笑非笑地回答：「就是將死者遺體支解的器具！當然，這個器具並非造成洛根死亡的真正原因，我想這一點比爾應該比我們更早就猜到了？那也是你當初刻意隱瞞案情的癥結吧？我瞭解，為了保住情人的聲譽與飯碗……」

比爾雙眉下垂，撇過了頭將視線停留在地板上。

「真正的死因，是被注射了一種叫做『琥珀膽鹼』的去極化肌肉鬆弛劑，沒錯吧？這種透明液體能在幾秒內讓被注射者產生肌肉鬆弛作用，迅速導致呼吸肌肉完全麻痺，也就是說讓對方無法自主呼吸，而瞬間窒息而死。那也就是為什麼洛根的死因雖然是窒息，但是頸部皮膚卻沒有指紋或瘀青，肌肉組織也沒有深層傷痕。因為，他根本就是從『體內』被掐死的！」

「琥珀膽鹼對心血管系統有可能造成心動過緩與心跳驟停，因此在正常的醫療過程中，如果沒有呼吸輔助器之類的措施，這種肌肉鬆弛劑根本不被允許注射。但是，你卻透過女友在醫院的管道而取得！全是因為你與洛根追捕ＵＭＡ時，為了確保珍貴生物能賣到好價錢，才使用十字弓弩及充填著琥珀膽鹼的特殊注射式箭頭來狩獵！」

一旁的星野突然想到什麼，順勢從背包取出了那根黑色的十八吋Diablo金屬箭矢，將它交給了史麥斯警官。這突如其來之舉，讓史麥斯在羅伯森警督面前著實汗顏，畢竟這麼多天以來，他的人馬竟然沒在小沙灘上找到如此重要的證物，反而是被星野這個局外人所尋獲！

「難不成是他殺了自己的父親，再將一切嫁禍於外人？還將水之眼搞得烏煙瘴氣！這些ＵＭＡ賞金獵人根本就不值得信任！」皮爾森教授的表情非常不屑，看來他早已被那起浮屍案搞得焦頭爛額、忍無可忍，外界對水之眼的報導完全失焦，也讓他這些年來的研發與建構全被負面化。

比爾紅著眼狠狠地盯著他：「我沒有！我才不是殺死我爸的兇手！」語畢還猛力搥著自己的大腿。

阿哈努走到了比爾跟前，表情凝重地端詳著他，卻偏著頭不經意地詢問坐在他左手邊的那個人：「根據我手邊收集到的資料，你有鐵人三項的參賽證書和抱石Ｖ14級的證書？這麼說來你對游泳、短跑和自行車應該都駕輕就熟吧！更別說是『抱石[60]』那種藝高人膽大的極限運動，我看你攀岩時應該不太需要什麼器材吧？」

那個人不動聲色，沒有承認也沒有否認。

「美森呀！讓我來猜猜七月六日那天晚上到底發生了什麼事，如果有任何錯誤你可以隨時指正！」阿哈努緩緩將身子移到美森跟前。

「那一天晚上九點到十點之間，你從貴賓會館溜了出來，就在岬邊有旱地松的那一面岩壁一路往下攀岩下去。以你熟悉抱石運動的攀跳技巧，在日間應該可以一路直達岬底的沙灘，可是入夜後視線不佳的情況下，你還是使用了攀繩與岩楔，因此其中那棵往外傾斜的旱地松，應該就是你當時攀繩的固定點吧？直到攀爬一小段後才另用岩楔又安裝了幾個臨時固定點。」

阿哈努舉起手中的一個拉鏈袋，裡面裝著星野採集回來的幾枚岩楔：「你也知道的啦！只要將這幾枚小東東交給警方，很快就可以查出上面有誰的指紋與手汗喔！」

「你費盡千辛萬苦終於以維吉尼亞密碼，演算出漢弗萊・瓊斯的部分古董密文，當你破解了那句『真相埋藏於響尾蛇島之下』的標題後，先入為主認為響尾蛇島肯定埋藏著瓊斯老爺的寶藏。因此，你或許想盡辦法爭取到陪同『晶晶稀奇古怪探險隊』採訪水怪館的機會，另一方面卻是意圖探勘響尾蛇島的寶藏所在。」

寇利爾館長嗤了一聲：「響尾蛇島上哪有什麼寶藏！」

「會不會是賽埃利克斯族傳說中的那批寶藏？」幾位不知情的男女也交頭接耳著。

「大家請稍安勿躁！經過瓊斯家族的考察與確認，在島上某個洞穴中所埋葬的只是百年前先人的遺骨，請各位不要再以訛傳訛下去了！」阿哈努的思緒突然被打斷，表情顯得有些不耐煩。

「不過，美森對於瓊斯家族所進行過的調查並不知情，一味地認為自己掌握到天大的祕密。那一晚，你從狂風岬攀下岬底的小沙灘，游到了響尾蛇島的東岸，進入你覺得最可能是藏寶地點的洞穴勘查。非常不巧的是，那座洞穴在小島的西岸也有出口，另一頭的比爾發覺洞內傳出詭異的回音與光線，沒多久就由洛根帶著那把Excalibur Matrix 380十字弓入內查看。」

「現在，就讓我大膽假設後續到底發生了什麼情況！你在洞穴內發現有其他人進入時，肯定是關上了手電筒躲在岩石後，不過依然被洛根靈敏的獵人直覺給察覺到，你索性從岩石後撲了出來，將他推倒在地上兩個人一陣扭打，也就是警方發現十字弓與磁控潛水手電筒的位置。你在手忙腳亂之下抓到了十字弓上的Diablo金屬箭矢，下意識地往他背上戳了下去，而造成洛根肩胛骨處的那個圓形小傷口。」

美森的嘴唇微微顫抖，十指緊緊地糾纏著：「我根本沒有要殺他的意圖……一切都是出於自衛！當我一個人在黑暗的洞穴中，眼前突然出現一位彪形大漢，手中還握著那把巨大的十字弓……我下意識當然要自衛！」

「你萬萬沒有料到，那根充填著琥珀膽鹼的箭矢，就算只是輕輕扎在皮下層，也能在幾秒鐘內造成對方的呼吸肌肉完全麻痺，在無法自主呼吸下瞬間窒息而死！」

「我完全不知道那一支箭矢中會有那種致命的藥物！還以為他只是被我拳打腳踢後痛苦地掙扎著……並且暈了過去。假如……我當時沒有反抗……那一支箭不就是射在我的身上了！」美森的眼中同時充滿著悲傷與憤怒。

阿哈努轉過身走回那個圈的圓心，繼續道：「我相信你當時完全沒察覺到他早已窒息而死，才會在慌亂中傻楞楞地將他揹到小島東岸的洞口，或許就像救生員那樣勾著他游回岬底的小沙灘上。為什麼？因為你壓根子不希望在洞穴內所發生的打鬥，會在對方昏迷清醒後報警而引起眾人矚目，打亂了你在水島洞穴內的尋寶計畫，因此你必須將他移出那一座你認為有寶藏的響尾蛇島！然而，你卻忽略了在西岸的另一個洞口外，他的兒子比爾早已聽到無線電傳來的呼叫與打鬥造成的雜音……」

「你還算有顧慮到洛根的安危，並沒有將他丟在湖岸邊任由潮水捲走，而是在漆黑中將他安置在大根乃拉草樹叢後的岩壁，那根箭矢也是你匆忙拔下後丟在一旁，然後就順著來時路攀爬回岬頂。你自始至終都以為他只是昏厥過去，醒來後可能早已離開了岬底小灘。甚至直至這個解謎大會之前，你或許從未想到液態透鏡中的那兩截浮屍，就是那一晚在黑暗洞穴內所見過的彪形大漢。」

「你這個兇手！原來在洞穴內裝神弄鬼的人，就是你！」

一旁的比爾站了起來，使勁一踢就將美森的座椅給踹了開，還旋即坐在他身上賞了他好幾拳。直到幾位騎警衝向前，才將他拉到圈外上了手銬限制住他的行動。

電視牆的視訊畫面傳來一陣清脆的問話聲：「我不明白，既然洛根是被棄置在大根乃拉草樹叢裡，為什麼最後會出現在液態透鏡中？」加貝爾公主歪著頭、抿著嘴。

「首先，大根乃拉草生長在亞馬遜熱帶雨林，非常難存活於這種夏季燥熱、冬季雪封的北國沙漠綠洲，因此小沙灘上的那些大根乃拉草全是特殊的人造塑料植物，其原意是用於遮擋岩壁下那座長寬約五米的『暖通空調』風口，並且以葉片過濾掉雜物灌入巨大的風洞內。」

加貝爾公主愣了一下：「暖通空調？」

阿哈努畢恭畢敬地回答：「ＨＶＡＣ也就是暖氣、通風與空氣調節的系統！這一座水之眼位於歐肯納根湖最深的水域，從水面到湖底大約有兩百四十二米那麼深，如此密封於水底的觀測站在暖氣、通風與空氣調節上，全需要仰賴這種暖通空調系統供應冷暖氣，以及與戶外的空氣交換對流。因此，為了因應如此龐大的密封空間，它的四座人造氣流管道，完全採用空氣動力學和風工程使用的『風洞[61]』技術，最高風速甚至可達時速1200公里。」

「我想……我已經猜到浮屍的形成了！」加貝爾公主冰雪聰明地一笑，轉過頭向霍華德王子俏皮地擠了擠眼。

阿哈努看著視訊畫面，心領神會地一笑：「寇利爾館長提到，七月七日啟用酒會開始前，曾派遣工程人員調整空氣對流系統，因為當晚這座密閉空間將會湧入上百人，才將空氣對流調節到最高。」

「我為了證實自己推斷的理論無誤，剛才特地請皇家騎警們將一頭重量與洛根相當的豬體，放置在岬底那片大根乃拉草樹叢後的風洞口，並且請工程人員開啟液態透鏡的熱成像功能，空氣對流的功率也調整到與酒會時相同。當晚六點左右，空氣對流的功率被調至最高，而我也確定洛根的浮屍漂進液態透鏡時是六點二十分，那麼在完全相同的環境因素下，短短的二十分鐘內是否也會發生相同的情況呢？我相信大家剛才都看到了結果！」

「可是……這隻豬是被誰切成兩段的？而且身上還遍體麟傷全是弧形的刀痕？」金妮表情嫌棄地捣著鼻，用眼角瞄著那兩截豬體。

「你們或許並沒有如此近距離目睹洛根的遺體，驗屍報告顯示他身上當時也充滿了這種弧形切口與凌亂的刀痕！黛維斯女士要不要猜猜看，是哪一種刀具才能砍出這種弧形的切面？」

金妮轉了轉細小的眼珠子：「會不會是死神用的那種大鐮刀？像月牙似的一種彎刀！」

阿哈努禮貌性地微笑著，隨之又搖了搖頭：「鐮刀的刀身雖然是弧形，可是鋒面並不會砍出弧形的切面與刀痕。況且，除非是將物體懸在半空中，鐮刀才能夠一刀斬到底截斷物體，假設物體是平躺在地面上，鐮刀就無法直上直下劈落，因為月牙形的刀尖會先觸地，讓刀刃部分無法直接觸及地面，也就無法截斷物體。」

「那……到底是被什麼樣的刀具分屍的？」金妮顯然不是很想再動腦筋了。

阿哈努舉起手中的迷你平板，上面全是某種類似五葉草形狀的物體，不過葉瓣又更窄長些，而且每一瓣都非常規則的向上或向下鼓起。他緩緩划著一張張的照片，從剖面圖、立面圖到3D透視圖。

「飛機的螺旋槳嗎？」有人納悶地問。

「嗯……基本上類似吧！這是剛才工程人員傳給我的資料圖檔，它們就是水之眼觀測站內，四個風洞管道中所配置的巨型排風扇，整組風扇的直徑至少都有五米，也就是說扣除掉軸承，單是葉片至少也有兩米長，而且是呈現一種如湯匙般鼓起的形狀。這四座分別位於水之眼四個方向的排風扇各司其職，有兩座是將空氣排放至水平面上，另兩座則是導入陸地上的新鮮空氣，以達到觀測站內的空氣對流與循環。大根乃拉草樹叢後的風口，剛好是屬於後者。」

他展開手中那份水之眼內部管線的分布配置圖，指著立面圖中的一塊區域：「當晚，水之眼的暖通空調被開啟到最高功率後，原本被安置於岩壁風洞前的洛根，在強力風速灌入洞口時開始一寸寸滾動位移，沒多久就被捲入垂直的管道內，彷彿墜入水上樂園滑水道的落體，在重力加速度的墜落中，打在管道深處的巨型風扇葉片上。雖然旋轉中的葉片並不足以將身高一米九、體重一百多公斤的洛根絞爛或打碎，卻能在瞬間將他的遺體截成幾段，並且被轉動中的葉片攪得渾身是刀痕。」

「因此，屍體的上半身才會出現這種弧形的截斷面，而刀面在胸前的切入口，與背部的切出口不在對應位置，全是因為如湯匙狀的側鋒處是弧形，葉片砍入肉身後還會隨著刀面鼓起處往上剮，才會出現這種被剮成兩段的屍體。」阿哈努蹲了下來，指著兩截豬體上的截斷面。

隨之，又將另一張中控室的平面配置圖鋪在地上，還很隨興地盤腿坐了下來：「從上方順著山岬垂直向下的管道，在進入水之眼後會轉折為九十度的水平管道，連結至室內暖通空調的所有支管道。當那兩截被斬斷的屍體，順著垂直管道繼續往下墜落，便落進水平管道的第一個出風口，也就是中控室的──填充液循環過濾區！掉進過濾器左端的出水孔道。當過濾完成的填充液緩緩導入液態透鏡上層水槽時，洛根的遺體也就成為酒會中泛著青光的浮屍。」

「依你所言，如果美森真的不是那位連環殺手，那麼我妹妹是被誰殺害的？那位台灣來的男子又是被誰殺的？這些人當中怎麼可能沒有裝置藝術殺手？尤其是『他』真的沒有嫌疑嗎！」蘇菲的嗓音悲憤沙啞，食指卻有力地直指強納生。

強納生低聲怒吼著：「我沒有殺死艾蓮！我再傻再笨也不會去殺她！」

「你這個變態的小狼狗！這麼些年來隱瞞著那一段見不得人的婚外情！要不是徵信社調查出你的真面目，我二姐也不會患上憂鬱症，還得靠鎮定藥物才能入眠！肯定是你和那位老祖母情婦聯手殺了艾蓮！」潑辣的金妮完全不顧情面，連那位老婦人的份也一起罵進去。

老婦突然起身，衝到了幾位騎警的跟前：「你們……就當……是我殺死艾蓮小姐吧！我是殺人兇手！我就是那個罪該萬死的殺人犯，求求你們把我帶走……快呀……快呀……」她跪了下來放聲哭泣著。

阿哈努用右手指揉了揉太陽穴，閉上眼睛放慢了說話速度：「我該如何形容這三起命案呢？它們完全有關聯性，卻又完全沒有相通點，就像是……就像是三部毫不相干的電影片段，卻被靈巧的剪輯師編成了一段精彩的周末強片預告！」

——周末強片預告？形容得還真是無厘頭的貼切！星野一面在心中嘀咕著，一面將腳邊那塊有框的玻璃道具和一支粉筆遞給了阿哈努。

「我在此簡單轉述強納生說明的案發前情況——七月十日清晨八點半左右，強納生接到艾蓮的來電，她在電話中大發雷霆破口大罵後，突然瘋狂地尖叫著，隨之傳來一陣玻璃碎掉的聲音！房務部的母女用緊急卡片打開房門時，陽台玻璃門的窗簾和紗簾被風吹得翻飛，陽台上滿是玻璃碎片，感覺上像是被人打破玻璃強行入侵過……」

阿哈努將那面玻璃框立在地面上，在玻璃框分隔的左邊地面上，用粉筆寫上了「房間」，右邊地面上則寫著「陽台」，旁邊還畫著一個標示著「綁匪」的小人。他站在右邊的地面拿起了一塊石頭，用力往玻璃上敲擊下去，只見玻璃應聲破裂，碎片紛飛全落在左邊的地面上。

「我相信這種基本常識應該不需要解釋了吧！當我聽到『陽台上滿是玻璃碎片』這句話時，就已經確定根本沒有所謂的綁匪。如果有入侵者從陽台上敲碎了玻璃，打開玻璃門上的門栓強行進入，那麼玻璃碎片是飛濺到房間內的地毯上，就算有些許碎片彈到陽台上，也不可能是滿地碎片！那麼這代表了什麼呢？」

「玻璃門根本就是被房間內的人由內往外擊碎的，因此碎片才會散滿陽台上。假設殺害艾蓮的兇手是強納生，他本來就有房門的鑰匙，完全沒有必要從陽台入侵。當然，打碎這片玻璃的人非常清楚警方會注意到這一點，就是要兜一個圈讓我們更確定——兇手是房間內的人，還在綁走死者後故佈疑陣，製造出被入侵挾持的假象。如此兜兜轉轉，頭號嫌疑犯的矛頭又回到了死者丈夫身上！」

蘇菲暴怒地喊了出來：「兇手當然就是他！還有誰會故意做出那些誤導？要不然就是那個不要臉的老女人！你們這對狗男女就是聯手謀財害命的兇手！」

阿哈努轉頭望著蘇菲，緩緩將食指放在嘴唇上：「我們先來講解吊死艾蓮的作案方式吧！當然種種可疑的證物或跡象依然與強納生脫不了關係，從海釣用的鋼線或攀岩用的鏈結凸輪……全都與強納生所涉獵的海釣、攀岩與遊艇有關，又再一次將謀殺艾蓮的目標直指他，甚至更以詭異的懸屍方式企圖將之與浮屍案連結在一起，讓警方誤判兩起命案有所關聯，甚至兇手都是同一人！」

迪亞娜表情疑惑：「就算浮屍案的兇手不是強納生，也不能排除他沒有犯下懸屍案吧，不是嗎？」

視訊畫面上的加貝爾公主也接話：「不，時間上根本不合邏輯！警方公布的新聞稿指出，強納生清晨八點半接到艾蓮的電話，在手機中聽到她的尖叫聲後，花了三十分鐘才攀岩回狂風岬，也就是說大約是九點多才抵達貴賓會館，這個時間點櫃檯或房務部人員應該也能作證吧？可是法醫的驗屍報告不是提到，死者的死亡時間也是清晨九點左右嗎？那麼他又怎麼可能有多餘的時間帶走艾蓮，並且將她吊死在聚光太陽能發電室？除非，強納生從頭到尾都在說謊，根本就沒離開過狂風岬！」

史麥斯翻閱著手中的筆記本，畢恭畢敬地朝著電視牆說明：「報告公主殿下，我們已經調閱過強納生手機的通聯記錄，他的確是在八點三十二分接到艾蓮小姐的來電，通話時間約為六分鐘。在八點四十二分左右，他也撥出一通電話到貴賓會館的櫃台，通話時間不到一分鐘。根據電信業者給我們的數據，傳輸這兩通電話的電信塔台，是位於歐肯納根湖對岸的蜜桃地塔台，並不是岬頂上的高海拔電信塔台。警方才因此確認，強納生在九點之前並不在狂風岬上。」

「你們……到底是誰殺了我妹妹！為什麼沒有人敢承認！」蘇菲掩面啜泣。

阿哈努走到蘇菲和金妮面前，出其不意遞上了兩條不到一米長的繩索：「兩位黛維斯小姐，能否麻煩妳們在上面打一個稱人結和三套結？」

她們倆雖然滿臉狐疑，不過還是擦了擦眼淚，很俐落地纏繞著繩索，分別打出了那兩種結繩法，又將繩索交還給阿哈努。

阿哈努端倪著那兩條繩索：「這兩種結繩的技巧，是妳們在女童軍服務的那七、八年學的吧？羅馬天主教會的蘭姐女童軍嗎？」

「是呀，不過這麼基本的結繩法，難道不是大家都會的嗎？」金妮的表情有點不以為然。

「那可不一定喔，很多人還只會打蝴蝶結、活結或死結吧？」阿哈努環視了一圈，現場大多數的出席者都頻頻點頭。

蘇菲有點不悅地說：「你這話是什麼意思？難不成我們懂得童軍繩的結繩法，就和艾蓮的命案有所牽連？」

「警方一直沒有向新聞媒體公布過多的命案細節，畢竟懸屍案的所有疑點全都明顯指向強納生，如果在未明確破案之前就公布那些疑點，等於是提早讓輿論對他施以公評，可能還會造成無法預期的悲劇。因此，無論是海釣用的鋼線、攀岩用的鏈結凸輪，以及死者頸上勒的稱人結與腕上打的三套結，外界全然不知情。畢竟，每位聽者得知作案兇器是那些使用於海釣、攀岩或船艇的器具，肯定推斷兇手會駕船、喜海釣又擅攀岩，如此馬上就將強納生對號入座了！」

「我們剛開始也認為那種牛仔用的圈繩或水上拋繩救人的『稱人結』，乃至固定船艇垂直受力桅桿的『三套結』，肯定是船東、攀岩手、漁夫或牛仔所擅長的結繩法！卻完全忽略了許多童子軍與女童軍也學習過更多的結繩法！」

「你這個什麼鬼藥師神探，壓根子就認為是蘇菲或我殺了艾蓮嘛！」金妮忿忿不平跳了起來，雙眼直勾勾地瞪著阿哈努。

直到史麥斯警官咳了幾聲，挑著眉瞟了瞟電視牆上的視訊，刁蠻的金妮才意識到自己在皇室成員面前失態了，便心不甘情不願地坐了下來。

「不，我的意思是，我和警方差一點忘記……死者也會打這些稱人結和三套結！」

現場所有出席者霎時全都睜大了眼睛，鴉雀無聲。

阿哈努舉起了另一只拉鏈袋，裡面裝著些許不知名的物體：「這是星野先生在水怪館東北面外牆所發現的沾黏物，我們已經委請ＩＨＩＴ的科學鑑識小組上去採樣，那些由下往上拖曳的沾黏物與水漬經過化驗與比對後，就可確認是否與艾蓮體內的排泄物及尿液相符。」

「那麼就讓我再作一個大膽假設吧！誠如兩位黛維斯小姐所提及的，艾蓮早已透過徵信社調查出強納生長久以來的劈腿行徑，最讓那位自視甚高的千金小姐自尊受傷的是，丈夫婚外情的對象居然是一位比她年長更多的老婦人！艾蓮或許曾經以為她與強納生之間浪漫的姐弟戀是真愛，是她自身散發的成熟風韻吸引了他，因此就算在他身上揮金如土也在所不惜。直到最後，她才發現強納生根本只是一介戀母情結的螞蟥，將她看作是帶給他名與利的母性形象，在外卻依然與已屆祖母年齡的年少老相好有染……」

強納生摀著雙耳，面目猙獰地猛搖著頭：「住口！你住口！你們完全不明瞭我的內心世界，根本沒有資格批評我！」

「那麼你又多了解艾蓮的內心？我當然無法理解你內心對母性形象的愛恨情慾，但是任何形態的婚外情依然是背叛！她心中怎麼可能沒有恨與怨？你認為精明如她，會不知道你每次出航海釣時藏在艙底的女子？她佈下的眼線會不知道這一次的旅程中，那位女子也在艙底隨行？我相信她會停止服用安眠藥助眠，就是不希望為你製造任何暗渡陳倉的機會，但是你卻渾然不知，直到她引以為傲的自尊被你搗碎了，內心的妒火、羞辱與絕望，更從叫囂謾罵轉化為義無反顧的報復！」

「她或許早猜到你還是會回艾蓮二號與老情人私會，只不過並不確定會是哪一天，然而萬念俱灰的她早已一步步進行著復仇行動，尤其是浮屍案正鬧得沸沸揚揚之際。七月九日下午兩點三十分，她假借下了一整天雨悶得發慌，想登上水怪館吹吹風看風景為由，向迪亞娜申請進入頂層。我相信以黛維斯姐妹的身分地位，水怪館的員工沒人膽敢回絕她吧？」

阿哈努刷了一下迷你平板，螢幕上跳出一段監視器畫面：「這是當天聚光太陽能發電室門口的監視器錄影，這位身穿藍色防水風衣，拎著手提包的就是艾蓮……另外這一段則是二十多分鐘後離開的畫面！」

「為什麼艾蓮會挑在雨天登上頂層吹風看風景？」他環視著每一位出席者，大多數的人都一臉茫然。

「因為，唯有在雨天或夜晚，也就是沒有陽光的時段，斯特林碟型系統才會進入完全靜止的休眠狀態！她才能將三條海釣用鋼線的一端，全綁在斯特林發動機的齒輪軸承上，再爬上周圍的鐵欄杆，把三條鋼線的另一端『從鋼柱外往內穿進洞眼』，這三根鋼柱分別為——朝北的十二點鐘方向、偏東北的一點鐘方向，與偏西北的十一點鐘方向。

「最後，在每一條鋼線末端約五十公分處，分別綁上一只鏈結凸輪，將它們依次全拋往『十二點鐘與一點鐘』那兩根鋼柱之間的牆外。如此的動作不消十五分鐘即可以完成！那幾天水怪館仍處於全面休館狀態，她可能也確定過騎警巡邏的時間點，推算出這些鋼線直到次日清晨十點半都不會被發現，就算三條鋼線垂落在外牆，也很難在雨絲中或夜間被肉眼看穿。」

館長夫人勞菈可能已經聽得暈頭轉向了，納悶地問：「為什麼要將鋼線和鏈結凸輪，丟到十二點鐘與一點鐘之間的牆外？」

「從鋼柱外將線頭往內穿進洞眼，以及把三條鋼線全都往十二點鐘與一點鐘鋼柱之間的牆外丟出……說實在，這還真需要些童子軍野營時吊鍋爐上架的實務經驗！簡單地說，只有如此穿針引線，才能將牆外的物體懸吊至鋼架內，鋼線就不會卡在任何一根鋼柱上，而且看起來就像是在聚光太陽能發電室的鋼架內被懸上去的！」

「你認為艾蓮是在牆外被鋼線勒死後，才被懸進鋼架之中？」迪亞娜問。

阿哈努一副毋庸置疑的神情，更進一步地解說：「七月十日清晨八點半，艾蓮醒來後發現強納生又偷溜出去了，馬上撥了他的手機興師問罪，並且在電話中與他大吵大鬧。她的內心妒火中燒，更堅定要讓那男人後悔一輩子！當她掀開窗簾確定外頭是『大晴天』時，或許就順手拎起了燈座或其他重物，往玻璃門上用力敲了下去，一邊尖叫一邊將檯燈、茶几或私人物品打亂，並且掛上電話。八點三十八分，裸身的她順手套上了絲質睡衣，就衝出房間帶上了房門，從逃生梯跑出了貴賓會館。」

「黛維斯三姐妹是水怪館的贊助廠商之一，這幾年來肯定也陪同親朋好友參觀過聚光太陽能發電室無數次，對於導覽人員解說的斯特林碟型系統應該耳熟能詳。她當然瞭解聚光碟在雨天與夜晚會歸定位休眠，更清楚在清晨九點左右，陽光撒進水怪館頂層後，定日鏡的追蹤裝置才會感應到光線，開始進行追蹤日光、聚光、集光與收集熱作用能源，進而啟動斯特林發動機進行發電與能量儲存！」

「艾蓮穿過廣場，鑽進水怪館東北向外牆下的矮叢後，也就是藏匿那三根鋼線與鏈結凸輪的落點。她將十二點鐘鋼柱的那條鋼線用稱人結打成了一個圈狀，套在自己的脖子上，再將另外兩條鋼線用三套結打成圈狀，套在雙手的手腕上。就那麼坐在外牆底下，等待陽光爬上水怪館頂層！」

蘇菲搗著嘴，瘋狂地搖著頭：「你騙人……騙人！我妹妹……不可能會自殺！」

史麥斯神情凝重插了話：「我剛才已經收到IHIT科學鑑識小組的化驗回報，雖然當初三只鏈結凸輪上的指紋全被刻意擦去了，不過今早在星野先生的提點下，我們在斯特林發動機的機殼，以及幾組齒輪與軸承上採集到的多枚指紋，的確都是艾蓮小姐所留下的。而水怪館東北面外牆的沾黏物與水漬，現在也確定是她臨死之際……失禁流下的排泄物與尿液。」

阿哈努朝著史麥斯點了點頭致意，繼續接著道：「就在清晨九點左右，陽光照射進聚光太陽能發電室，斯特林碟型系統的聚光碟也隨之甦醒，集光後的熱作用能源啟動了斯特林發動機，帶動著幾具閉密式活塞上下抽動著，而連結於活塞上的連動桿也開始牽動所有大大小小的齒輪，其中一只齒輪的軸承就如同釣魚竿的捲線軸，快速地將那三條鋼線一寸寸捲進了軸承上。艾蓮就那麼從地面迅速被拖曳到水怪館的外牆上，她或許在那段過程中痛苦掙扎，在報復中尋求自我解脫，也在太陽能電池的牆面上留下了瀕死的痕跡。」

「當她被拉上頂層時早已斷了氣，遺體也順勢被甩進了那兩根鋼柱之間，懸吊在如鳥籠頂的鋼架中。當那三只攀岩用的鏈結凸輪穿進鋼柱洞眼時，鋼線拉扯著凸輪的勾柄，內置的彈簧便將四片水滴狀齒輪往外翻，而牢牢地卡在洞眼上。斯特林發動機的齒輪依舊繼續捲著線，當三條鋼線承受的力道超過負荷，而呈現出金屬疲乏的拉扯狀後應聲而斷，然後在鋼架上隨著懸屍在風中飛揚。另一端捲入齒輪軸承的鋼線，則如同捲片完畢的放映機，仍然持續在發動機內的軸承甩著那三條斷了線的線頭。」

金妮與蘇菲聽完後，忍不住相擁而泣，搖著頭不願相信艾蓮會做出那種傻事。強納生則是表情木然仰望著液態透鏡的玻璃頂，當他低頭時淚水才終於刷地從眼眶的懸崖落了下來。

「她所精心佈下的種種疑點與物證，就是為了要套牢強納生，讓他成為永無翻身之日的殺妻兇手，甚至是涉嫌連續殺人毀屍的殺手，用這種方式讓他一輩子都記住她，以及曾經對她犯下的不忠不貞！」阿哈努的目光狠狠掃過強納生和那位老婦。

「不過，就如同許多自殺者的心態，總認為自己惡意地結束生命，將會帶給背叛者永遠的痛苦、無盡的愧疚與終身的罪惡感。卻忘了，地球並不是以她為中心在轉，明天的太陽依然會準時升起，明年或後年那個背叛她的人，很快也會走出陰影快快樂樂地再婚生子，沒多久可能就會將那位自殺情人拋諸於腦後。這……才真是賠了夫人又折兵，生與死都雙失呀！」

阿哈努轉過身走到宛娜面前，若有所指地說著：「當愛情離開了，就像過期的牛奶，無論妳將它做成優格、乳酪、蛋糕或裝點成可愛的小甜點，它骨子裡還是那罐過期的牛奶！」隨之又若有似無地瞟了晶晶一眼，低聲喃著：「最不應該的是，將這種重新包裝的過期乳製品，當作是一種恩典、犒賞或交換條件，自己卻不碰也不沾……」

「現在，那種散著怪味的愛情，害死人了吧！」

阿哈努如此無厘頭的怪異比喻，卻令宛娜和晶晶頓時低下頭含淚啜泣著。在場的出席者全都傻了眼，一副丈二金剛摸不到頭腦的模樣，只有星野忍住了笑無奈地搖了搖頭——怎麼會有腦袋如此奇形怪狀的人？但是，如此隱喻他們三人複雜的情慾關係，還真是再貼切不過了！

「在說明化石骨骸噬人案之前，我必須先請大家聆聽一段影片的錄音，如此切入比較容易理出暗藏在對話中的幾個線索。」

他朝著星野揚了揚下顎，示意他準備播放：「這段錄音是七月十一日晚間，也就是發現熙奇命案現場的前一晚，無意間被他的雲端攝影機錄下的影音，不過只有聲音並沒有畫面。」星野按下了播放鍵，影片的聲音透過電視牆揚聲器傳了出來，聽起來更是格外清晰。

「好的……是SB108……」

「嗯嗯……」

「好，謝謝……」

之後，就是那一陣聽起來像塑膠與不明細碎物體碰撞時的微弱聲，星野繼續循環播放著那三句話與碰撞的雜音。

「那是熙奇的聲音！他到底是和誰在說話？」宛娜含著淚抬起頭。

晶晶閉上眼睛聆聽著：「那兩聲嗯嗯的鼻音是另一個人嗎？聽不出來是男是女呀？」

「不過，星野已經幫我們查到什麼是SB108了！」阿哈努展開水怪館大堂的幾張配置圖，手指點了一下平面圖的大堂中央，上面整齊排列著許多塊狀。

「有沒有看到上面印著SB106、SB107、SB108？每一個編號之後還跟著一組度量衡的數據。我給大家看看另外一張圖，這樣就能清楚辨認是什麼物體了！」

他雙腳屈膝跪在地上，抽出了一張大堂側面的立面圖：「這樣比較清楚了吧？」

有幾位出席者在座位上彎著腰低頭端詳，沒多久就有人喊了出來：「是龍王鯨的化石骨骸？」

「沒錯！SB也就是Skull Bone顱骨的縮寫，而後面跟著的數字就是懸吊骨架的鋼索編號，很巧的SB108就是吊著化石骨骸顱骨的其中一根，正確來說它是支撐下顎骨的鋼索之一！」

阿哈努起身後在圓圈內緩緩踱步：「也就是說，這座歐戈波戈的博物館內有那麼一個人，對於大堂內的陳設非常清楚，甚至連哪幾根鋼索的承重量，或是正在等待廠商修繕的情況全都瞭若指掌。熙奇為了博取晶晶的好感，想成為那個『呼風喚雨要什麼……她都會給他』的英雄角色！異想天開的認為，如果想要捕抓到『裝置藝術殺手』的任何線索，就應該在前面兩起命案的地緣處，也就是水怪館大堂的制高點，安裝一台輕薄的雲端攝影機。」

「如此只要透過手機或平板Ａｐｐ就能隨時遙控鏡頭角度，窺視到館內的一舉一動，而那些同步傳上雲端的錄影備份，也能成為日後發布YouTube影片時的材料！於是，他求教於那位館內人員，希望對方能夠給他一些意見……」

在場許多人忍不住注視著那幾位水怪館的人員——卡加、拿美、迪亞娜與寇利爾館長。

阿哈努信步走到寇利爾館長面前，然後向星野揮了揮手，電視牆揚聲器又傳來那一陣微弱又細碎的碰撞聲，並且循環不止地播放著，彷彿試圖撩起每個人的記憶碎片。

「館長應該對這一陣聲響不陌生吧？」他揚了揚粗黑的雙眉，以目光徵詢寇利爾館長。

寇利爾館長望著阿哈努，又再專心聆聽了良久，就如同靜止的蠟像那般，整個人的表情漸漸僵住了。他緩緩將頭往左轉，視線越過了館長夫人勞莅和另外兩名館員，最後落在那個人的頸子上。

阿哈努走了上前，非常禮貌地伸出了手：「迪亞娜小姐，我可以借一下那張員工磁卡的鑰匙圈嗎？」

迪亞娜的雙眼睜得老大，視線始終停留在地板上，只是默默地取下了掛在脖子上那一條懸著員工磁卡的布繩。

阿哈努接過那一條布繩，仔細端詳著扣在磁卡鐵環的鑰匙圈，上面有著一小串特殊的物體：「唉呀，我記得這一串吊飾！全是你們『陽光燦爛之地』各式果核與水果籽曬乾後串成的綴飾嘛！這些是蘋果籽、蜜桃籽、櫻桃籽……還有這一顆是杏子籽！對吧？」。

他一邊說一邊不經意地將布繩搖晃著，然後走到圈外星野的筆電旁邊，將搖晃的磁卡和吊飾放在電腦麥克風前，聲響傳到了電視牆的揚聲器上越來越清楚。

那是一種大小不同的果核與種籽，不斷輕敲在塑膠片上的微弱聲響，規律中又帶著點不同音階的細碎碰撞聲。他順手按下星野筆電上的播放鍵，讓眾人比對兩種聲響的同質性。

星野盯著螢幕上音效程式的兩組聲紋圖形，非常肯定地說：「就是這種聲音！跟影片中擷取的聲響波紋形態相同！」

「正如我所猜測的，那一晚熙奇所詢問的人就是妳！妳明知六月二十九日展館人員才向妳回報過，龍王鯨下顎骨的SB108鋼索出現歪斜或鬆動，需要妳委請施工廠商來維修與調整，妳也在他們呈送的圖紙上簽了自己姓名的縮寫ＤＷ。當熙奇為了雲端攝影機的事情，請求妳通融與給予意見時，妳認為有。機。可。乘。了。」

阿哈努回到迪亞娜的面前，凝視著長髮蓋住半張臉的她：「經過我和星野對大堂配置的觀察，妳或許告訴熙奇可以爬上二樓的安全網，在那裡能輕易地攀上龍王鯨的下顎骨，將雲端攝影機裝置在那裡，甚至特別指點他可以固定在SB108的那根鋼索上。」

「因為圖紙上顯示，龍王鯨下顎骨的重量為一百二十公斤，SB108鋼索的最高承重則是一百八十公斤！妳估計熙奇的體重至少超過七、八十公斤，因此絕對會超過負荷重量！不是嗎？」他提高音量質問著。

迪亞娜並沒有回答，但是十根手指頭卻早已緊緊掐在裙裝的大腿上。

「那幾段黑畫面的影像與對話，應該是你們在側門或員工出入口時，熙奇無意間誤觸了手中的雲端攝影機所錄下的！妳不希望電子門會留下妳夜間進出的紀錄，因此並沒有使用員工磁卡來刷門，而是從頸子上取下了布繩，用鑰匙圈上的這支共用鑰匙打開了那扇門，也很不巧被他手中的攝影機錄到，開鎖時那串果核與水果籽的綴飾碰撞在磁卡上的細碎聲響。」

「妳在門外等待著，心中或許還默默祈禱，希望妳的賭注能夠成功，如此就能將所有的命案串聯在一起！以連環殺手的假象發出『三頭金獅一頭紅獅』的暗殺預告！」

寇利爾館長鐵青著臉喊了出來：「為什麼！妳為什麼要做這種事情？」

「妳也許聽到化石骨骸摔落在大理石地板的聲響，或是估算出他攀上龍王鯨下顎骨的時間點，再度用鑰匙打開了門走進館內。妳確定了SB108鋼索因為超過承重負荷，導致整個顱骨從空中墜下，力道之大甚至也將大半截的骨骸與安全網拉扯了下來。而熙奇就如妳所預料的，當化石骨骸重重摔在地面之際，就在龍王鯨顱骨中被充滿尖牙的上下牙床，活活給『咬死』了！妳將那張事先列印好的詩謎，壓在其中一塊破碎的化石骨骸下，然後就匆匆離開了現場！」

宛娜紅著眼嘶喊了出來：「我們到底哪裡得罪了妳！讓妳如此心狠手辣對熙奇痛下毒手！」

聲音迴盪在空曠的水之眼觀測站，一字一句充滿著撕裂般的痛楚。

阿哈努嘆了一口長長的氣：「這其實和你們三個人完全沒有關係，迪亞娜只是利用那起引導性的意外事件，製造出第三起化石骨骸噬人案，讓世人相信真有那麼一位無所不能的裝置藝術殺手，之所以會犯下那三起瘋狂的連環血案，就是為了要向警方挑釁示威，作為預告暗殺『H』的暖身運動！妳就是將三部毫不相干的電影片段，串聯成那段精彩強片預告的剪輯師！」

「為什麼妳的暗殺目標會是我？」電視牆上傳來霍華德王子的說話聲。

他將身子往前傾，皺著不解的眉頭凝視著視訊畫面，語氣中帶著一種不尋常的威嚴感。

本來還低著頭不發一語的迪亞娜，頓時抬起了頭，從椅子上跌了下來跪在地上：「不！王子殿下，我從來就沒有真的想暗殺您，我只是……只是想阻止那些人……那些處心積慮要奪去我美好回憶的人……」

「妳的美好回憶？就為了妳的美好回憶，卻惡意奪去一條年輕的生命，那麼他的美好回憶又在哪裡呢？」霍華德王子的臉色微慍。

加貝爾公主則輕聲問道：「那些人是哪些人？」

迪亞娜並沒有回答，只是屈膝趴跪在地上，披頭散髮地不斷抽噎著。

「黃—金—谷—酒—莊—商—會！」阿哈努一個字一個字鏗鏘有力地唸了出來。

他看著手中的迷你平板，上面全是「伊努克休柯」代號鮭魚的狩獵訊息：「如果我的資料無誤，妳出身於基隆拿西部的果農世家，從曾祖父開始就是以種植蘋果、櫻桃與杏子為業，尤其是那種極其稀少的『紋身蘋果』！沒錯吧？」

「然而，這幾年來黃金谷酒莊商會致力於推動基隆拿市的轉型提案，計畫將素有『加拿大果籃』之稱的果園農莊，全面提升為北美最大的酒莊之鄉，因此積極說服與輔導果農們改種經濟效益與產值更高的釀酒葡萄。」

蘇菲一邊用面紙吸拭著眼線周圍的淚痕，一邊以夏綠蒂酒莊女主人的口吻說道：「那項計畫對我們從事酒莊事業的家族來說，的確是一勞永逸的福祉呀！日後完全不需擔心自家葡萄的收成量，也能透過黃金谷取得其他果農所種植的高質量釀酒葡萄，我們只需要專職於研發與釀酒技術，難道有什麼不對嗎？」

阿哈努不以為然地回答：「這個商會美其名是促進未來酒莊之鄉的蓬勃，代替各大酒莊收購果農們所種植的葡萄，以達到足以銷售到大英國協諸國甚至是全球的葡萄酒產量。但是，先決條件卻是果農必須購買他們所研發的轉基因葡萄植株！」

「什麼！那些是基改的葡萄？」蘇菲頓時花容失色。

阿哈努舉起了迷你平板，上面全是關於黃金谷從事基因改造工程的圖文：「他們從其他植物或微生物中分離出所需的基因，導入至葡萄樹的基因組織中，藉此將那些韌性的特質遺傳至轉基因葡萄樹中。他們宣稱那些轉基因農作物可抗蟲、抗病、抗逆性、抗天候與抗溫差，更可種植出高產值與優質的釀酒葡萄！」

「就算這種方式所種植出來的葡萄，或許對人體真的沒有健康風險，但是轉基因葡萄卻會與傳統的釀酒葡萄發生『基因雜交』的危機，也就是說大自然中的許多傳統作物將會遭到嚴重的基因污染，甚至完全被同化為轉基因農作物！這種行徑……簡直跟澤塔星人一樣可惡！」

迪亞娜抬起頭，眼中充滿了怨恨：「黃金谷規定，就算我們種植轉基因葡萄，也不能自行分枝、扦插或壓條繁殖，每一次都需要向黃金谷購買新的植株，那根本就是一種機械式生產的壟斷行為！最可惡的是，他們會以各種理由挑剔收成後的釀酒葡萄，指責果農沒有依照手冊上的規定關照，然後一再打壓至賤價收購！」

「我的曾祖父和祖父世代培育的櫻桃、杏子及其他珍貴作物，也因為種了那些可怕的轉基因葡萄樹，全部面臨基因雜交的污染，結出來的全是四不像的果實。祖父一生的心血完全付諸於流水，就那樣一夜之間氣急攻心猝死了！黃金谷還是不斷以各種方式壓迫我父親，意圖低價收購我家的農場，不但偷偷放火燒過果園……更在灌溉的水源中放毒！」她摀著口鼻聲音哽咽地發抖著。

「我的祖父被逼死了！我的父母被壓榨到一窮二白！我怎麼可能會放過那些人？怎麼可能原諒那些毀掉我童年回憶和夢幻莊園的野獸們？又怎麼可能讓他們藉著王子殿下出席那場進出口貿易促進研討會，而拉抬了他們的聲勢，甚至完成他們極力爭取的大英國協十五個成員國低關稅互惠的夢想！那只會讓那頭怪獸的惡勢力越來越龐大，讓更多無辜的歐肯納根湖果園和農場家族受害！」

「所以……我才會犯下那一連串的錯誤，才會用暗殺的預告信冒犯了殿下，阻止那一場研討會的原訂行程。我不能讓他們得逞！不能讓他們繼續用那些恐怖的改造植物，破壞了我從小到大生長的這片土地！」她咬著自己的下唇，瘋狂地搖著頭，血絲混著淚水和唾液從她的嘴角滲了下來。

加貝爾公主睜著無法理解的眼睛凝視著她：「可是，妳殺了人……甚至可能永遠無法在陽光下，再見到妳的夢幻莊園或妳的父母……這樣值得嗎？」

迪亞娜跪在地上仰著頭，張著大嘴無助地嘶吼哭嚎著，隨之猛力將自己的頭死命撞在大理石地板上，鮮血頓時從她額頭的傷口迸流而出，一道道血痕劃在她那沒有顏色的臉龐上。幾位騎警迅速跳進圓圈中阻止了她，並且將她戴上了手銬拖出現場，也將美森與比爾一併帶離。

迪亞娜沾滿血跡的口中依然不斷地喊著：「宛娜！晶晶……我對不起妳們……對不起……」聲音遙遠的彷彿就像彼岸傳來的孤雁秋鳴。

電視牆上傳來霍華德王子的聲音：「索西先生，謝謝你讓我參與了這一場解謎大會，才終於見識到你驚人的組織能力，也因此體會到自己需要更深刻的反省！假如，我行前對黃金谷酒莊商會作過深入的調查，或許……就不會牽連到無辜的受害者！」

「殿下，快別這麼說……」

「我想，現在應該還來得及阻止更多的悲劇發生！」霍華德王子朝鏡頭外揮了揮手，只見他的隨扈端來一只銀盤，盤中放著一支象牙白的手機。

他的語氣出奇憤怒：「幫我撥黃金谷酒莊商會的執行長……」視訊畫面也在同時被切斷了。

寇利爾館長、史麥斯警官、檢察官和羅伯森警督全都趨前，畢恭畢敬地向阿哈努道謝致意，大家的神情就像是從一場場噩夢中甦醒，總算能夠放心喘一口大氣了。當他們招呼著出席者們離場時，一旁的星野也闔上了筆電走到阿哈努身旁。

阿哈努顯得有些精疲力盡，不過還是很俏皮地揚了揚眉：「星野，接下來要你陪我去作一場儀式了！」

「儀式，什麼儀式呀？」

他抹了一下自己的額頭，作勢地將手指上的汗水往星野身上一甩。

「汗屋淨化儀式[62]！」

◇　◇

七月十五日晚間，狂風岬底。

今晚的星斗分外亮眼，他們向騎警們借來的皮划艇，正默默躺在寂靜的岬底小灘上。阿哈努將樹叢中拾來的枯樹幹交錯搭疊著，在沙灘上堆出了一座半圓形的屋體，然後在上面覆蓋了層層的毯子。

星野則依照他的指示，在湖畔將一顆顆大石頭投入熊熊的火堆裡：「這種叫汗屋什麼的儀式，到底有什麼用途呀？」

「許多北美原住民部落都有類似的傳統儀式，藥師們認為以汗屋高熱的蒸氣催汗並進行冥想與祈禱，能夠驅魔避邪、淨化心靈與癒合內在。對我而言，這種儀式也能達到療慰亡者的意義。」

「亡者？你是指那位曾經孤獨躺在洞穴中一百五十多年，疑似因瘴癘而發狂炸坍礦坑的中國童工？」星野望著火焰中的石堆，納悶地問道。

阿哈努並沒有回答，只是小心翼翼走近了火堆，用兩根交綁成X狀的樹幹夾起了一塊燒燙的岩石，放進了方才搭好的汗屋中。他來來回回放入了十多塊石頭，口中還念念有詞喃著星野聽不懂的族語。

直到他的儀式告一段落後，星野才再開口：「有時候真覺得你是個巨大的矛盾綜合體，既是原住民的藥師，又是電玩產業的CEO；著迷於未知的地外文明，但是也堅信傳統的祖靈力量；擁有能夠洞悉人性的特殊嗅覺，卻又有超強的邏輯思維……想一想，你還真是個怪胎！」

阿哈努偏著頭思索了幾秒：「它們不都是一體兩面嗎？就像我相信賽埃利克斯族的天之人，可能是來自網罟座澤塔雙星的小灰人；天神將原住民男子變成歐戈波戈，或許也只是澤塔星人先進的基因改造工程；而賽埃利克斯族祖靈的水島禁地，其實是個充滿未知毒氣或鬼瘴的水島。它們充其量只是古今語彙上的差異而已……」

——怎麼一不小心又打開了外星人的話匣子？星野莞爾一笑，馬上轉了個話題。

「所以，美森自認是出於自衛才刺傷了洛根，並不知情已造成對方被注入琥珀膽鹼窒息致死，因此並不清楚自己原來與浮屍案有關——下意識也就不會散發出那種『浸過水的鐵鏽味』或『龍爪花被搗碎後的辛辣味』。」

阿哈努點了點頭。

「懸屍案從頭到尾就是艾蓮對強納生的報復行動，故佈疑陣設下有他殺假象的自殺案——因此你當然聞不到那種殺人犯會散發的氣味；而迪亞娜則是刻意誤導熙奇，讓他自己攀上龍王鯨的顱骨，發生那一起意外事件——就更不可能會有殺人犯的氣味。難怪你的天賦異稟會在最後關頭派不上用場！」

阿哈努噘著嘴訕笑著：「哼，你這麼一說，我也覺得他們是故意在耍我！」然後像個大孩子似地哈哈大笑了出來。

他順手從背包裡拿出一頂皮質貝雷帽，將它當成勺子舀了好幾瓢湖水，澆在汗屋內燒燙的石堆上，頓時一股股蒸氣從汗屋的縫隙流洩而出。阿哈努半裸著上身迅速鑽了進去，在毛毯拉上前還伸出頭喊道：「你就在外面充當我的……守護長老吧！我要開始進行汗屋淨化儀式了！」

汗屋內是個直徑約兩米長的空間，高度大約只有一米五，頂上交錯編織的枯枝與層層疊疊的毛毯，將它覆蓋成一座伸手不見五指的小屋。十多塊燒得火燙的石塊就堆在圓心中，剛才澆下的幾瓢湖水已化為一股股的蒸氣，瀰漫在小小的汗屋內。

阿哈努弓著腰選了一個面對響尾蛇島的方位盤腿而坐，他緩緩深呼吸了一口氣後，濕熱的空氣頓時溫暖了體內，隨之才閉上雙眼口中唸唸有詞，也就是藥師祖母曾教導他的舒斯瓦普族淨化咒文。

「……我本無形、無體亦無首，來自於無聲與無影之間，將我凝結為形體的舒斯瓦普風之母與山之父，我以開啟的臉孔，毫無隱藏的面容向祢呼喚……」

汗屋內出奇安靜，只有阿哈努低沉微弱的舒斯瓦普族語迴盪著，室內的蒸氣飄落在他的肌膚，伴隨著汗水股著一股溫意。有些蒸氣遇上冷空氣化成了水氣沾在頂上的毛毯，在承受不了地心引力後又滴在滾燙的石塊上，再度化成一縷氣體。

他彷彿進入一種半夢半醒的冥想狀態，甚至覺得自己正跟著冉冉上升的氣體，不斷在汗屋內循環飄移著。

突然，他覺得四周的空間宛如被延展開來，因為蒸氣流動的速度有了些變化。當阿哈努緩緩睜開了眼睛，卻被眼前的景象震懾不已，因為他竟然置身於搖曳著七彩極光的夜空之下，周遭的景物正迅速地無限延伸著。在煙霧迷漫之中，他看到一個模糊的身影正朝著他而來，就在逐漸靠近時阿哈努才看清楚對方稚嫩的面容。

那是一位東方長相的少年！他的身後還有一縷蜿蜒的巨大陰影。

少年的臉上綻放著燦爛的笑容，卻什麼話也沒有說；那雙如彎月般微笑的眼睛，更流露著一種真摯的感動。然後，只見他的身軀緩緩被一道如落幕低垂的極光籠罩著，在光線中他的全身頓時迸現為成千上萬顆小立方體，方塊輕盈地朝著上空漂浮著，又瞬間幻化為許許多多如飛蛾或蝴蝶的紙片，越飛越遠……

難道，這是他不小心在汗屋內打瞌睡的夢境？或是藥師祖母口中那個「坐忘」後無形、無體與無首的淨化交界地？

剛才，少年身後的那一彎陰影依然漂浮於眼前，龐大得如海鰻或抹香鯨的軀體也逐漸通透。牠，有著一種如駝類動物的巨大頭顱，卻拖著十數米長的蛇形身軀，前肢是兩片巨大的蹼狀魚鰭，背上及尾部也宛若孔雀魚般飄散著如五彩輕紗的薄鰭。

難道牠就是傳說中的歐戈波戈水怪？

巨獸靜止般漂浮於半空中，然後才緩慢低下碩大的頭部，輕輕觸碰在阿哈努汗水淋漓的頭頂。他幾乎可以感覺到那種帶著體溫又濕滑的舌尖，輕撫過他的滿頭亂髮。良久，牠才仰首並且如龍騰般用力抖動著軀體，波狀的巨大蛇身霎時打亂了空中如簾幕般的極光，彷彿正要潛身游去。

「慢著！請告訴我真相……我想知道所有的真相……」阿哈努對著空中大聲喊了出來。

牠忽然停下了上下波動的身軀，回首凝視著阿哈努盤坐於地上渺小的身影，蜿蜒的軀體也隨之越降越低，就在蛇身觸碰到地面時，牠猶如突然破滅的肥皂泡綻了開來！當四周還充滿著迸裂後的水分子微粒之際，一位留著黑亮及肩長髮的古銅肌膚男子，赤裸的上身還斜揹著一把弓，緩步從迷濛之中走了出來。他或許就是傳說中被水中惡魔附身，或被化為水怪的男子？

「真相？」男子的雙眼充滿疑惑

「是的，我想知道歐戈波戈所有的真相！」

男子笑了出來：「我，或許是人們眼中巨大的水怪，但也是百年來這河谷中一段段歷史悲劇的能量，所凝聚而成的虛幻形體。」

「歷史悲劇的能量？」

阿哈努的腦中如同快放的影片，閃過一幕幕殘酷的歷史真相。從歐裔移民佔領這片美洲大陸時，對原住民部落的征戰、迫害與屠殺，曾經造成血流成河的侵略悲劇；再到一個多世紀前，這個省分的河谷被謠傳為「新金山」的淘金潮，上百上千名中國沿海子弟如豬崽般被騙至此，在礦坑中過著不見天日的苦力生活，最終客死他鄉、草草入土！

甚至是十八世紀，那些被招募至楓葉之國的大批中國勞工，冒著生命危險在冰天雪地中翻山越嶺，就為了修蓋貫穿東西岸的太平洋鐵路，卻在群山河谷之間命喪他鄉，也未曾被這個西方國家的官僚善終。難道，那些千千萬萬的亡魂，依然漂流在這些充滿歷史悲劇的山谷之間，甚至凝聚成一股股幽怨的虛影？

「不可能！難道歐戈波戈根本不存在？」

男子抿了抿嘴角，幽幽地回答：「我身以亡，就像那些滯留在歐肯納根河谷的幽魂，我早已不存在。千萬年前，我曾優游於太平洋北方與這片內陸流域之間，快樂地追逐回流的肥美魚群。直到那一次的地殼變動，山脈阻斷了歐肯納根河北面的出海口後，我困於這片狹長的湖區……」

「果真是聖安德列斯斷層造成的……」阿哈努喃著。

「我曾經在這片山水之間孤獨的存在，直到幾百年前那些從天上來的人，那些被原住民們崇拜為天神的人，將我視為是低等生物的獻禮，在我身軀穿出了許許多多的圓孔……從那一天起我就不存在了。」

「原來你並不是被天之人幻化為水怪，而是他們研究與採集ＤＮＡ檢體的實驗生物！」阿哈努突然想起在那份解密檔案曾提及，七〇年代美國的新墨西哥州、內布拉斯加州和科羅拉多州等地，也曾經發生過八千多頭牛羊失蹤，後來又被不明飛行物從空中丟回地面的案例。那些動物的屍體有些被截肢，有些身上留有類似雷射光切割過的圓洞，傷口的切割面平整，甚至都有粉紅色的斑駁血跡。

「你死後的靈體與那位潛入水島禁地被懲罰的男子，還有那位被埋葬於響尾蛇島的少年……甚至是這片河谷中千千萬萬幽怨的亡魂，凝聚成了人們眼中的水怪虛影，生生世世徘徊在這片水域之間？」

男子牽了牽嘴角，轉過身往回走：「那些……已經不是很重要了吧？」

「你會出現在我眼前，是來送別被我淨化過的少年魂魄嗎？」阿哈努朝著他的背影喊著。

正當阿哈努還在思索，待會該如何向星野那個死腦筋解釋這段似夢非夢的對話時，他的眼前頓時一片漆黑，剛才無限廣闊的極光空間彷彿迅速被黑暗抽離，霎時回到了煙霧瀰漫的狹窄汗屋內。

他的四周安靜得沒有一絲聲音，剛才那些目眩神迷的景象，那些對歐戈波戈追根究底的話語，就像從來沒有發生過……

汗屋外的星野正若有所思地坐在火堆旁，欣賞著如千萬顆鑽石撒落在藍絲絨的夏夜星空，平靜的湖面上突然無端泛起了些波浪，伴隨著若有似無的浮影與霧氣。他心想，那或許是探出水面換氣的水獺？載浮載沉的枯木？或是那種被稱為鬼瘴的瘴癘之氣？還是那頭叫歐戈波戈的孤獨龍王鯨？

原本汗屋內不知為什麼停了好幾分鐘的族語咒文，此時又聽到阿哈努再度低聲吟唸著。古老的語言彷彿隨著游絲般的蒸氣，在冰涼的空氣中散了開來，緩緩穿過暗香浮動的花間，又劃過樹影搖曳的杉木林。

然後，冉冉飄向百年前的雲層中……

落幕：Legend

歐肯納根沙漠的奧索尤斯「射天」雕像 / 提子墨 攝

落塵宛如一場夏日的細雪，
雪披白了那片道格拉斯杉，
杉下是那座深邃的黑色瞳孔，
瞳孔裡冒著迷濛的硝黃煙霧，
是我，將淚水化成了風中塵。

阿四拉著憨子沾滿鮮血的手，踉踉蹌蹌朝著餘佬那幫人的小木屋跑。憨子的雙眼發直，手指關節上還留著被碎石扎破的斑駁傷口，可他一點也不覺得痛，只是不斷回首望著那片充滿煙塵的九號礦場。

他聽到遠處傳來了喧鬧聲，那種聽不懂的語言是附近部落的族語吧？憨子的思緒完全無法集中，恍如仍在噩夢裡狂奔著。他想到，很快就會有人發現他們了吧？那些人會將他們救出這座不見天日的礦場嗎？會將他們送回那個遙遠的故鄉吧？

然後，他用盡力氣大聲喊了出來，卻被阿四一把就摀住了嘴，連拉帶拖拐到了小木屋內。

「讓我回家！我要求求他們放我回家……」

阿四壓低聲音在他耳邊喃著：「你瘋了嗎？那些洋人只會將我們關進大牢！你在這裡殺人放火也是要吃牢飯的！」

「不！我會跪下來……我會磕頭求他們放過我！」憨子淌著淚喊了出來。

「我們回不去，回不去了！現在最重要的是逃命的盤纏呀！」

阿四在屋內四下張望，迅速跑到幾個角落翻箱倒櫃，總算發現餘佬書桌腳墊的地板下有隔層！他掀開墊子和隔板，底下竟然有好幾口綁著麻繩的木箱，隨之抽出了腰間斬草用的小刀不斷使勁地又割又鋸，沒多久終於打開了其中兩口箱子，裡面全是一只只的麻布袋。阿四手忙腳亂地翻看著，大多是沒什麼價值的私人物品，只有其中兩口小布袋特別沉。

他用小刀捅開了布袋封口，興奮地喊了出來：「憨子，是洋玉、銀塊和砂金！這些夠我們花上一陣子了！」一邊說還一邊將砂金大把大把地往布衣口袋裡塞。

原本跪坐在一旁的憨子像是想到了什麼，突然一個箭步跑上去將阿四推倒在地上：「這些是我的！全都是我的……我要用這些財寶……求求那些洋人送我們回老家！」然後死命拽著那兩口袋子往門的方向走。

「你中邪……你中邪了！那些人才不會管我們的死活呢！你難道忘了那兩個洋火藥商是怎麼對你的嗎？你還給我！快還給我……」阿四衝了過去將憨子撲倒在地上，兩個人瘋狂地扭打翻滾著。

「你放開我！放開我！我娘和弟妹們還在老家等著我救急呢……」

「憨子，你醒醒吧！你炸坍了礦坑！炸死了所有的老鄉！洋人官差才不會放過你，更不可能會讓你離開金山之國！」

憨子被壓在地板上，左手不停地搥打著阿四的腦袋，右手則不斷摸索著地板上的任何硬物，在慌亂中他抓到了一只如鵝卵石的物體，迅速往阿四大腿上砸了下去。

阿四痛苦地喊了出來。

那並不是什麼石塊，而是阿四方才擺在一旁的劈草小刀，刀柄狠狠地敲在他的大腿上，刀口卻不經意削過他屈膝的小腿，頓時血流如注。

阿四顧不得一切忍住了痛楚，從原本跪壓在憨子身上，側過身將他翻身面朝地壓著，還用手摀住了憨子的嘴，不讓他繼續發出任何吼叫聲：「憨子，你冷靜下來……不要再鬧下去了！我們千萬不能被洋人發現呀……」

黑暗中，憨子睜著充滿血絲的凸眼不斷地抽動著。

「我答應你，等我們逃到西岸的海港後，一定會想辦法找一艘貨船帶你回家……你冷靜下來……乖乖的……好嗎？」

憨子的身子不再掙扎，就像被阿四說服似地全身鬆了下來。

阿四吃力地起身，拎起了那兩口小布袋：「走吧，我們必須趁洋人闖進來之前，搭餘佬泊在湖岸的那艘小舢逃走！」

「憨子？」他又再喊了一聲，憨子依然一動也不動躺在地上。

他的表情就像結了霜靜止著，然後跛著腳走到憨子身旁，使勁地將他整個人翻身朝上，卻赫然發現憨子手上握著的那把小刀，不知何時捅進了自己的心口，還不止地淌著鮮紅色的液體。

阿四驚惶失措搖著他：「憨子，你不要嚇我呀！你不能就這樣死了！不能留下我一個人……在金山之國呀！」

他萬萬沒有想到，剛才將憨子反身壓倒在地上時，竟然沒留意到他手中還握著那把小刀！當他不斷從上方施壓時，掙扎中的憨子就那麼被刀尖斜刺進了胸口，阿四越是壓著憨子刀尖就刺得越深。

阿四失聲哭了出來，他竟然殺了自己的童年玩伴！那個唯一願意聽他說三道四的好友！假如不是他自私地想拉著憨子陪他來金山之國，而花言巧語欺騙了他的爹娘，憨子也不會跟著大家來到這裡受苦，最後還發狂將九號礦場給炸毀了！

「一切都是我的錯！是我！是我間接殺了所有的人！」他壓著憨子的心口，跪倒在屍首旁，將頭埋在沾滿鮮血的衣襟上，不斷喃喃自語著。

當他聽見已經有人群試圖撞開九號礦場的木柵門時，馬上使勁拖著憨子的屍體和那兩口小布袋，從木屋後門的湖岸登上了餘佬的小舢，然後撐著船毫無目標地漂流著。直到眼前出現了一座臨岸的水島，他才將舢舨停靠在其中一個洞穴前，也將憨子的遺體拖了進去。

他在洞穴內待了三天，贖罪般地用十根指頭一寸寸挖著埋葬憨子的坑，累了就倒在一旁和冰冷的屍首說話，醒來後又繼續孤獨地在濕地上掘著土。直到最後一晚，才小心翼翼地將憨子安置於坑內，阿四在他身上鋪滿了湖岸的碎石，框住他那張永遠沉睡的臉孔。

砂土就那麼一點點填進了坑裡，直到淹沒了憨子的那張臉，直到完全填平了那個坑……卻怎麼也補不平阿四心中那個充滿內疚的洞口。

他從憨子胸口抽出的那把刀，還靜靜地躺在濕土上，彷彿不停地提醒著他可以握起小刀一了百了！但是他告訴自己，他要活下去！他要繼續活下去！不能在這個洞穴內如此輕易地饒過自己！唯有背負著那些罪惡感所帶來的羞恥與痛苦活下去，他才能夠真正感受到那種無止盡的折磨與懲罰！

那麼多位老鄉，那麼多條人命，他必須代替憨子活下去，贖罪！

天色仍暗，阿四悄悄地將小舢推進了湖水中，躺在舢舨上任由水流將他帶走。夜空的星子猶如一雙雙發亮的眼睛凝視著他，他的口中不斷重複唸著那四、五十位老鄉的名字，就像召喚著他們的亡魂一起離開那個鬼地方。

「憨子、海生叔、阿鍾哥、魚乾佬……我們走吧……」

「寬爺、馬口鐵、大福兄……你們跟上來了嗎……」

「方頭健、高腳七……快呀……」

小舢順著湖水漂進了支流，

流過了河床，穿出了峽谷，

帶著他背負的無辜亡魂們，

流向那個罪罰的未知將來。

——《水眼——微笑藥師探案系列》全書完

後記：來自遙遠沙漠的銀色天梯

我不是很確定，這二十多年來到底行駛過多少次寇可哈拉高速公路？每次從溫哥華出發總需耗費近七個小時的車程，只是為了穿越那片北方雪國少有的荒漠、峽谷與綠洲，欣賞那種從針葉林瞬間轉換成熱帶植物的奇異視覺。看著從翠綠的菲沙河谷駛上峰峰相連的雪白山脈，最後卻進入那一片帶著Lomo色調的歐肯納根沙漠，一次次樂此不疲體驗著那種從極冷到極熱的奇妙旅程。

我為那片沙漠寫過詩，更寫過許許多多的旅遊行腳，也曾告訴自己——以我對歐肯納根湖的瞭解、對歐戈波戈水怪強烈的好奇心，以及對加拿大原住民古老傳說的迷戀，足以寫一本以它們為背景的長篇小說吧？結果，十數年來我卻從未實現對那些山精水怪們所作的承諾。

二〇一四年十二月中旬，我將人生中第一本長篇推理小說《熱層之密室》的書稿，快遞給了「島田莊司推理小說獎」的主辦單位。原本，還以為那份與我糾結了近兩年的資料蒐集與孤獨創作的過程，應該可以如釋重負了吧？可是，就在包裹單飛出去的那個夜晚，我的心竟然有一種被掏空的失落感。

我懷念起，陪我在孤燈下熬過六百多個夜晚的書中角色們，心中也擔心起正飛往亞洲的加拿大籍原住民阿哈努・索西，與日本籍的ＮＡＳＡ太空人星野天彥，是否會在人生地不熟的台灣水土不服？他們無厘頭與傻氣的特質，會不會受到任何一位評審的青睞？

我的心彷彿被丟進微重力的密室中，怎麼也尋不回那一份創作時的踏實感。

二〇一五年一月初，我再度去了一趟歐肯納根沙漠的綠洲散心，下榻在友人面對水怪湖的洋房別墅，只為了將自己從等待初選、複選或決選的焦慮中抽離。那一個星期中，我每天清晨起床的第一件事，就是拉開窗簾環視眼前的那一片湖水，然後坐在微涼的露臺一邊喝著咖啡，一邊盯著水面上的波光粼粼，期待能幸運目擊到傳說中的歐戈波戈水怪。

我的腦海不經意閃過一些怪念頭，假如微笑藥師阿哈努也在我身旁，他會如何解讀那位賽埃利克斯族天神，將原住民男子幻化為水怪的謎團？他能夠追查出四個多世紀以前，那名男子為什麼會無緣無故發狂屠殺了部落的族人？當我心中的疑問不斷地湧出，阿哈努與星野的身影也就越來越清晰，佇立在眼前的那一片湖水之間。

往後的八個多月中，原本應該是焦慮地等待每一個階段的入圍名單公布，我卻早已將前一本推理小說拋諸腦後，除了重複閱讀在圖書館列印回來厚厚一疊的藍皮書計畫、賽伯計劃、網罟座澤塔雙星與歐戈波戈水怪……相關資料，也終於提起筆寫完了《水眼》的故事大綱與劇情結構手稿，親手畫了三起命案的示意草圖，更用厚紙板製作了好幾個「水怪館」頂層鋼架的模型，多次測試如何設計出合理的「定日鏡懸屍案」作案手法。

在我幸運地入圍「第四屆島田莊司推理小說獎」的決選，並且返回台灣參加頒獎典禮時，本書早已撰寫到75％了！當時腦中所惦記的全都是英國皇室、霍華德王子和加貝爾公主出場的橋段，甚至還預約報名參加了「溫哥華警察博物館」的「認識皇家徽紋」講座，就是為了精準地設計出「三頭金獅・一頭紅獅」的謎題。

頒獎典禮那一天，我的親朋好友們都很好奇地問：「為什麼你一點也不緊張呀？」我微笑地回答：「我想明眼的人都猜得出來，首獎不會是我啦！能夠入圍決選進入前三強就已經與有榮焉了！」

其實，我那時自始至終在擔心的，反而是還沒有進入收尾階段的《水眼》書稿！

感謝我現在的責編喬齊安先生，如果當初不是他熱情、熱心幫我與薛西斯義務籌劃了一場對談會，我也不會有機會聽到許多文友、讀者與書評人對《熱層之密室》的評論與疑問。那個契機促使我返回加拿大之後，將已經撰寫到三分之二的書稿，徹頭徹尾審視了好幾遍，並且把已經完成的章節改寫了一大半，更將我在台灣所吸取到的許多良性批評與指教，完全運用於《水眼》的情節與結構之中。

從我在水怪湖畔提筆撰寫《水眼》故事大綱的第一天，一直到能夠正式出版的今天，剛剛好屆滿兩年！雖然，在這兩年之間已經出版了三本繁體中文與一本簡體中文的文字作品，但是我心中所魂牽夢縈的卻一直都是微笑藥師探案系列的後續。

儘管在等待《水眼》付梓出書的前一年，也曾被其他出版社壓稿過三個多月，但是非常感謝「金車教育基金會」袁執行長的體恤，讓我們能彈性選擇自己信賴與實行力更強的出版社，來發行得獎後的第二本本格推理小說。最重要的是，主辦單位對「島田莊司推理小說獎」的決選入圍作者們，在創作補助金上的經濟支持！讓我們可以完全沒有後顧之憂的專心創作。

在此也要感謝東森「關鍵時刻」的航太專家傅鶴齡博士！我雖然遠在加拿大，可是透過該節目的YouTube頻道，每天都從傅老師的話題中學習到許多關於航太科技、地外文明與神祕生物的知識，促使我造訪許多國外網站去深入了解那些領域，也在《熱層之密室》與《水眼》的創作過程中，得到非常多的啟蒙與靈感。這一本小說也經過他的精讀與專業指導，全書中航太與科技的部分得以調整得更正確與完整。

更要感激「秀威資訊」上上下下每一位主管與員工們對我的厚愛，還有我的熱血責編喬齊安先生，總是以最飛快的速度為我們進稿與審稿的專業態度，不出兩個星期就讓我知道《水眼》將會確定出版的月份！

我，無以回報……只能努力寫出更多精彩的推理小說，用力為自己的每一本出版品在北美與亞洲搞好宣傳活動！

附註

1 **歐肯納根湖**（Okanagan Lake）位於加拿大卑詩省境內的湖泊。

2 **賽埃利克斯族**（Syilx）加拿大西岸的原住民部落之一。

3 **梯皮**（Tipi / Tepee / Teepee）一種圓錐體狀的帳篷，由樺樹皮或獸皮製成，是早期北美原住民的遊牧居所。

4 **薩利希語**（Salishan Languages）北美原住民的一種語系，共包括二十三種語言，語區分布於美國華盛頓州以及加拿大卑詩省。

5 **天之人**（Above People / Sky-Beings）許多北美原住民部落相信，他們所信奉的神祇來自遙遠的天空，並且將之稱為天神、天之人、上面的人。

6 **寇可哈拉高速公路**（Coquihalla Highway）位於加拿大卑詩省南方，南北走向的高速公路。

7 **歐戈波戈**（Ogopogo）歐肯納根湖水怪的官方名稱。

8 **基隆拿市**（Kelowna）亦音譯為科隆納市，是歐肯納根湖區東岸的行政都市。

9 **YouTuber** 在YouTube的個人頻道發布自製影片的使用者。

10 **艾倫愛說笑**（The Ellen DeGeneres Show）由艾倫・狄珍妮所主持的美國知名帶狀談話節目。

11 **西雅圖神秘博物館**（Seattle Museum of Mysteries）位於華盛頓州專門展示幽浮、未知生物與都市傳說的私人博物館。

12 **龍王鯨**（Basilosaurus）又名械齒鯨（Zeuglodon），已經絕種的古代海洋哺乳動物，生存於三千九百萬至三千四百萬年前的始新世晚期。

13 **菲莎河谷**（Fraser Valley）加拿大卑詩省西南部的菲莎河域峽谷。

14 **水怪館**（Ogopogo Museum）亦稱「歐戈波戈博物館」，為作者虛構的一座神祕生物博物館。

15 **太陽能電池**（PV / Photovoltaics）利用光伏半導體材料的光生伏特效應而將太陽能轉化為直流電能的設施。

16 **聚光太陽能發電**（CSP / Concentrated Solar Power）是一種集熱式的太陽能發電系統。

17 **卡爾・秀克**（Karl Shuker）英國神秘動物學家，著名的研究計畫有：世界之謎貓、方舟計畫：二十世紀新物種與再發現物種、史前動物倖存搜查。

18 **始新世**（Eocene）地質時代中古近紀（Paleogene）的第二主要分期。

19 **水之眼**（Aquatic Eye）作者虛構的歐戈波戈水怪觀測站。

20 **紅外線熱成像攝影機**（Thermographic Camera）一種具有探測溫差感應的攝影機，可將溫差轉換成色溫圖像顯示。

21 **可變倍率液態透鏡**（Variable Fluid Lenses）一種以電子與電壓控制的變焦系統的科技。

22 Ψ（Psi）發音 ['psaɪ] 或 ['saɪ]，是希臘字母中的第二十三個。

23 **維吉尼亞密碼**（Vigenère Cipher）使用一系列凱撒密碼組成密碼字母表的加密算法，屬於多表密碼的一種簡單形式。

24 **凱撒密碼**（Caesar cipher）是一種替換加密的技術，明文中的所有字母都在字母表上向後或向前移，依照某固定數字進行偏移後而被替換成密文。

25 UMA（Unidentified Mysterious Animal）所有未知或未確認生物的英文簡稱。

26 **TBM**潛盾機（Tunnel Boring Machine）全名為「全斷面隧道掘進機」。

27 **滇香薷**（Oregano）亦稱牛至、披薩草或香芹酚，是一種唇形科牛至屬的植物。

28 **奧索尤斯湖**（Osoyoos Lake）位於歐肯納根湖南方的另一處沙漠綠洲湖區。

29 **釀酒葡萄**（Vitis Vinifera）亦稱為歐亞葡萄或歐洲葡萄。

30 **網罟座的澤塔雙星**（Zeta Reticuli）由澤塔一號和澤塔二號組成的聯星系統，位於網罟座內。

31 **澤塔星人**（Zetas）亦稱「小灰人」，九〇年代於北美各地綁架過許多居民與擷取器官或活體的外星人。

32 **Nk'Mip葡萄酒窖**（Nk'Mip Cellars Winery）位於奧索尤斯湖畔佔地千畝的加拿大原住民酒莊。

33 **傳教山酒莊**（Mission Hill Winery）位於歐肯納根湖區西岸的傳教山上，已有半世紀歷史的知名酒莊。

34 **夏丘金字塔酒莊**（Summerhill Pyramid Winery）為歐肯納根湖的各大酒莊之中，觀光客造訪率最高的知名酒莊。

35 **羅斯威爾事件**（Roswell UFO Incident）一九四七年發生在美國新墨西哥州羅斯威爾市的幽浮墜毀事件。

36 **加拿大皇家騎警**（Royal Canadian Mounted Police / RCMP）加拿大的聯邦警察，在全國各地負

責執行聯邦法規，是聯邦制國家中獨有的集聯邦警察、省警、市警於一體的警察服務機構。

37 IHIT（Integrated Homicide Investigation Team / IHIT）綜合兇殺案調查組。

38 **國際公共安全通信代號**（APCO / Association of Public-Safety Communications Officials-International）成立於一九三五年的APCO，為全球最早與最具規模的公共通信代號單位，其組織所制定的代號亦稱為國際公共安全通信代號。

39 **十字碼**（Ten-Codes）亦稱「十字代號」，於一九三七年開發的公共通話安全代碼，在一九七四年由APCO加以簡化與標準化。

40 **魯米諾化學發光反應測試**（Luminol Chemiluminescence Test）以魯米諾與激發劑噴洒於命案現場，藉此顯像被清洗或掩蓋掉的血液，當血中的鐵被催化後會在黑暗中呈現出藍色光線。

41 **豬崽販** 在十九世紀中後期至二十世紀初，遠赴海外的契約華人勞工被戲稱為「賣豬崽」，而販運與交易豬崽的掮客及地點則被俗稱為「豬崽販」與「豬崽館」。

42 **蓋斯鎮**（Gastown）亦被誤譯為「煤氣鎮」或「瓦斯鎮」，是以該地發跡者傑克・戴頓的外號Gassy Jack而命名為「Gassy>s Town」，後來再縮短成「Gastown」。它是溫哥華市的一處歷史景點，亦是溫哥華開埠之前的發源地與前身。

43 **斯特林碟型系統**（Dish Stirling）在所有太陽能技術中效率最高最便宜的系統，適用於炎熱與半沙漠地區。

44 **斯特林發動機**（Stirling Engine）是一種閉循環活塞式熱機，閉循環意指工作燃氣一直保存在氣缸內。

45 **鏈結凸輪**（Link Cams）一種攀岩專用的固定器材，有多種尺寸適用於不同大小的岩石間隙。

46 **稱人結** 在繩端打成一固定圈的結法，有極高破斷強度，而且不易滑脫和夾擠，是非常安全可靠的繩結法。

47 **三套結** 亦稱為轉動結、馬格納斯結、拉繩結或止索結，作用與綁木樁用的雙套結相同，不過雙套結適用於水平拉力，而三套結則適合應用在垂直方向的施力。

48 **博多式五鍵電報機**（Baudot Code Teleprinter）法國人埃米爾・博多於一八七四年發明的印字電報機。

49 **綠河殺手**（Green River Killer）媒體對美國連環殺手蓋瑞・利奇威（Gary Ridgway）的稱號，他在上個世紀八〇年和九〇年代，於華盛頓州和加利福尼亞州謀殺了至少七十多名婦女與女童。

50 **利肯森林公園**（Leakin Park）位於美國馬里蘭州的命案多發地點，從一九四八年至今，已先後發現六十八具遇害者的遺體。

51 **蘭姐女童軍**（Ranger Guide）是女童軍年齡介於十四歲至二十五歲的階段。

52 **沃斯特公爵霍華德王子**（Prince Howard, The Duke of Worcester）為作者虛構的英國溫莎王朝四皇子。

53 **大英國協王國**（Commonwealth Realm）是大英國協之中共戴同一位君主，為「君主立憲制」國家元首的獨立國家。

54 **黃金谷酒莊商會**（Golden Valley Winery Chamber of Commerce）作者虛構的酒莊聯盟商會。

55 **加拿大國家安全情報局**（Canadian Security Intelligence Service）加拿大情報機構，總部位於渥太

華，任務為反恐、反擴散、反情報與安全檢查。

56 **福克蘭戰爭**（Falklands War）又稱「馬爾維納斯群島戰爭」，為一九八二年四月到六月間，英國與阿根廷為爭奪福克蘭群島主權而爆發的一場戰爭。

57 **R. P.口音** -（Received Pronunciation）是英國的標準公認英語口音，《簡明牛津英語辭典》中則定義為「在英格蘭南部說的標準英語口音」。

58 **伊努克休柯**（Inukshuk）北美原住民以石頭堆出的人形石堆，作為指引部落方向的標誌或地標，因努伊特語即是「代替人的物體」，亦被稱為是「指引之石」。在此指阿哈努主導並由多個北美原住民結盟部落的長老，所組成的代號「伊努克休柯」資訊狩獵聯盟。他們通常會將調查的目標命名為『鮭魚』，由結盟的部落以接力方式由東岸到西岸，派出各族人使用網路人肉搜索或傳統人脈追查，鎖定特定人物的行蹤與資料。

59 **鬼瘴** 按人體觸染瘴毒後之症狀或發病徵狀命名，如精神錯亂及症見異常即稱「鬼瘴」，腹痛難忍稱「攪腸瘴」。另有：冷瘴、熱瘴、寒瘴、濕瘴、啞瘴……等。

60 **抱石**（Bouldering）為攀爬運動的其中一種，不過並不以攀繩作為仰賴，而是偏重於技巧性與爆發力的訓練。在美國抱石區採用V System的難度分級，目前難度從V0～V14。

61 **風洞**（Wind Tunnel）是空氣動力學的研究工具，一種產生人造氣流的管道，用於研究空氣流經物體所產生的氣動效應。

62 **汗屋淨化儀式**（Sweat Lodge Purification Ceremony）為北美原住民以蒸氣淨化心靈與癒合內在的儀式。

要推理31　PG1671

要有光
FIAT LUX

水眼
——微笑藥師探案系列

作　　者	提子墨
責任編輯	喬齊安
圖文排版	周政緯
封面設計	王嵩賀

出版策劃	要有光
發 行 人	宋政坤
法律顧問	毛國樑　律師
印製發行	秀威資訊科技股份有限公司 114台北市內湖區瑞光路76巷65號1樓 電話：+886-2-2796-3638　傳真：+886-2-2796-1377 http://www.showwe.com.tw
劃撥帳號	19563868　戶名：秀威資訊科技股份有限公司 讀者服務信箱：service@showwe.com.tw
展售門市	國家書店（松江門市） 104台北市中山區松江路209號1樓 電話：+886-2-2518-0207　傳真：+886-2-2518-0778
網路訂購	秀威網路書店：http://store.showwe.tw 國家網路書店：http://www.govbooks.com.tw
總 經 銷	聯合發行股份有限公司 231新北市新店區寶橋路235巷6弄6號4F 電話：+886-2-2917-8022　傳真：+886-2-2915-6275

出版日期	2017年1月　BOD一版
定　　價	280元

Printed in Taiwan

國家圖書館出版品預行編目

水眼：微笑藥師探案系列 / 提子墨著. -- 一版.
-- 臺北市 : 要有光, 2017.01
面；　公分. -- (要推理 ; 31)
BOD版
ISBN 978-986-93567-8-7(平裝)

857.81　　105022507

讀者回函卡

感謝您購買本書，為提升服務品質，請填妥以下資料，將讀者回函卡直接寄回或傳真本公司，收到您的寶貴意見後，我們會收藏記錄及檢討，謝謝！

如您需要了解本公司最新出版書目、購書優惠或企劃活動，歡迎您上網查詢或下載相關資料：http:// www.showwe.com.tw

您購買的書名：________________________________

出生日期：________年________月________日

學歷：□高中（含）以下　□大專　□研究所（含）以上

職業：□製造業　□金融業　□資訊業　□軍警　□傳播業　□自由業

□服務業　□公務員　□教職　□學生　□家管　□其它_____

購書地點：□網路書店　□實體書店　□書展　□郵購　□贈閱　□其他

您從何得知本書的消息？

□網路書店　□實體書店　□網路搜尋　□電子報　□書訊　□雜誌

□傳播媒體　□親友推薦　□網站推薦　□部落格　□其他__________

您對本書的評價：（請填代號　1.非常滿意　2.滿意　3.尚可　4.再改進）

封面設計____　版面編排____　內容____　文／譯筆____　價格____

讀完書後您覺得：

□很有收穫　□有收穫　□收穫不多　□沒收穫

對我們的建議：________________________________

____

____

____

請貼
郵票

11466
台北市內湖區瑞光路 76 巷 65 號 1 樓
秀威資訊科技股份有限公司　　　收
BOD 數位出版事業部

（請沿線對折寄回，謝謝！）

姓　　名：________________　年齡：________　性別：□女　□男

郵遞區號：□□□□□

地　　址：________________________________

聯絡電話：(日) ________________ (夜) ________________

E-mail：________________________________